Piper Rayne

The Bartender

Die Autorinnen
Piper Rayne ist das Pseudonym zweier USA Today Bestseller Autorinnen. Mehr als alles andere lieben sie sexy Helden, unkonventionelle Heldinnen, die sie zum Lachen bringen, und viel heiße Action. Und sie hoffen, du liebst das auch!

Das Buch
Wer hätte gedacht, dass es so viel Spaß machen würde, mit dem Feind zu schlafen?
War der One-Night-Stand eine gute Idee? Rückblickend wohl eher nicht. Zu meiner Verteidigung kann ich nur sagen, ich hatte gerade meinen Traumjob verloren, war zurück ins Haus meiner Großeltern nach San Francisco gezogen und ein Typ von Tinder hatte mich versetzt. Es war, als hätte mir das Leben den »Loser«-Stempel aufgedrückt. Und als der Kerl hinter der Bar mich dann mit diesem Blick ansah, mit seinem perfekten Dreitagebart, dem Bizeps, der sich unter seinem Shirt wölbte, und mit diesem Grinsen … Ich gebe zu, dass ich impulsiv gehandelt habe. Aber ich konnte ja nicht wissen, WER der Barmann wirklich war …

Von Piper Rayne sind bei Forever by Ullstein erschienen:
The Bartender
The Boxer
The Banker

Piper Rayne

The Bartender

Roman

Aus dem Englischen von Dorothee Witzemann

FOREVER

MIX
Papier aus verantwortungsvollen Quellen
FSC® C083411

Deutsche Erstausgabe bei Forever.
Forever ist ein Digitalverlag
der Ullstein Buchverlage GmbH, Berlin März 2018

Titel der amerikanischen Originalausgabe: The Bartender
Umschlaggestaltung: zero-media.net, München
Titelabbildung: © FinePic®
Übersetzung: Dorothee Witzemann
Satz: Pinkuin Satz und Datentechnik, Berlin
Druck- und Bindearbeiten: CPI books GmbH, Leck
ISBN 978-3-95818-954-6

Für alle Ladies, die immer noch auf der Suche nach ihrem ganz persönlichen Einhorn-Hengst sind.

Kapitel 1

Dies ist der Beginn eines tollen neuen Kapitels in meinem Leben. Zumindest rede ich mir das ein. Wie soll ich sonst den Tag durchstehen, ohne mich auf meinem Bett zusammenzurollen und mich wie die größte Versagerin der Welt zu fühlen?

Ich komme an der Wohnungstür meiner Freundin Tahlia an und klopfe. Kurz darauf wird die Tür aufgerissen, und da steht eine meiner ältesten, hübschesten, reichsten Freundinnen. Aber ich liebe sie – trotz ihres perfekten Lebens.

Sie lächelt strahlend und ihre blauen Augen blitzen. »Ich freue mich so, dass du wieder da bist«, sagt Tahlia, während sie mich umarmt und mich dann zur Tür hereinzieht. Sie duftet immer noch nach dem teuren Parfum, das sie schon in der High School trug.

»Ich mich auch.« Größtenteils stimmt das. Wieder in San Francisco zu sein, der Stadt, in der ich aufgewachsen bin, ist eine willkommene Abwechslung. In Sacramento konnte ich nie so enge Bindungen aufbauen, wie ich sie zu den Mädels habe, die ich seit der Junior High kenne.

In das Haus zurückzukehren, in dem ich aufgewachsen bin und in dem zufällig auch zwei über Siebzigjährige wohnen? Nicht so glamourös. Aber in der Not frisst der Teufel Fliegen, wie man so schön sagt, und mich trennte nur noch eine miese Entscheidung von der Mittellosigkeit und davon, meinen Körper an der Straßenecke verkaufen zu müssen.

»Ah! Ist das Whit?«, ruft Lennon aus dem Wohnzimmer

herüber. Bevor ich blinzeln kann, springt sie schon durch den Flur auf mich zu. Ihre kurzen schwarzen Haare hüpfen und die Tätowierungen auf ihren Armen verschwimmen, als sie mit den Gliedmaßen wedelt, als wolle sie abheben.

»Du siehst aus wie eine Ausdruckstänzerin auf Crack«, sage ich lachend, als sie mich fast über den Haufen rennt.

Sie drückt mich, dann hält sie mich von sich weg. »Echt?« Sie zieht die Mundwinkel herunter. »Dabei gebe ich mir solche Mühe, das mit dem Crack bleiben zu lassen. Ich halte mich jetzt hauptsächlich an Meth.«

Ich verdrehe die Augen über die extrovertiertere und verrücktere meiner zwei besten Freundinnen.

Man muss über Lennon wissen, dass sie selten ernst ist, einen immer aus der eigenen Komfortzone schubst und stolz darauf ist, dass sie in zehn Sekunden mit der Zunge einen Knoten in einen Kirschstiel machen kann. Genug gesagt.

»Jemand, der dich nicht kennt, würde dir glatt glauben«, meint Tahlia, während sie sich die blonden Haare mit einem Haargummi, das sie ums Handgelenk trägt, zum Pferdeschwanz bindet. Sie hat immer noch ihren Anzug an, also ist sie wahrscheinlich gerade erst von der Arbeit in der Firma ihres Vaters zurückgekommen.

Muss nett sein. Arbeit zu haben, meine ich, nicht für ihren Vater zu arbeiten, denn der Mann könnte Tony Sopranos Halbbruder sein, nur ohne die Mafia. Zumindest hoffe ich das.

»Ist mir doch egal«, brummelt Lennon, die jetzt den Weg zurückgeht, den sie gekommen ist.

»Ich ziehe mir was anderes an«, sagt Tahlia. »Geh schon mal rein und schenk dir ein Glas Wein ein. Ich hab unterwegs ein paar Vorspeisen für uns geholt. Sie stehen auf dem Tisch im Wohnzimmer.«

»Super. Ich könnte etwas brauchen, was mich darüber wegtröstet, dass ich heute Nachmittag wieder bei meinen Großeltern eingezogen bin.«

Sie legt mitfühlend den Kopf schief und streicht mir über den Rücken, bevor wir den Flur entlanggehen. »Es ist nur für den Übergang, Whit. Du bist in Nullkommanichts wieder auf den Beinen.«

»Oder auf den Knien. Wenn du Glück hast!«, ruft Lennon.

Wir lachen beide, und Tahlia biegt nach rechts in ihr Schlafzimmer ab. Ich laufe auf der Suche nach dem Alkohol in die entgegengesetzte Richtung.

Tahlias Wohnung ist nicht riesig, aber modern und gepflegt. Ich bin mir sicher, sie zahlt mehr dafür, als ich in einem Monat verdient habe, denn wir sind hier in der Innenstadt von San Francisco. Glaswände präsentieren die Lichter der Stadt unter uns, und zusammen mit dem offenen Designkonzept von Küche, Wohn- und Esszimmer wirkt die Wohnung luftig und angenehm.

Lennon und ich erzählen uns ein paar Minuten das Neueste aus unserem Leben, während wir auf Tahlia warten. Wie üblich finde ich ihre Eigenheiten gleichermaßen lustig und peinlich. Wir sind alle zusammen in der Bay Area zur Schule gegangen und blieben in der College-Zeit in Kontakt. Nach dem College zog ich weg und nahm einen Job bei der Lokalzeitung in Sacramento an, aber es ist irgendwie tröstlich zu wissen, dass ich sie jetzt, wo ich in meine Heimatstadt zurückgekehrt bin, wieder regelmäßig sehe. Wir sind wieder die drei Amigos, so merkwürdig unsere Gruppe auch ist, wenn man unsere unterschiedlichen Persönlichkeiten betrachtet.

Tahlia betritt die Küche mit einem seltsamen Gesichtsausdruck. Ich kenne sie lange genug, um zu sehen, dass sie versucht, ein Grinsen zu unterdrücken. Sie hält etwas vor uns geheim. Bei jedem anderen hätte ich angefangen zu bohren, aber sie ist wie ein überfüllter Tresorraum voller Konfetti: Wenn wir ihr genug Zeit lassen, hält sie es nicht mehr aus und alles platzt aus ihr heraus.

Als sie sich ein Glas Wein eingeschenkt hat, gehen wir drei

in ihr Wohnzimmer, wo Lennon es sich auf Tahlias braunem Ledersessel gemütlich macht, während Tahl und ich uns für die cremefarbene Wildledercouch entscheiden.

Auf dem runden Couchtisch steht ein Tablett mit großartig aussehenden Vorspeisen, zusammen mit kleinen Tellern und Servietten. Ich weiß ehrlich nicht, warum Tahlia ihr Talent in der Firma ihres Vaters verschwendet. Sie wäre eine großartige Eventplanerin. Ich weiß, ihre Mutter hat sie seit ihrer Geburt auf die Bedeutung der kurzweiligen Unterhaltung gedrillt. Aber Tahlia hat auch eine natürliche Begabung, dafür zu sorgen, dass sich jeder in ihrer Nähe wohlfühlt und alles zu einer unvergesslichen Erfahrung wird.

»Schon Glück bei der Jobsuche gehabt?«, fragt sie, bevor sie mit übertriebenem Schwung ihr Weinglas auf dem Tisch abstellt.

»Noch nicht. Aber ich habe vor, mich morgen für alles zu bewerben, wofür ich qualifiziert bin.«

»Wenn du gar nicht weiterkommst, kenne ich einen Typ, der vielleicht jemanden sucht«, sagt Lennon und schiebt sich eines der Häppchen in den Mund. »Ich kann nicht versprechen, dass es völlig legal wäre, aber …«

»Ich glaube, ich passe«, erwidere ich lachend und nehme einen großen Schluck aus meinem Weinglas.

Lennon mustert mich kurz. »Ja, ich glaube nicht, dass dir ein Gefängnisoverall stehen würde. Orange ist nicht deine Farbe. Aber ich … ich würde in so einem Ding aussehen, als käme ich direkt vom Set von *Orange Is the New Black.*«

Wir brechen alle drei in Gelächter aus, denn ihr wird ständig gesagt, sie sähe aus wie eine der Figuren aus der Serie. Ich schwöre, ich sehe es nicht, es muss also daran liegen, dass sie ihren Körper als Leinwand für ihre Tattoos benutzt.

Tahlia drückt beim Lachen die Hände an die Brust, und ich werde praktisch vom Blitzen eines riesigen Diamanten an ihrem Ringfinger geblendet. An ihrer beschissenen linken Hand.

Lennon muss es im selben Moment gesehen haben, denn sie spuckt die Hälfte ihres Weins aus. »Scheiße, Tahl! Was ist das denn?!«

Ein Grinsen breitet sich auf Tahlias Gesicht aus und sie quiekt, als wäre sie dreizehn und hätte gerade erfahren, dass One Direction wieder zusammen spielen. »Ich bin verlobt! Chase hat mich gestern Abend gefragt!«

Wir kreischen gemeinsam los, wedeln mit den Armen und geben eine ziemlich gute Imitation von Lennons Verkörperung einer Cracksüchtigen ab. Wir springen von Tahls teuren Möbeln auf und umarmen uns unbeholfen zu dritt. Jetzt verstehe ich, warum bei den meisten Dreiern zwei Leute die ganze Arbeit an der dritten Person machen. Liebe gleichmäßig unter drei Leuten aufzuteilen, ist ziemlich unmöglich.

Zumindest haben mir das Leute gesagt, die Pornos gucken.

Egal, weiter im Text.

Lennon und ich inspizieren den riesigen Stein an Tahls Finger. Er ist so groß, dass ich mir sicher bin, sie wird am Ende am linken Arm einen Megabizeps haben und selbst im Sommer nur noch langärmlige Shirts tragen können, damit es nicht auffällt.

»Der ist so schön«, sage ich und bewege ihre Hand hin und her, damit der Diamant das Licht einfängt. »Wie hat er dir den Antrag gemacht?«

»Chase ist mit mir in unser Lieblingsrestaurant gegangen und ließ ihn vom Kellner auf mein Dessert drapieren. Er ging vor dem ganzen Restaurant vor mir auf die Knie. Alle haben geklatscht und gejubelt.« Ihr Lächeln ist strahlend und bringt ihr ganzes Gesicht zum Leuchten.

Mein erster Gedanke ist, dass Chases Antrag ein bisschen klischeehaft und einfallslos war, aber meine Freundin ist glücklich, und wer bin ich, darüber zu urteilen?

»Hast du es schon deinen Eltern erzählt?«, fragt Lennon, als wir uns alle wieder hinsetzen.

Tahlia nickt. »Ich habe sie gestern Abend angerufen. Sie sind begeistert. Natürlich.« Sie errötet ein wenig.

Klar sind Tahls Eltern begeistert. Sie wird in die Webber-Familie einheiraten – eine von San Franciscos prominentesten Familien mit Erblinie in der High Society. Selbst die unter uns, die sich nicht in diesen Kreisen bewegen, kennen die Webbers. Ich bin mir sicher, jetzt, wo Tahl eine gute Partie macht, ist die Vision ihrer Mutter für ihr Leben komplett.

»Ich freue mich so für dich! Wisst ihr schon, wann ihr heiratet?« Ich beuge mich vor und nehme mein Glas wieder vom Tisch.

Tahlia schüttelt den Kopf. »Noch nicht.«

»Tja, noch eine vom Markt. Bleibt mehr für mich«, scherzt Lennon.

»Du wirst so einen Spaß bei der Hochzeitsplanung haben«, sage ich, dann trinke ich einen Schluck Wein.

»Solange ich mir meine Mutter vom Hals halten kann. Sie will sicher irgend so eine teure Hochzeitsplanerin einstellen, damit auch alle *ihre* Ideen umgesetzt werden. Aber ist ja auch egal.« Sie wedelt mit der Hand. »Ich werd's schon herausfinden.«

Viel Glück dabei, denke ich, sage aber nichts.

»Also, Lennon, was ist los?«, fragt Tahlia. »Warum wolltest du uns heute Abend treffen?«

Lennon spielt die Gekränkte. »Kann ich nicht einfach Zeit mit meinen zwei allerbesten Freundinnen verbringen wollen?«

»Eigentlich nicht. Nicht du. Es klang so formell«, sage ich.

Sie rutscht auf ihrem Sitz herum und mir wird bewusst, dass sie nervös ist. Was ihr so gar nicht ähnlich sieht. Ganz offensichtlich stimmt etwas nicht.

»Ich wollte über etwas mit euch reden.«

Tahlia und ich beugen uns beide gespannt vor, aber sie schweigt. Schließlich fragt Tahl: »Und das wäre …?«

»Also, ich fange wohl am besten vorne an.« Lennon neigt ihr Weinglas und trinkt ein paar große Schlucke, bevor sie es auf den Tisch stellt. »Ihr wisst ja, dass mir alle, vor allem mein Bruder, ständig sagen, ich solle erwachsen werden und mir überlegen, was ich mit meinem Leben anfangen möchte, ja?«

Wir nicken beide, denn … ja. Lennon hat das mehr als ein paar Mal von ihrer Familie gehört.

»Normalerweise höre ich mir den Mist gar nicht an. So ähnlich wie bei diesem Lehrer bei Charlie Brown. Ich höre nur mäh-mäh-mäh. Aber vor ungefähr einem halben Jahr habe ich mich mit einer Frau namens Carly unterhalten und sie hatte so viel durchgemacht – Obdachlosigkeit, Sucht, kein Schulabschluss. Aber sie war trotzdem so motiviert und hatte eine Vision für ihr Leben, dass ich mich irgendwie schuldig gefühlt habe, weil ich nicht zu schätzen weiß, wie leicht ich es im Vergleich habe.«

Ich habe fast das Gefühl, diese Frau da vor mir nicht zu kennen. Sie sieht aus wie Lennon. Sie redet wie Lennon. Aber Lennon ist fast nie so ernst.

»Wo hast du sie kennengelernt?«, fragte ich neugierig.

»Bei einem Treffen der Anonymen Alkoholiker.« Lennons Augen flackern kurz auf und sie hebt die Hand zum Mund. »Mist. Ich glaube, das darf ich nicht verraten.«

Ich reagiere nicht darauf, weil ich immer noch überlege, was zum Geier sie bei einem Treffen der Anonymen Alkoholiker wollte.

»Was zum Geier wolltest du bei einem Treffen der Anonymen Alkoholiker?«, fragt Tahlia. Als könnte sie meine Gedanken lesen.

Lennon zuckt die Achseln. »Mir war irgendwann abends mal langweilig und ich kam an einem Schild vor einer Kirche vorbei, auf dem stand, da fände gerade ein Treffen statt. Ich war neugierig, also ging ich rein.«

»Du bist einfach zu einem Treffen der Anonymen Alkoholiker gegangen, obwohl du gar keine Alkoholikerin bist?«, frage ich, nur um sicherzugehen, dass ich sie richtig verstanden habe.

»So ungefähr.« Sie streckt sich, nimmt eines der Häppchen von der Platte und legt es auf ihren Teller. »Warum, soll man das nicht?« Sie sieht ehrlich verwirrt aus.

»Nein. Da bin ich mir ziemlich sicher.« Tahlia klingt ernst.

Lennon zuckt nur wieder mit den Schultern. »Es war langweiliger als ich dachte. Eigentlich hat keiner irgendwelche verrückten Geschichten erzählt oder so was.« Sie blickt wie tief in Gedanken in die Ferne.

»Ein Jammer, echt. Als ich mich neben den Typ mit den ganzen Halstattoos und der Federboa setzte, dachte ich wirklich, er hätte ein paar schmutzige Geschichten zu erzählen.«

»Lennon, du verdienst mit dem Tätowieren von Leuten deinen Lebensunterhalt und hast selbst überall Tattoos.« Ich setze das Weinglas an die Lippen und nehme einen kleinen Schluck.

»Das heißt nicht, dass ich nicht über Leute urteilen kann, die welche haben.«

Tahlia und ich wechseln einen Blick und verdrehen die Augen.

»Was wolltest du gerade sagen?«, fragt Tahl, um Lennon wieder aufs Thema zurückzubringen.

»Ach ja. Also, wir führten ein langes Gespräch darüber, dass ihr Leben vor fünf Jahren richtig scheiße war und wie sie sich rausgekämpft hat. Niemand dachte, sie würde es schaffen, aber sie hielt durch, und jetzt ist sie eine sehr erfolgreiche Geschäftsfrau.«

»Macht es dir keinen Spaß mehr, Leute zu tätowieren?«, frage ich, weil ich mir Lennon nicht im Anzug vorstellen kann. Sie ist … künstlerisch. Das war sie schon immer. Lennon ist am besten, wenn sie sich kreativ ausdrücken kann.

»Ihr kennt mich, ich liebe es, anderen Leuten bleibende Kunst auf den Körper zu tackern, aber ich weiß auch nicht.

In letzter Zeit hatte ich das Gefühl, ich brauche mehr, versteht ihr das?«

Tahl und ich nicken, und ich glaube, ich kann meine Überraschung verbergen. Ich liebe meine Freundin, aber mir war ehrlich nicht klar, dass sie je über den Augenblick hinausdenkt.

»Das hat mich nachdenklich gemacht«, fährt Lennon fort. »Worin bin ich gut? Was interessiert mich?«

»Typen mit Bärten?«, rät Tahlia.

»Am Sonntag nicht duschen?«, frage ich.

»Leute in Verlegenheit bringen?«

»Die Zeche prellen?«

»Ach, ich weiß es!« Tahlia wedelt mit der Hand durch die Luft. »Unser alter Highschool-Lehrer Mr Butler.«

»Ihr seid ja so witzig«, sagt Lennon mit todernster Mine.

Tahlia und ich lachen. »Schon gut, schon gut. Was ist es?«, frage ich.

»Kunst! Und Sex!«

Hmm. Ich glaube, wir haben das Offensichtlichste vergessen.

»Dem kann ich nicht widersprechen«, sagt Tahlia.

Lennon holt tief Luft, und wenn ich sie nicht besser kennen würde, könnte ich tatsächlich auf die Idee kommen, sie sei nervös wegen dem, was sie uns jetzt sagen möchte.

»Ich möchte eine Sexspielzeugfirma gründen.«

Tahlia und ich sitzen beide eine volle Minute lang schweigend da und starren sie an.

»Eine Sexspielzeugfirma?«, frage ich, um sicherzugehen, dass ich sie richtig verstanden habe.

Lennon nickt breit grinsend. »Ja. Die meisten Frauen sind sexuell so verklemmt, das ist unglaublich.« Sie wirft einen kurzen Blick auf Tahlia, führt es aber nicht weiter aus. »Warum ist es okay, wenn Männer Sex haben und ihn genießen, aber für uns ist das aus irgendeinem Grund tabu?«

»Ich weiß es nicht«, antworte ich ehrlich.

»Ich möchte eine Produktlinie schaffen, die künstlerisch und schlicht ist. Geräte, auf die jede Frau stolz sein kann – ohne das Gefühl zu haben, sie in ihrem Nachttisch verstecken zu müssen, beschämt bei dem Gedanken, jemand könnte sie finden. Ich will, dass meine Kundin eine Frau ist, die stolz auf ihre Sexualität ist.«

Sie springt von dem Ledersessel auf und hastet durch die Küche, schnappt sich ihre große Umhängetasche vom Tresen und bringt sie mit ins Wohnzimmer. Als sie sich wieder setzt, tut sie es im Schneidersitz und wühlt in ihrer Tasche herum.

Tahlia ist ziemlich still und ich frage mich, was sie als die Geschäftsfrau unter uns denkt.

»Ich möchte, dass ihr zwei meine Versuchskaninchen werdet. Ich brauche ehrliche Meinungen zu dem Produkt. Aussehen, Gefühl … Performance.« Lennon blickt zu uns auf und wackelt mit den Augenbrauen.

Ich kichere.

»Ich nenne diesen Vibrator Tickled Pink.« Sie zieht zwei pinkfarbene, phallisch geformte Sexspielzeuge in Plastikverpackung aus ihrer Tasche. »Tickled Pink ist komplett wasserdicht, hat eine weiche Hülle, die sich echt anfühlen soll, und man kann sie mit Seife und Wasser waschen.« Sie steht auf, um Tahl und mir je eines der Geräte zu überreichen. »Ich habe sie schon mit Batterien bestückt, ihr könnt also sofort anfangen.«

Lennon setzt sich wieder und schaut uns erwartungsvoll an.

»Was sollen wir mit denen machen?« Tahlia sieht ein bisschen peinlich berührt aus.

»Benutzen.« Lennon verdreht die Augen.

Ich ziehe meinen Vibrator aus der Plastikpackung und mustere ihn kurz. Ich muss zugeben, für so ein Ding ist er ganz attraktiv. Er ist schlicht und sieht modern aus. Ich bin keine Expertin, aber er wirkt gar nicht wie eines dieser furchterregenden, adrigen Monsterschwanzgeräte, die einem einfallen, wenn man an Vibratoren denkt.

»Er ist hübsch«, sage ich.

»Danke.« Lennon richtet sich ein wenig in ihrem Sessel auf; es scheint sie zu freuen, dass ich ihr Produkt gelobt habe.

»Wie konntest du das herstellen lassen?«, fragt Tahlia, ganz Geschäftsfrau. »Das kann nicht billig gewesen sein.«

Lennon zuckt die Achseln. »Ich habe etwas von dem Geld aus dem Erbe meiner Großeltern dafür benutzt. Ich muss sichergehen, dass meine Produkte perfekt sind, bevor ich mich auf die Suche nach Investoren mache, um die Linie auf den Markt zu bringen.«

»Du willst dein ganzes Erbe für das da rauswerfen?« Tahlia zeigt auf den Vibrator in ihrer Hand. »Ich dachte, es sei für einen Hauskauf gedacht?«

In Lennons Gesicht blitzt kurz Verletztheit auf, aber sie hat ihre Züge schnell wieder unter Kontrolle. Ich weiß, Tahl meint das nicht böse, sie macht sich nur Sorgen um ihre Freundin, aber mir tut es leid für Lennon.

»Na ja, wenn es gut läuft, habe ich am Ende sogar noch mehr Geld für ein Haus, oder?«

Tahlia und Lennon schauen sich einen Moment unverwandt in die Augen, bis ich unterbreche.

»Wenn es jemand kann, dann du, Lennon. Ich weiß, du wirst deinen Investor finden und das Ding zum Laufen bringen.«

Sie schenkt mir ein dankbares Lächeln.

»Wenn du Hilfe mit einem Businessplan oder so was brauchst, sag Bescheid«, sagt Tahl.

Lennon richtet ihr Lächeln auf sie und ich weiß, wir haben den kurzen spannungsgeladenen Moment hinter uns.

Wir drei plaudern noch eine Weile, bis Lennon aufsteht. »Es war mir eine Freude, meine Damen, aber ich habe noch eine gewisse Verabredung.« Sie formt einen Kreis mit Daumen und Zeigefinger der linken Hand und bewegt den Zeigefinger der rechten darin hin und her. »Wir sehen uns.«

»Ich wusste nicht, dass du jemanden hast«, sage ich.

Während sie sich bückt, um ihre Tasche vom Boden aufzuheben, schaut sie mich über die Schulter an. Die Falte zwischen ihren Brauen sagt mir, sie ist entweder verwirrt oder hält mich für eine Idiotin.

»Ich bin mit niemandem zusammen. Hast du nicht gehört, was ich gesagt habe? Ich geh mich flachlegen lassen. Das ist was völlig anderes.«

Manchmal beneide ich sie. Lennon scheint sich nie mit lästigen Kleinigkeiten wie Verantwortung, Moral oder gesellschaftlichen Normen zu belasten. Sie ist frei wie ein Vogel und tut, was sie will, wann sie es will.

Ich dagegen bin geradezu besessen davon, etwas aus mir zu machen. Was es noch schlimmer macht, dass ich aus meinem letzten Job entlassen wurde.

Die Kinderpsychologin, zu der mich meine Großeltern früher geschickt haben, sagte, mein Übereifer käme davon, dass mich meine Mutter an ihre Eltern abgeschoben hat, als ich noch ein Kleinkind war, und sich nie wieder blicken ließ. Das und die Tatsache, dass ich meinen Vater nie kennengelernt habe, bedeuten anscheinend, dass ich unterbewusst versuche, mich als liebenswert zu beweisen.

Was wusste die schon? Zehn Jahre Ausbildung und eine schwarze Ledercouch im Büro machten noch keine Expertin aus ihr.

Ich schätze einfach Sicherheit und möchte meinen Lebensunterhalt selbst bestreiten können. Es bringt doch nichts, sich auf andere zu verlassen, wenn die einen sowieso nur enttäuschen.

»Ich gehe besser auch«, sage ich.

Tahlia macht das Ding mit ihrem Gesicht, bei dem sie die Mundwinkel herunterzieht und dann aussieht wie ein missglückter Snapchat-Filter. »Kannst du nicht doch noch länger bleiben?«

»Ich wohne jetzt hier, schon vergessen? Wir können uns jetzt ständig sehen. Abgesehen davon bin ich mir nach deiner großen Neuigkeit sicher, du willst den Rest der Nacht bestimmt mit Chase verbringen.« Ich wackle mit den Augenbrauen und Tahl muss grinsen.

»Whit hat recht. Verbring die Nacht zwischen den Laken und erinnere den Jungen daran, warum er dir einen Ring angesteckt hat«, sagt Lennon, bevor sie sich umdreht und den Flur entlang verschwindet.

Tahlia verdreht die Augen und folgt uns dann zu ihrer Wohnungstür, um uns zu verabschieden. Als gute Gastgeberin, wie immer.

»Chases Eltern möchten irgendwann in den nächsten Wochen eine Verlobungsparty feiern. Ich kann doch darauf zählen, dass ihr kommt, oder?«

Ich beuge mich vor und umarme sie, dann folgt Lennon. »Natürlich«, sage ich.

»Ich würde doch nicht die Gelegenheit verpassen zu sehen, wie deine Mutter bei meinem Anblick die Augen verdreht«, fügt Lennon hinzu.

Tahl lacht, während wir beide hinausgehen.

Tahlias Mutter mochte Lennon eigentlich nie richtig. Lennon ist viel zu bunt für die Santoras. Wenn ich ehrlich bin, hatte ich immer den Eindruck, Mrs Santora toleriere mich gerade so. Wie Lennon stamme ich (offensichtlich) nicht aus den Kreisen mit Geld wie Heu, aber im Gegensatz zu Lennon ist meine Haut keine Leinwand zur Selbstdarstellung, und deshalb kann ich das besser verbergen.

Als Lennon draußen im Treppenhaus ankommt, wirbelt sie herum und ruft: »Ladies, vergesst nicht, euren Tickled-Pink-Vibrator zu testen. Ich erwarte einen Bericht!«

Ein älteres Paar, das gerade im Flur vorbeigeht, wirft ihr

einen entsetzten Blick zu und hastet davon, so schnell es die ältlichen Beine tragen. Wir drei bekommen einen Lachanfall.

Ich winke Tahlia zu, hake mich bei Lennon unter und wir gehen den Flur entlang zum Aufzug. »Es ist schön, wieder daheim zu sein«, sage ich.

Als wir unten auf die Straße hinauskommen, gehen wir ein Stück den Gehweg entlang, bis sie neben einem Van stehen bleibt, der an der Straße parkt. Erst da bemerke ich, dass der VW-Transporter, den sie schon seit dem College fährt, mit Cartoon-Einhörnern überzogen ist, von denen einige Regenbögen kacken oder kotzen. Ich ziehe die Augenbraue hoch.

Lennon blickt von mir zu dem Gefährt und wieder zurück. »Was denn? Ich mag Einhörner.«

»Okaaaaaaay … Glaubst du nicht, das geht vielleicht ein bisschen zu weit?«

Sie zuckt die Achseln. »Lester brauchte neuen Lack und es war billiger, ihn bekleben zu lassen. Ich hätte etwas Langweiliges nehmen können, aber wo bleibt da der Spaß?«

Eine typische Lennon-Antwort. Ich verdrehe die Augen und wende mich zum Gehen.

»Hey, was machst du? Spring rein!« Sie deutet auf die bunte Monstrosität neben ihr.

»Ich gehe zu Fuß.«

»Sei nicht albern! Ich setze dich ab, wo du willst.«

Ich schüttle den Kopf. »Ich schaffe es allein nach Hause. Geh du dich mit Mr Momentaufnahme amüsieren.«

Sie schiebt die Hüfte raus und verschränkt die Arme vor der Brust. »Ich weiß, dass du allein nach Hause kommst, aber du musst nicht.«

Wir stehen einen Moment lang da und starren einander an, bis sie fortfährt.

»Mir ist schon klar, dass du auf keinen Fall auf jemanden angewiesen sein willst, Whit, aber nicht alles ist eine Zumutung.

Nicht jeder wird dich enttäuschen.« Als ich sie niederstarre, hebt sie beschwichtigend die Hände. »Ich sag's ja nur.«

Und so finde ich mich in einem verdammten Riesen-Einhorn wieder und fahre durch die hügeligen Straßen von San Francisco, während Lil Wayne aus den Lautsprechern plärrt.

Kapitel 2

Am nächsten Abend wandere ich in der Stadt herum und suhle mich im Selbstmitleid über meine missliche Lage. Irgendwann entscheide ich mich für eine kleine Bar namens Thirsty Monk in Nob Hill. Es ist eine süße Bar mit kleinen, runden Tischen und einer langen, u-förmigen Theke in der Mitte. Ich setze mich an besagte Theke und plaudere mit der Barfrau, während sie mich beständig mit Drinks versorgt.

Je länger ich da sitze, desto deutlicher dämmert mir, dass ich fünfundzwanzig bin, arbeitslos und bei meinen Großeltern wohne. Ich habe mich in meinem ganzen Leben noch nie als größere Versagerin gefühlt. Die gammelige Zierkirsche auf diesem beschissenen Eisbecher ist, dass Tahlia heiratet.

Versteht mich nicht falsch, ich freue mich sehr für meine Freundin. Ehrlich. Aber ich weiß, dass die kommenden Monate voller Partys, Hochzeits-Übergangsriten und solchem Zeug sein werden. Wofür ich weit mehr Enthusiasmus übrig hätte, wenn ich nicht gerade am tiefsten Punkt meines Lebens angekommen wäre.

Außerdem weiß die kleine Stimme in meinem Kopf, die mich dazu bringen will, die Wahrheit zu akzeptieren, dass ich gerade im Selbstmitleid bade. Warum kann *ich* das alles nicht haben?

Als wir jünger waren, träumten wir davon, alle ungefähr zur selben Zeit zu heiraten und gemeinsam Familien zu gründen. Mädchenträume, ich weiß, aber die Enttäuschung darüber, dass es nie passieren wird, ist ziemlich niederschmetternd. Tahlia macht den nächsten Schritt in ihrem Leben und ich … stecke fest.

Damals, als wir noch Teenager mit funkelnden Augen waren, beschlossen wir, dass ich Tahlias Trauzeugin sein würde, Tahlia die von Lennon und Lennon meine. Das schien uns das Einfachste zu sein, um Streit vorzubeugen. Das und dass wir eine Folge *Friends* gesehen hatten, in der Monica, Rachel und Phoebe dasselbe taten. Okay, vielleicht waren wir auch einfach nur Nachmacherinnen.

Tahlias Trauzeugin zu sein wird nicht billig, und im Moment habe ich kaum genug, um mir bei Taco Bell ein Abendessen zu kaufen. Ich brauche einen Job, und zwar schnell.

Ungefähr eine Stunde nach dieser Erkenntnis schaue ich auf dem Smartphone in meine Mails, falls eine der Firmen, bei denen ich mich beworben habe, geantwortet hat. Die Tinder-App fällt mir ins Auge. Vielleicht ist es der Alkohol, vielleicht ist es der Müllhaufen, der sich mein Leben nennt, aber mich von einem Fremden flachlegen zu lassen, ohne dass einer von uns mehr will, klingt nach einer großartigen Idee.

Und so fange ich an zu wischen. Und zu wischen.

Irgendwann schickt mir einer der attraktiveren Kerle, die ich nach rechts gewischt habe, ein Bild von seinem Schwanz.

Was soll denn das für eine Begrüßung sein?

Ausgehend von dem Bild ist er allerdings nicht schlecht bestückt.

Da soll noch mal einer sagen, ein Schwanzfoto könne keine Leute zusammenbringen.

Sekunden später kommt eine zweite Nachricht.

Pussylickr69: Ficken?

Nun ja. Er verschwendet wenigstens keine Zeit mit Höflichkeiten, was? Ich ignoriere den Fakt, dass dieser Depp sich nicht einmal die Mühe macht, hallo zu sagen oder nach meinem Namen zu fragen, bevor er fragt, ob ich mit ihm vögeln will, und antworte ihm. Denn die Wahrheit ist: Heute Abend brauche ich nur, womit ihn die Erbanlagen so eindeutig gesegnet haben.

Whiteebanter: Das wäre der Plan.

Pussylickr69: Geil. Wo bist du?

Whiteebanter: Im Thirsty Monk in Nob Hill.

Pussylickr69: Wie wär's wenn du zu mir kommst?

Da das mein erstes Abenteuer dieser Art ist, weiß ich nicht, ob es normal ist, zum anderen nach Hause zu gehen. Aber ich werde auf gar keinen Fall ins Haus eines Fremden gehen, ohne ihn vorher in der Öffentlichkeit getroffen zu haben und zu wissen, ob er wie ein Widerling wirkt oder nicht. Ich habe ein sehr gesundes Widerling-Barometer.

Whiteebanter: Ich mach das zum 1. Mal. Wie wär's mit hier treffen & wir trinken was und gehen dann zu dir?

Ich leere den Rest meines Drinks, während ich auf eine Antwort warte. Irgendwie fühlt sich die halbe Minute länger an als das Warten auf die nächste Staffel *Breaking Bad.* Endlich kommt seine Antwort.

Pussylickr69: Bin in 20 min da.

Ich lasse mein Smartphone mit der Geste einer Frau, die gerade ihr Leben wieder in die Hand genommen hat, in meine Handtasche fallen, die an der Stuhllehne hängt.

Okay, ich tu's. Ich tu's wirklich.

Ich brauche noch einen Schuss flüssigen Mut, bevor der Typ hier auftaucht. Ich schaue auf, um noch einen Drink zu bestellen und erwarte, die hübsche Blonde zu sehen, die mich den ganzen Abend bedient hat. Stattdessen trifft mein Blick ein Paar haselnussbrauner Augen, gesäumt von dunklen Wimpern. Diese Augen gehören zum Gesicht eines Kerls, dessen Züge jedes Model neidisch gemacht hätten. Eine genauere Inspektion sagt mir, dass sein Körper nicht weniger beeindruckend ist. Muskeln wölben sich unter seinem strammen T-Shirt, die harten Flächen seiner Brust- und Bauchmuskeln zeichnen sich deutlich ab. Mein Blick wandert eilig wieder zu seinem Gesicht hinauf, und ich sehe ein leicht schiefes Lächeln und ein Funkeln in seinen Augen, die mir sagen, dass er weiß, wie heiß er ist.

Es kostet ein wenig Mühe, meine Synapsen wieder mit meiner Zunge zu verbinden, dann kann ich endlich etwas sagen. »Hallo, du siehst nicht wie die Barfrau aus«, sage ich und schiebe ihm mein leeres Glas zu.

»Du hast recht. Sie ist viel hübscher als ich.«

Sein Grinsen wird breiter. Und oh! Da ist noch ein Grübchen. Ich hatte immer eine Schwäche für Typen mit Grübchen. Andererseits: wer nicht? Ich glaube, Grübchen sind der Schlüssel zum Keuschheitsgürtel.

»Noch einen?« Er nickt zu dem leeren Glas hin.

Als mir wieder einfällt, dass ein Fremder auf dem Weg hierher ist, um Sex mit mir zu haben, flackert Panik in mir auf. Ich brauche unbedingt noch einen Drink.

»Ja!«, sage ich mit zu viel Begeisterung.

Zum Glück lässt er meinen Übereifer unkommentiert. »Was hättest du gern?«

Ich denke kurz nach und komme zu dem Schluss, dass ich etwas Stärkeres brauche als das, was ich bisher getrunken habe – ich muss für diese Sache dringend angeheitert sein –, weiß aber nicht recht, was ich bestellen soll. »Etwas, das mir Haare auf der Brust wachsen lässt«, ist meine geistreiche Antwort auf seine Frage.

Sein Blick gleitet kurz zu meinem Ausschnitt. »Warum willst du eine prima Brust wie deine ruinieren?« Er zieht die Augenbraue hoch, doch statt auf meine Reaktion zu warten, dreht er sich um und fängt an, meinen Drink zu mixen.

Mein Gesicht wird heiß und ein kleines Stück des Selbstvertrauens, das mir in letzter Zeit gefehlt hat, kehrt zurück. Ich lächle vor mich hin, während er ein Glas nimmt und Eis hineingibt, und genieße, wie sich seine Armmuskeln bei der Arbeit zusammenziehen und entspannen.

Ich bin so versunken darin, seinen Körper zu beäugen, dass ich es kaum bemerke, als er einen Drink vor mich hinstellt.

»Für die Dame«, sagt er mit dieser tiefen, leicht rauen Stimme.

»Danke.« Ich beuge mich vor und sauge am Strohhalm; mir entgeht nicht, wie er sich auf meine Lippen konzentriert. Die Süße der Cola kommt zuerst auf meiner Zunge an, dann der Geschmack von Whiskey, gefolgt von etwas, das mir nicht einfallen will.

»Der ist echt gut. Wie heißt er?«

»Das ist ein Stiffy.« Einer seiner Mundwinkel zieht sich nach oben.

»Was ist da drin?«, frage ich, während ich mich zum nächsten Schluck nach vorn beuge. Ich war nie eine große Whiskeytrinkerin, aber das Zeug ist süffig.

»Das ist eine Eigenkreation von mir.« Er zwinkert und beugt sich so weit über die Bar, dass seine Lippen praktisch mein Ohr berühren. »Wenn ich es dir verraten würde, müsste ich unaussprechliche Dinge mit dir anstellen, damit du darüber schweigst.«

Mir läuft ein Schauer über den Rücken und er muss es bemerkt haben, denn er lacht in sich hinein, als er sich wieder aufrichtet, und Heiterkeit bringt seine Augen zum Leuchten.

»Wie heißt du?«, fragt er.

»Whitney Knight. Meine guten Freunde nennen mich aber meistens Whit.«

Er legt beide Handflächen auf die Bar und stützt sich darauf, wodurch alle seine Muskeln hervortreten. Nicht, dass ich es bemerken würde, denn das wäre schlampenhaft, wo doch gerade ein anderer Kerl auf dem Weg hierher ist, um mir das Hirn rauszuvögeln.

Der Duft seines Parfums weht in meine Richtung, als er sich ein klein wenig vorbeugt. »Ich hoffe, dann werde ich eines Tages das Vergnügen haben, dich Whit zu nennen.«

Ich schlucke trocken, meine Zunge fühlt sich zu groß für meinen Mund an. »Wie heißt du?«, frage ich mit belegter Stimme, die wahrscheinlich verrät, wie angetörnt ich in diesem Moment bin.

»Cole«, sagte er schlicht.

Cole. Nur ein Blick auf diesen Kerl und ich weiß, er bedeutet Ärger. Was ich noch nicht weiß, ist, ob er mehr Ärger bedeutet, als er wert ist.

Kapitel 3

Anderthalb Stunden später sitzt der Hottie auf meiner Seite der Bar und hilft mir bei meiner Mission, mich volllaufen zu lassen. Ich muss zugeben, ich genieße seine Gesellschaft, aber es macht ihn nicht direkt zum Mitarbeiter des Jahres, denn eigentlich sollte er ja arbeiten.

»Wird dein Boss nicht sauer, wenn du bei der Arbeit trinkst?«, frage ich.

Schon wieder erscheint dieses verdammte Grübchen, bevor er antwortet. »Nö, der ist cool. Heute Abend ist hier tote Hose. Falls jemand kommt, sorge ich schon dafür, dass derjenige bekommt, was er will.« Sein Blick wandert an mir auf und ab, und ich habe das deutliche Gefühl, er stellt sich mich nackt vor.

Oh Mann, ich hoffe, meine Nacktheit sieht in seinem Kopf umwerfend aus. Angesichts seines frechen Lächelns scheint es so zu sein. Ich frage mich, ob seine Phantasie ausreicht, um sich das Grübchen an meinem Hintern vorzustellen, das einfach nicht verschwinden will, egal, wieviel ich wiege.

Als hätte er mit seinen Worten das Schicksal herausgefordert, läutet die Glocke über der Tür und ein älterer Herr kommt herein und setzt sich an einen der Tische am anderen Ende des Raums.

»Bin gleich wieder da.« Cole tätschelt meine Hand, bevor er aufsteht.

Es ist eine unschuldige Geste, aber sie impft mir schmutzige Gedanken ein. Die Wärme seiner Hand wandert meinen Arm hinauf wie ein Bienenstich und nistet sich irgendwo in meiner Brust ein.

Ich schaue ihm nach und komme nicht umhin zu bemerken, wie perfekt sein Hintern seine Jeans ausfüllt. Er wölbt und strafft sich, als sein Besitzer mit langen Schritten durch die Bar geht. Vielleicht hat Lennon recht und es ist wirklich zu lange her, dass ich mit einem Mann zusammen war.

Erst da fällt mir auf, dass der Tindertyp immer noch nicht aufgetaucht ist. In der Bar ist nicht viel los, wahrscheinlich weil es Mitte der Woche ist, und ich habe mit Cole geplaudert – okay, geflirtet – und nicht bemerkt, wieviel Zeit vergangen ist. Ich ziehe mein Smartphone aus der Handtasche und öffne die App, um festzustellen, dass ich eine neue Nachricht habe.

> Pussylickr69: Komme doch nicht. Sorry, hab ne andere mit weniger Aufwant gefunden.

Die Wut heizt mein Gesicht auf, als ich eine schnelle Antwort schreibe, die möglicherweise, und damit meine ich auf jeden Fall, vom Alkohol befeuert ist.

> Whiteebanter: Ja, ich verstehe schon, dass eine halbe Stunde Konversation zu viel Vorspiel für dich ist. Fick dich und deine Unkenntnis der englischen Sprache. Aufwand schreibt man mit »d«, Vollidiot.

So. Jetzt habe ich es ihm gezeigt. Mit finsterem Blick lasse ich mein Handy in die Handtasche fallen.

»Alles okay?«, fragt Cole, als er sich wieder neben mich setzt.

Ich seufze. »Ja, ich habe nur eben erfahren, dass Pussylicker nicht mehr kommt.«

Cole spuckt fast den Schluck aus, den er gerade genommen hat und bekommt einen Hustenanfall, bevor er sich wieder erholt. »Wie bitte?«

»Ich habe auf einen Typ von Tinder gewartet, aber er hat mich gerade versetzt, weil es ihm anscheinend zu viel Arbeit war, etwas mit mir zu trinken, bevor er mich mit zu sich nimmt, um mich zu ficken.« Ich drehe mein Glas auf der Bar.

»Du angelst auf Tinder nach Typen?« Cole prustet so vor Lachen, dass er sich den Bauch halten muss. Er sieht toll aus, wenn er lacht, ich liebe es, wie sich seine Augenwinkel kräuseln und wie es seine perfekten Zähne in Szene setzt. Abgesehen davon ist es aber irritierend.

»So lustig ist das nicht.« Der Kerl mag heiß sein, aber jetzt strapaziert er gerade meine Nerven.

»Doch, ist es. Warum zum Teufel sollte es eine Frau wie du nötig haben, auf einer Dating-App jemanden zum Vögeln zu suchen?«

Die Art und Weise, wie er »Vögeln« sagt, bringt meine weiblichen Teile dazu sich zusammenzuziehen und ich wünsche mir, es sei eine Einladung, genau das zu tun. Aber das ist egal, denn ich bin sauer auf ihn, ich kann mich durch den Nebel der Trunkenheit nur nicht mehr so genau erinnern, warum.

»Was meinst du mit eine Frau wie ich?« Ich versuche, um den zweiten Satzteil Anführungsstriche in der Luft zu malen, aber mein Gleichgewicht ist nicht mehr das, was es vor drei Stunden einmal war, und ich kippe fast vom Hocker. Also halte ich mich schnell an der Bar fest.

»Schön. Intelligent. Liebenswert. Verführerisch.« Er hakt beim Sprechen jedes Wort mit der Hand ab und sagt es, als meinte er es ernst. Ich starre ihm eine Weile in die Augen, bevor mir die Erkenntnis dämmert.

»Hey! Ich bin eine S.I.L.V. Du weißt schon, wie eine M.I.L.F. Nur anders.« Ich bin so beeindruckt, dass mir das in meinem momentanen Zustand eingefallen ist.

Cole lächelt mit belustigt funkelnden Augen. »Nur besser«, sagt er.

Unsere Blicke bleiben einen Wimpernschlag lang aneinander hängen, und in diesem Moment weiß ich, wenn ich mich diesem Kerl opfere, wird er nur zu gern bereit sein, mich morgen Früh auf den Walk of Shame zu schicken. Hitze steigt mir in die Wangen und ich wende den Blick ab. So tollkühn ich eben noch war, als ich über meine Tinder-Eskapade gesprochen habe, jetzt bin ich mir nicht mehr so sicher, ob ich das wirklich bin: die Frau mit so viel Selbstbewusstsein, dass sie ohne Skrupel einen Fremden knallt.

Meine Euphorie macht vollends eine Bruchlandung, als mir klar wird, dass ich es nicht durchziehen und einen Schritt auf ihn zu machen kann. Ich weiß außerdem, dass ich es wahrscheinlich ewig bereuen werden, denn dieser Mann ist so weit über gutaussehend hinaus, dass Schönheit nur noch ein kleiner Fleck im Rückspiegel ist. Ganz zu schweigen von der Tatsache, dass er verdammt sexy ist und auch menschlich brauchbar zu sein scheint. Was in der Bay Area mindestens so unmöglich zu finden ist wie jemand, der nicht glaubt, er sei allergisch gegen Gluten.

Ich hole tief Luft, trinke die letzten Schlucke aus und schiebe Cole mein Glas hin.

»Noch einen, bitte.«

Cole leert sein Glas ebenfalls und ich schaue zu, wie dabei sein Adamsapfel hüpft.

Verdammt. Das ist sexy.

Warum ist das sexy?

»Ich trinke auch noch einen mit.« Er steht auf, und bevor er geht, stellt er sich direkt hinter mich. »Ich gehe mal davon aus, dass du noch bleiben willst?«

Sein Atem streicht mir über den Nacken und das Ohr, und ich schließe kurz die Augen, um das Gefühl zu genießen. »Ja, gerne«, sage ich ehrlich.

»Gut. Ich weiß, der erste Typ hat dich enttäuscht, aber keine Sorge … Ich habe mir sagen lassen, ich lecke wie ein Profi.«

Und damit geht er, während ich Mühe habe, mein Herz davon abzuhalten, mir aus der Brust zu springen. Dieser Kerl spielt nicht in meiner Liga. Ich weiß es und die Chancen stehen gut, dass er es auch weiß.

Aber fragt euch mal, Ladies … wenn ihr von der Kreisklasse in die Bundesliga geholt würdet, würdet ihr nein sagen?

Kapitel 4

Ich glaube, ich bin tot.

Moment. Hätte ich solche Schmerzen, wenn ich tot wäre? Wahrscheinlich nicht.

Vielleicht liege ich nur im Sterben.

Ich kneife die Augen zu und versuche, den hämmernden Schmerz zu dämpfen, der in meinem Schädel auflodert, sobald ich mich bewege.

Ich meine es ernst. Ich habe gerade mit dem großen Zeh gezuckt und es fühlte sich an, als würde mir ein Messer ins Gehirn getrieben.

Es dauert eine Minute, aber ich stelle fest, dass ich anscheinend in einem Bett liege. Ich kann das Kissen unter meinem Kopf spüren, die Decke um meine Hüfte. Ich versuche, mich an das Letzte zu erinnern, was ich getan habe, bevor ich mit einer gefühlten Fünf-Kilo-Hantel auf dem Kopf aufgewacht bin.

Ich fühle mich wie Wile E. Coyote, auf den Road Runner gerade den Safe fallen lassen hat.

Nach einer Weile, die vielleicht Minuten dauert, vielleicht auch eine Stunde – das weiß ich wirklich nicht so genau –, wage ich, die Augen zu öffnen. Langsam schälen sich meine Augenlider auseinander, und Gott sei Dank für die kleinen Dinge im Leben … Ich werde nicht mit gleißendem Sonnenlicht auf meinen Netzhäuten begrüßt.

Aber ich habe keine Ahnung, wo zum Kuckuck ich bin.

Es ist ein Schlafzimmer. So viel kann ich sagen. Ein sauberes, spärlich eingerichtetes Schlafzimmer. Auf dem Boden Parkett, das aussieht, als wäre es echt, aber aufgearbeitet ist, und weiße Laken bedecken mich auf einem großen Bett.

Dunkle Vorhänge wurden so vor eine große Fensterfront am anderen Ende des Raums gezogen, dass sie ein klein wenig Licht hereinlassen, und eine abgenutzte Kommode steht auf der anderen Bettseite. Ich versuche, mich aufzusetzen, um weiter zu forschen, aber mein Kopf wehrt sich, also lege ich ihn wieder auf das Kissen. Während ich mich zur Seite drehe, versuche ich, meinen Kopf zu zwingen, sich zu erinnern, was ich verdammt noch mal letzte Nacht getan habe.

Ich entdecke eine Flasche Wasser und zwei Kopfschmerztabletten auf dem Nachttisch, und beides kommt mir vor wie eine Fata Morgana mitten in der Wüste, so dankbar bin ich. Dieses Gefühl ist nur kurzlebig, als ich einen Zettel daneben bemerke. Denn da bricht plötzlich die Erinnerung an die Nacht herein. Wie leid ich mir tat. Dass mich der Tinder-Idiot versetzt hat. Der Flirt mit dem Barmann …

Widerstrebend hebe ich den Kopf, ganz langsam, damit mir nicht die Hirnmasse aus den Ohren fließt. Was wäre ich sonst für ein Hausgast? Im Zimmer ist genug Licht, so dass ich das männliche Gekritzel lesen kann.

Ich muss davon ausgehen, dass du die nach gestern Nacht brauchst. Tut mir leid, dass ich gehen musste, aber ich hatte heute Morgen einen frühen Termin. Bleib, solange du willst, aber lass mir auf jeden Fall deine Nummer da. Mach dir keine Sorgen wegen der Tür, wenn du gehst, sie schließt automatisch ab.
Cole

PS: Darf ich dich jetzt Whit nennen? Da du halbnackt in meinem Bett aufwachst, nehme ich an, du betrachtest uns als »befreundet«.

O. Mein. Gott.

O mein Gott!

Ich zermartere mir das Hirn nach irgendeiner Erinnerung daran, was gestern Nacht passiert ist, aber ich weiß nicht mal mehr, wie ich mit ihm die Bar verlassen habe.

Ich trage immer noch meine Unterwäsche, also kann ich mir nicht vorstellen, dass wir Sex hatten, oder? Ich bewege ein wenig das Becken. Es fühlt sich nicht an, als hätte ich Sex gehabt.

Ich halte mir die Hände vors Gesicht und ächze.

Ich habe keine Ahnung, ob ich gestern Nacht Sex hatte oder nicht. Das alles trägt nicht gerade zu einem besseren Selbstwertgefühl bei.

Ganz zu schweigen davon, dass ich mich gern erinnert hätte, wenn ich Sex mit ihm gehabt hätte. Es könnte gut sein, dass ich nie wieder so einen Mann zwischen den Beinen haben werde. Nicht, weil ich glaube, ich wäre es nicht wert, sondern weil es sexuelle Phantasien wie Cole, die nicht total eingebildet sind, nicht gerade wie Sand am Meer gibt.

Ich kann den Presslufthammer in meinem Kopf nicht länger ignorieren, also setze ich mich auf und greife nach den Tabletten und dem Wasser. Als ich die Pillen geschluckt habe, stelle ich das Glas wieder auf den Nachttisch und bemerke einen Stift. So soll ich seiner Meinung nach wohl meine Nummer dalassen.

Auf gar keinen Fall.

Mein Handy liegt auch auf dem Nachttisch, also nehme ich es hoch und rufe Lennons Kontaktinfo auf. Wenn jemand eine Expertin für One-Night-Stands ist, dann sie. Es klingelt ein paarmal, aber irgendwann geht sie ran.

»Ich will hoffen, dass es wichtig ist. Mein Date von gestern Abend wollte gerade runtergehen.«

»Oh, tut mir leid. Störe ich bei der Verabschiedung?«

Lennon lacht. »Süße, unschuldige Whitney. Ich meinte runter zu meiner Muschi.«

Darauf fällt mir nichts ein, also ignoriere ich es komplett. »Ich bin gerade im Bett eines Fremden aufgewacht, er ist weg und hat mir einen Zettel dagelassen, und ich habe keine Ahnung, was gestern Nacht zwischen uns passiert ist.«

Ich höre, wie sie das Mikro zuhält, ihre gedämpfte Stimme, dann kehrt sie wieder zu unserem Gespräch zurück. »Erzähl mir alles!«

»Wenn du mir versprichst, nicht so laut zu reden, ich habe einen tierischen Kater.«

»Du warst gestern Nacht betrunken?«

»Wenn ich von meinem momentanen Kater ausgehe und von der Tatsache, dass ich rein gar nichts mehr von gestern Nacht weiß, muss ich richtig betrunken gewesen sein.«

»O-oh.«

»Genau.«

Meine Freundinnen und ein paar von meinen Exfreunden haben mich darüber informiert, wie ich bin, wenn ich richtig betrunken bin. Sagen wir einfach, ich bin verliebt. Extrem. Verliebt in meine Freunde. Ich liebe alle.

»Ich kann dir garantieren, dass du handgreiflich geworden bist«, sagt Lennon, dann lacht sie auf meine Kosten.

Ich kann mir nur vorstellen, wie ich wohl in Gegenwart von jemandem war, der so fickbar ist wie Cole. Das Letzte, was ich tun werde, ist noch selbst zu unterschreiben, dass ich mich der Peinlichkeit aussetzen werde, ihn wiederzusehen. Nein, danke.

»Ich weiß, ich weiß. Hör zu. Wie sind die Regeln für so etwas?«, frage ich. Ich wälze mich aus dem Bett (und das meine ich wörtlich) und finde das Bad direkt neben seinem Schlafzimmer.

»Was meinst du damit?«

»Er hat mir einen Zettel dagelassen und will meine Nummer.«

»Okaaay … und was ist das Problem?«

Ich erledige schnell meine Morgentoilette und halte das Telefon dabei in der Halsbeuge eingeklemmt.

»Das Problem ist, dass es mir furchtbar peinlich ist. Ich habe keine Ahnung, was letzte Nacht passiert ist und was ich womöglich gesagt habe.« Während ich mir die Hände wasche, werfe ich einen Blick auf mich. »Ich habe mich gerade im Spiegel gesehen. Ich sehe schrecklich aus.«

Das Make-up ist im ganzen Gesicht verschmiert und ich habe dunkle Ringe unter den Augen. Ich bin blass wie eine Leiche, die schon seit ein paar Tagen verrottet, und meine Haare sind an mehreren Stellen verfilzt. Ich würde als Statistin am Set von *The Walking Dead* durchgehen.

Du meine Güte, wie viel habe ich getrunken?

»Dann geh einfach.«

»Kann ich das machen?«

»Du kannst tun, was du willst. Ich gebe meine Nummer keinem Typen, der scheiße im Bett war. In dem Fall bin ich weg, bevor er aufwacht.« Ich höre die tiefe Stimme eines Typen im Hintergrund, verstehe aber nicht, was er sagt. »Mach du das Ding mit deiner Zunge noch mal, dann gebe ich dir meine Mailadresse noch dazu.«

»Ich nehme an, damit meintest du den Mann, der nackt bei dir im Bett liegt, nicht mich«, sage ich trocken.

»Er ist nicht ganz nackt. Wir hatten gerade Spaß mit Nutella.« Sie kichert.

»Können wir bitte auf mein Problem zurückkommen?« Ich lehne mich mit dem Hintern ans Waschbecken, damit ich dem Spiegel den Rücken zudrehe, denn ich habe null Interesse an meinem momentanen Aussehen.

»Hau einfach ab. Schnapp dir deine Sachen und mach die Fliege.

»Ist das nicht unhöflich?« Ich kaue an meiner Fingerspitze.

»Wen interessiert das? Du siehst den Kerl nie wieder.«

»Du hast recht. Okay, ich muss los, bevor er wieder hier auftaucht.«

»Aufstehen, Krone richten, gehen – und ruf mich später an.«

Ich mache mich daran, meine Klamotten in der Wohnung zusammenzusuchen. Anscheinend war ich wild drauf, als ich sie letzte Nacht losgeworden bin, denn ich finde mein Shirt im Wohnzimmer. Das übrigens echt hübsch ist, mit einem cremefarbenen Teppich auf dem Parkett. Ein offener Kamin mit Bücherregalen links und rechts verleiht dem Raum Gemütlichkeit, und hätte ich nicht solche Angst, einzuschlafen und noch hier zu sein, wenn er wiederkommt, wäre das große, braune Sofa jetzt meins gewesen.

Aber ich nehme Abstand. Meine Hose liegt in Coles Schlafzimmer und ich finde einen meiner Schuhe an der Wohnungstür, den anderen meine ich im Bad gesehen zu haben. Jetzt muss ich nur noch meine Handtasche finden, dann kann ich vom Tatort fliehen.

Wieder versuche ich, mich an *irgendetwas* von gestern Nacht zu erinnern, doch mein Kopf bleibt leer. Ich suche hektisch herum und habe das Gefühl, eine riesige Uhr zählt im Hintergrund die Zeit bis zu meiner Vernichtung herunter.

Ach, warte. Da ist sie. Als ich in die Küche komme, sehe ich, dass er tatsächlich eine riesige Uhr an der Wand hängen hat, deren Sekundenzeiger das Drama nur vergrößert, das sich in meinem Kopf abspielt.

Da. Meine Handtasche steht auf dem Küchentresen, und Erleichterung durchflutet mich. Ich eile hinüber und durchsuche ihre Tiefen nach meiner Brieftasche; ich will wissen, ob ich noch Geld für die Öffentlichen habe. Nach dem Betrag, den ich gestern Nacht sicherlich in der Bar ausgegeben habe, muss ich jeden Cent zweimal umdrehen. Falls ich kein Bargeld bei mir habe, werde ich Uber nutzen müssen.

Ich schiebe ein paar Sachen herum, finde die Brieftasche aber nicht. Mist. Habe ich sie gestern Nacht verloren? Durch meinen Körper schießt ein Adrenalinstoß, was bei meinem schwummrigen Magen nicht gerade hilfreich ist.

Ich wusste, ich hätte das weinrote Portemonnaie nicht kaufen sollen. Etwas Helles oder Neonfarbenes wäre in diesem riesenhaften Beutel leichter zu finden. Tahlia und Lennon haben sich schon immer über das Gewicht meiner Handtasche lustig gemacht. Was soll ich sagen? Ich bin gern vorbereitet.

Frustriert darüber, wie lang es dauert, fange ich an, Dinge aus der Tasche zu nehmen und auf dem Tresen zu stapeln. Handcreme, Lippenstift und Notizbuch sind die ersten. Dann meine Wasserflasche, Tampons und der Vibrator, den Lennon mir gestern Abend geschenkt hat. Als ich ihn auf den kühlen Granit stelle, verdrehe ich die Augen. Erwartet sie wirklich von mir, dass ich das Ding benutze und ihr dann berichte? Als nächstes kommt mein Gesichtspuder, eine kleine Bürste, und dann schließt sich meine Hand endlich um meine Brieftasche.

»Yay!«, juble ich. Ich öffne den Reißverschluss und sehe, dass noch fast genauso viel Cash darin ist wie am Abend, als ich das Haus meiner Großeltern verließ.

Hab ich meine Zeche nicht bezahlt? Innerlich stöhne ich, aber tun kann ich jetzt nichts. Denn ich werde Cole definitiv und auf gar keinen Fall je wiedersehen. Ich bete, dass er meine Rechnung, wie hoch sie auch immer gewesen sein mag, nicht von seinem Lohn abgezogen bekommt.

Kopfschüttelnd schnappe ich die Sachen und stopfe sie eilig wieder in die Tasche, denn jetzt will ich nur noch weg.

Zügig erreiche ich die Tür und schaue mich nicht um, als ich versuche, mir das letzte bisschen Stolz, das ich noch habe, zu erhalten, und hinausmarschiere.

Wie sich herausstellt, wohnt Cole im obersten Stock eines umgebauten viktorianischen Hauses. Da ich mir nicht so ganz sicher bin, wo ich mich befinde, vollführe ich den Walk of Shame zur nächsten Straßenecke, um die Straßenschilder zu lesen und mich zurechtzufinden. Zum Glück weiß ich, wo ich bin, als ich die Kreuzung sehe, und wenn ich noch ein Stück die Straße entlanggehe, kann ich sogar einen direkten Bus zu meinen Großeltern nehmen. Ich danke dem Universum kurz, dass es Herbst ist, denn das bedeutet in San Francisco, dass nicht tausendundein Grad herrschen. Die kurze Strecke bis zur Bushaltestelle bringt mich sowieso schon fast um, und wäre es dazu auch noch tierisch heiß, könnte der Leichenbeschauer am Straßenrand eine Linie um meinen Körper ziehen.

Mein Kopf hämmert immer noch, aber zum Glück sitzt sonst niemand auf der Bank, also lasse ich mich mit meiner Tasche auf dem Schoß hinplumpsen. Hoffentlich kommt der Bus bald. Ich will meine Brieftasche herausholen, damit ich meinen Fahrpreis schon einmal abzählen kann, aber sie hat sich natürlich irgendwie wieder ganz unten in der Tasche vergraben.

Mit einem tiefen Seufzer beginne ich die Jagd.

Diesmal finde ich die Brieftasche leicht, aber was ich nicht sehe ist das leuchtend pinke Sexspielzeug, das mir Lennon geschenkt hat. Wo zum Henker ist das Ding? Wenn ich es verliere, bringt sie mich um. Ich suche noch eine Minute und finde es nicht. Moment …

Nein.

Nein!

Es ist niemand da, der es sehen könnte, aber mir steigt die Hitze in die Wangen, als die Demütigung einsetzt.

Verdammte. Scheiße.

Ich habe den Vibrator in Coles Wohnung doch wieder in die Tasche gesteckt, nachdem ich meine Brieftasche gefunden hatte, oder?

Fieberhaft wühle ich alle Gegenstände in meiner Tasche durch, dann lege ich sie nebeneinander auf die Haltestellenbank, bis meine Tasche leer ist. Immer noch kein Vibrator.

In diesem Moment kommt ein Mann mittleren Alters daher, beäugt mich skeptisch und beschließt, lieber ein paar

Meter weiter auf den Bus zu warten, statt in meine Nähe zu kommen. Ich kann es ihm nicht verdenken.

Ich sinke vor der Bank auf die Knie. »Das kann nicht wahr sein. Das kann nicht wahr sein. Das kann nicht wahr sein!« Ich fahre mir mit den Händen durch die Haare und wiege mich in einem Mini-Nervenzusammenbruch vor und zurück.

Ich hatte vielleicht oder auch nicht einen One-Night-Stand mit einem Typ, der auch ein Model sein könnte, ich habe keine Ahnung, was passiert ist, aber ich weiß, es war höchstwahrscheinlich nicht meine Sternstunde, und jetzt habe ich ein Sexspielzeug auf seinem Küchentresen zurückgelassen.

Kann mir jemand eine Schaufel geben, damit ich mir ein Loch graben und nie wieder herauskommen kann?

»Alles in Ordnung, Miss?«, fragt der Mann, der mit mir auf den Bus wartet, aber ich merke, er wagt es nicht, einen Schritt näher zu kommen.

Ich fange an, alles wieder in meine Tasche zu stopfen. »Klar. Geht schon. Anscheinend kann man nicht wirklich vor Scham sterben.«

Er nickt, sagt aber nichts und richtet seine Aufmerksamkeit wieder auf die Straße. Ich bin mir sicher, er versucht, den Bus per Telepathie herzulocken, damit er endlich der Verrückten auf der Bank entkommt.

Missmutig setze ich mich wieder mit der Handtasche auf dem Schoß auf die Bank.

Yep. So gern ich eine zweite Runde mit Cole hätte, an die ich mich dann erinnern kann – ich werde ihn nie, niemals, unter gar keinen Umständen je wiedersehen.

Kapitel 5

Nachdem ich die Haustür meiner Großeltern aufgeschlossen habe, öffne ich die Tür so langsam und leise wie möglich, in der Hoffnung, unbemerkt hineinschleichen und so tun zu können, als wäre ich die ganze Nacht hier gewesen. Statt Stille begrüßt mich das dreifache schrille *Wuff* eines Hundes.

Was ist das denn? Ich zögere kurz und überlege, ob ich Halluzinationen habe, denn meine Großeltern hatten früher, als ich hier aufwuchs, keinen Hund, und sie haben auch jetzt keinen.

Aber da ist es wieder. Ein Bellen, das mir sagt, hier im Haus ist definitiv irgendwo ein Hund. Ich drücke die Tür vollends auf, und sobald ich meinen Fuß auf den Holzboden des Eingangsbereichs setze, werde ich von einem Dreißig-Zentimeter-Fellknäuel angefallen.

Ein Blick auf diesen Hund, und mir ist klar, er bedeutet Ärger. Er bellt aufgeregt und springt auf und ab, als hätte ich ein rohes Steak in der Tasche. Eine Sekunde lang hört er mit seinem Gebell auf, und seine Zunge hängt seitlich heraus, während sein kurzer Schwanz wild wedelt.

Meine Grandma Edna taucht aus dem hinteren Teil des Hauses auf und lächelt, als stünde zwischen uns kein geistesgestörtes Tier und als käme ich nicht nach Hause wie jemand, der die ganze Nacht in der Polk Street anschaffen gegangen ist. »Wie ich sehe, hast du Sparky schon kennengelernt.« Ich blicke verwirrt zu ihr auf. »Dein Grandpa und ich haben beschlossen, dass wir die Hunde in Pflege nehmen, für die im

Tierheim kein Platz ist. Nur bis sie neue Besitzer für sie finden. Sparky ist heute Morgen hier angekommen.« Sie beugt sich hinab, um den Köter zu streicheln, aber er dreht sich zu ihr um und knurrt, bevor sie nahe genug kommt, um ihn zu berühren. Meine Grandma lächelt nur. Dann wendet Sparky den Kopf und blickt mich schief an, als erwarte er etwas von mir.

Ich starre die fünf Pfund Fell zu meinen Füßen nur an.

»Ich glaube, er mag dich.« Ich höre das Lächeln in der Stimme meiner Grandma.

Ohne auf ihre Bemerkung zu achten, sage ich: »Warum weiß ich nicht, dass ihr im Tierheim aushelft?«

»Habe ich das nie erwähnt?«

»Ähm … nein.« Ich schaue zu ihr hinüber, und sie lächelt wieder und zuckt die Achseln.

»Die Freundin einer Freundin hat mir die Besitzerin des Tierheims vorgestellt, und eines führte zum anderen. Bevor ich wusste, was los ist, hatten wir einen Taubenschlag von Hunden hier im Haus.« Sie lacht, als wäre das das Lustigste der Welt.

Ich schaue auf die kleine Puderquaste hinab. »Für wie lange ist er hier?«

»Das kommt darauf an, wie lange es dauert, bis ihn jemand adoptiert. Penny, die Lady, die das Tierheim betreibt, sagte, er mag nicht viele Leute. Von dir scheint er aber ziemlich fasziniert zu sein.« Sie kichert und in mein Gesicht schleicht sich ein leichtes Lächeln.

War ja klar, dass das einzige männliche Wesen, das an mir interessiert ist, zur vierbeinigen Sorte gehört. Wenn man mein letztes Techtelmechtel bedenkt, ist das vielleicht gar nicht so schlecht.

Ich ignoriere Sparkys flehenden Gesichtsausdruck – ich schwöre, jetzt ziehen sich seine Augen- und Mundwinkel nach unten – und schaue wieder meine Grandma an.

»Wie läuft die Jobsuche?«

Ich spüre, wie sich die Sorge wie ein Gewicht auf mich legt

und bemühe mich, so gut es geht, sie wegzuschieben. »Nicht gut. Ich habe mich bei ein paar Firmen beworben, aber keiner der Jobs ist wirklich in meinem Fachgebiet.«

Sie tätschelt mir die Wange, wie sie es tut, seit ich ein kleines Mädchen war. »Keine Sorge. Du bist ein kluges Mädchen. Ich weiß, du wirst etwas finden.«

Ich lege die Hand auf ihre und lächle. »Danke, Grandma. Und noch mal danke, dass ich hier wohnen kann, bis ich wieder auf den Beinen bin.«

»Du kannst sehr gerne so lange bleiben wie du willst.« Ein mitfühlendes Lächeln breitet sich über ihr Gesicht.

Ich beuge mich vor und küsse sie auf die Wange. Es ist so ein Glück, dass ich sie habe.

»Ich wollte gerade Frühstück machen. Dein Grandpa sitzt auf dem Balkon. Wie wäre es, wenn du zu ihm rausgehst und mit uns isst?«

So gern ich Zeit mit meinen Großeltern verbringe, ich brauche jetzt Erholung. Nachdem ich den Vortag mit Bewerbungen für Aushilfsjobs verbracht habe, für die ich überqualifiziert bin, all meine weltlichen Besitztümer im Haus meiner Großeltern ausgepackt und vielleicht oder auch nicht mit einem Fremden herumgemacht habe, fühle ich mich, als säße ich in einem Bus mit einfachem Ticket nach Losertown.

Jetzt ist mir eigentlich nur danach, mich im Bett in meinem Elend zu suhlen. Allein. »Danke, Grandma. Ich glaube, ich lege mich einfach hin.«

»Ich weiß noch, wie es in deinem Alter war.« Sie kichert. »Geh du mal deinen Kater auskurieren.«

Ich schneide eine Grimasse und sie dreht sich um und schlurft in die Küche, wobei sie immer noch bei der Erinnerung an irgendeine Geschichte von früher vor sich hin lacht. Es war mir nicht aufgefallen, als ich ankam, aber ihr Gang ist viel mehr der eines alten Menschen als ich mich von meinem letzten Besuch erinnern kann.

Ich speichere diese Beobachtung ab, um sie ein andermal wieder herauszuholen und genauer zu prüfen, dann gehe ich nach oben. Dort ziehe ich mir schnell meine LuLaRoe-Leggings und ein übergroßes T-Shirt über, dann wühle ich mein Handy aus der Handtasche und sehe, dass ich ein paar Nachrichten in meinem Gruppenchat mit Lennon und Tahlia verpasst habe.

Lennon: Ihr könnt euch den Schwanz von dem Typen von letzter Nacht nicht vorstellen. Ich sage euch, Tinder ist eine verdammte Goldmine für Monsterschwänze.

Tahlia: Du brauchst echt Hilfe.

Lennon: Ach, bitte. Erzähl mir das, wenn du zwanzig Jahre lang Chase geknallt hast.

Tahlia: Hey!

Lennon: Du weißt doch, dass ich nur Spaß mache. Du wirst glücklich bis an dein Lebensende leben und in den Sonnenuntergang reiten. Ich belasse es nur einfach lieber beim Reiten. Punkt.

Tahlia: Als wüssten wir das nicht alle.

Lennon: Also, Tahl, frag Whit, was sie gestern Nacht gemacht hat. LMAO.

Tahlia: OMG was ist los?

Tahlia: Hallo?! Antwortet mir vielleicht jemand?

Tahlia: Whit, was ist los?

Kichernd schüttle ich den Kopf. Meine Freundinnen sind eine nie versiegende Unterhaltungsquelle. Ich lasse mich auf dem Bett nach hinten fallen und strecke mich aus, um meine Antwort zu tippen.

Ich: He, ich sehe das jetzt gerade erst. Ich gebe Tahl recht, du brauchst Hilfe. ;-P

Lennon: Egal. Erzähl Tahl, von wo aus du mich heute Morgen angerufen hast.

Tahlia: Ja! Erzähl's mir!!!

Ich: Ich bin mit einem Typ nach Hause gegangen, aber ich weiß nicht mehr so genau, was passiert ist, weil ich zu betrunken war.

Tahlia: OMFG!

Lennon: Erst machst du mit deinem Boss rum. Dann hast du One-Night-Stands. Mein kleines Mädchen wird erwachsen. *schnüff* Ich wusste, du bist nicht so unschuldig wie du aussiehst.

In meiner augenblicklichen Stimmung muss mich keiner an die Indiskretion erinnern, die am Ende dazu führte, dass ich meinen letzten Job verlor. Aber ich kenne Lennon und weiß, dass sie es nicht als Beleidigung gemeint hat.

Tahlia: Tiefschlag, Mädchen.

Lennon: Soll das ein Witz sein? Ich bin voller Hochachtung! Nimm dir, was du willst, wann du willst.

Ich: Ja, ist nur scheiße, wenn er beschließt, dich zu feuern, statt dich zu vögeln. LOL

Tahlia: Sein Pech.

Lennon: Verdammt richtig.

Tahlia: Du musst mir alle Einzelheiten erzählen, wenn wir uns das nächste Mal sehen!

Ich. Klar. Hört mal, Mädels, ich brauch jetzt echt mal Schlaf.

Tahlia: K, bis später.

Lennon: Später, ho.

Ich lasse mein Smartphone aus der Hand und auf die Matratze gleiten. Eigentlich will ich nicht noch einmal durchleben, wie ich es wieder mal versaut habe, also werde ich dieses Gespräch mit Tahl so lange wie möglich meiden. Der Neustart, auf den ich gehofft hatte, verliert langsam seinen Glanz.

Kapitel 6

»Ich fasse es nicht, dass du meinen Vibrator verloren hast!«, flüstert Lennon in Bühnenlautstärke, als wir das Restaurant Bliss betreten, eines der vielen Unternehmen, an denen die Familie Webber beteiligt ist.

»Es tut mir leid. Es war wirklich ein Versehen.« Ich streiche die Vorderseite meines Kleides glatt, während ich den Blick über den vornehmen Raum voller vornehmer Leute schweifen lasse. Tahlia hat gesagt, sie haben das Restaurant für diesen Abend geschlossen, damit Chases Eltern die Verlobungsfeier ausrichten können.

»Wie kann man versehentlich einen Vibrator verlieren?«, fragt sie, als wir an der Garderobe unsere Jacken abgeben.

»Das ist eine lange Geschichte. Die muss ich dir ein andermal erzählen.«

Ich habe es ihr endlich gestanden. Na ja, zum Teil. Wie genau ich das Ding verloren habe, weiß sie nicht. Seit sie es mir geschenkt hat, sind ein paar Wochen vergangen, und sie nervt mich schon eine ganze Weile mit ihren Fragen zu seiner »Performance«. Ich dachte mir, der beste Ort, es ihr zu erzählen, wäre irgendwo, wo sie mir nicht zu viele Fragen dazu stellen kann. Schließlich würde sicher nicht einmal Lennon Tahlia vor der ganzen Elite von San Francisco in Verlegenheit bringen, indem sie zu Bruce Lee mutiert und mich zur Schnecke macht.

Ich will ehrlich sein. Die meisten Leute hier sind nicht mein

Fall. Wir gehören nicht zum selben Stamm. Überhaupt nicht. Sie tragen alle Designerklamotten, die mehr als eine Monatsmiete kosten – die in San Francisco scheißhoch ist –, und mein Kleid kommt von der Stange bei Target. Während sie davon ausgehen, dass die Welt sich ihrem Willen beugt, ist mir mehr als bewusst, dass das Leben ungerecht ist.

Tahlias Eltern waren nach außen hin immer sehr herzlich zu mir, aber ich weiß, wenn sie hätten wählen können, wäre es ihnen lieber gewesen, sie hätte sich mit einer der Töchter ihrer Country-Club-Kollegen angefreundet.

Damit will ich nicht sagen, dass ich Chase nicht mag. Ich finde ihn eigentlich ganz in Ordnung. Das war zwar eine ganz andere Geschichte, als er und Tahlia zusammenkamen, aber er ist mir ans Herz gewachsen und meine Freundin ist glücklich, wer bin ich also, ihr vorzuschreiben, wen sie heiraten soll?

Die Familie Webber ist in der Bay Area angesehen, auch wenn ich nie so ganz verstanden habe, warum. Ständig kaufen sie günstige Mietshäuser auf, lassen sie abreißen und bauen stattdessen Luxusimmobilien. Für mich beuten sie die kleinen Leute aus, um sich die Taschen zu füllen, und davor habe ich keinerlei Respekt. Trotzdem kann ich lächeln und es einen Abend lang ertragen, wenn ich damit Tahl glücklich mache.

»Ich kann es kaum erwarten, die Geschichte zu hören«, sagt Lennon. Wir gehen weiter und schauen uns nach unserer Freundin um. »Hast du ihn in deinem magischen Dreieck verloren?«

Ich drehe mich zu ihr um. »Mein was?«

»Deine Muschmusch. Du weißt schon, dein Feuchtgebiet …«

Ich verdrehe die Augen und lächle dann, als ich Tahlia und Chase näherkommen sehe.

»Da sind meine Mädels!«, sagt Tahl und umarmt uns beide kurz, bevor sie wieder auf Abstand geht, um uns zu betrachten. Sie sieht umwerfend aus in ihrem champagnerfarbenen Kleid, das knapp über dem Knie endet. Sie trägt ihre blonde Mähne offen in großen Locken. »Ihr seht beide wunderschön aus. Sehen sie nicht schön aus, Chase?« Sie dreht sich zu ihrem Verlobten um.

Chase steht hinter Tahl, legt die Hände auf ihre Schultern und drückt sie.

»Deine Damen sehen wie immer großartig aus.«

»Gratuliere, Chase. Ich habe dich gar nicht gesehen, seit ich die große Neuigkeit gehört habe.«

»Ja, Glückwunsch«, fügt Lennon hinzu.

»Danke. Ich bin ein Glückspilz.«

Tahlia dreht den Kopf zur Seite und die beiden schauen sich kurz in die Augen. Es ist offensichtlich, wie wichtig sie einander sind. Ich ignoriere den leichten neidischen Stich in meiner Brust.

»Wo ist deine Mom?«, fragt Lennon. »Du weißt, ich quäle sie so gern. Ich habe vor, mich neben sie zu stellen und sie in ein Gespräch zu verwickeln, sobald der Bürgermeister zu ihr rübergeht.«

Tahlia kichert, während Chase ein Grinsen unterdrückt. »Als ich sie das letzte Mal gesehen habe, sprach sie da drüben irgendwo mit dem Priester.« Sie macht eine Geste in Richtung Bar, und Lennon macht sich, den Kopf zurückwerfend und mit einem gespielten irren Lachen, auf den Weg.

Tahlia verdreht nur die Augen und wendet sich wieder mir zu. »Wie läuft die Jobsuche? Schon Glück gehabt?«

Ich zucke die Achseln. »Ich hatte diese Woche ein Bewerbungsgespräch. Glaube nicht, dass was dabei herauskommt. Aber ich habe von einem Job bei WHFI News gehört, der ziemlich toll klingt.« Ich weiß, sie fragt, weil sie eine gute Freundin ist, aber das ist wirklich das Letzte, worüber ich im Moment sprechen möchte. Ich will zu Ehren meiner Freundin fröhlich und in Feierstimmung bleiben.

»Das hört sich super an!«, ruft Tahlia aus.

Chase nickt zustimmend. Ich schätze mal, für die Lokalnachrichten zu arbeiten hält man in seinen gesellschaftlichen Kreisen für akzeptabel. Warum denke ich das jetzt? Das ist gemein.

»Ich bezweifle, dass etwas daraus wird …«

»Unsinn!« Tahlia versetzt mir einen Klaps auf den Oberarm. »Sie können sich glücklich schätzen, wenn sie dich bekommen!«

»Mal sehen.«

»Entschuldigt ihr zwei mich mal kurz? Ich habe gerade meinen Bruder entdeckt und muss etwas mit ihm besprechen«, sagt Chase und gibt Tahlia ein Küsschen auf die Wange.

Bei der Erwähnung von Chases Bruder versteife ich mich ein bisschen.

Tahlias ausgelassener Gesichtsausdruck fällt ein klein wenig in sich zusammen. »Arbeit? Bei unserer Verlobungsfeier? Wirklich, Chase?«

»Na ja, wenn er mir die Infos, die mir noch fehlen, während der Geschäftszeiten liefern würde, müsste ich ihn nicht bei gesellschaftlichen Anlässen abpassen. Ich schicke ihn herüber, wenn wir fertig sind, damit er sich bei dir entschuldigen kann.«

Tahlia seufzt und Chase geht ohne ein weiteres Wort.

»Alles in Ordnung?«, frage ich.

»Es ist nur Chases Bruder. Er ist manchmal so … wie soll ich sagen? Du weißt ja, wie er ist, du …«

Bevor sie weitersprechen kann, hebe ich die Hand. »Ich bin nicht gerade scharf darauf, das noch mal durchzukauen.«

»Verständlich.« Sie presst die Lippen zusammen. »Ist es okay für dich, mit ihm im selben Raum zu sein, nach dem, was passiert ist?«

»Das ist schon Jahre her, Tahl. Ich bin drüber weg«, lüge ich.

Chases Bruder hat sich vor Jahren auf meiner Arschlochliste nach oben gearbeitet, als er mich bei einem Blind Date sitzenließ. Und von diesem Listenplatz hat er sich seitdem nicht wegbewegt, aber das muss sie nicht wissen. Für meine Freundin kann ich lächeln und gute Miene zum bösen Spiel machen.

»Er ist immer noch notorischer Junggeselle, du weißt schon. Männliche Hure. Kompromisslos. Bringt nichts zu Ende. Du bist gerade noch mal davongekommen, glaub mir. Chase sagt, er und sein Dad sind in letzter Zeit oft aneinandergeraten.«

»Klingt ja, als würdest du den richtigen Bruder heiraten.«

Tahlia lacht kurz auf. »Das kannst du laut sagen.« Sie streicht sich über die Haare und setzt wieder ihr Partygesicht auf.

»Kümmere du dich um deine Gäste. Ich hole mir etwas zu trinken und gehe dann deine Mom vor Lennon retten.«

»Danke!« Tahlia umarmt mich. »Du bist die Beste.«

Ich fühle mich nicht wie die Beste, denn die Vorstellung, Tahlias Demnächst-Schwager zu treffen, löst in mir den Wunsch aus, unbemerkt von hier zu verschwinden. Was er mir vor so vielen Jahren an diesem Abend angetan hat, war schlimm genug. Er hatte mich vorher nie getroffen, aber er war so grausam, mich allein in einem Restaurant sitzen und auf mein Date warten zu lassen. Ich hatte deswegen eine leichte Abneigung gegen ihn, aber ich hätte darüber wegkommen können. Das Problem war, was an diesem Abend passierte, nachdem ich das Restaurant verlassen hatte. Der Lauf meines Lebens veränderte sich innerhalb eines Augenblicks und ich gebe ihm die ganze Schuld daran.

Doch ich schlucke mein Unbehagen hinunter und schiebe mich durch die Menge. Ich erkenne ein paar von Tahlias Cousins und Cousinen im Raum und einige der besser bekannten Leute aus San Francisco, allerdings würde ich wahrscheinlich noch mehr erkennen, wenn ich nicht ein paar Jahre weg gewesen wäre.

Da. Ich sehe Lennon am anderen Ende des Raums mit Mrs Santora reden, die aussieht, als könnte sie sie nicht schnell genug loswerden. Vor mich hin grinsend trete ich an die Bar zur Barkeeperin, einer attraktiven Frau Mitte zwanzig mit langen, welligen braunen Haaren. Ihre Haarspitzen sind heller gefärbt, und obwohl meine Haare dunkler sind als ihre und nur schulterlang, frage ich mich, ob ich das wohl auch tragen könnte.

»Was darf ich Ihnen heute Abend servieren?«, fragt sie.

Bevor ich antworten kann, höre ich hinter mir eine tiefe, bekannte Stimme, die mir Schauder über den Rücken und Hitze in meine unteren Regionen jagt.

»Wenn mich meine Erinnerung nicht täuscht, weiß die Dame hier Whiskey zu schätzen.«

Sämtliche Muskeln meines Körpers verkrampfen sich. Ich schließe langsam die Augen, hoffe und bete, dass die Stimme nicht zu dem gehört, von dem ich glaube, dass er es ist. Langsam, wie ein Auto in der Mitte eines Ausstellungsraums, drehe ich mich zu der Person hinter mir um.

Cole.

Totale und vollkommene Demütigung frisst jede Zelle meines Körpers auf, färbt meine Haut rot, und ich wünsche mir noch mal ein Erdbeben wie das von 1906, das mich verschlingen möge.

»Was zum Geier tust du denn hier?«

Das ist natürlich nicht das Intelligenteste, was ich zu ihm sagen kann, aber es ist das Erste, was aus meinem Mund kommt. Und seien wir ehrlich: Es ist auch das, was ich in Wirklichkeit denke.

Seine Stirn runzelt sich und eine Falte erscheint zwischen seinen Augenbrauen, als er mich kurz mustert. Er öffnet den Mund, um zu antworten, aber genau in diesem Moment tritt Chase zu uns.

»Whitney, wie ich sehe, hast du meinen Bruder schon kennengelernt.« Er versetzt Cole einen Hieb auf die Schulter und lächelt mich an.

Ich stehe da wie eine Idiotin, starre die beiden mit offenem Mund an, mein Blick schießt zwischen ihnen hin und her. Jetzt, wo ich sie nebeneinander sehe, ist die Familienähnlichkeit eindeutig.

»Cole, wir müssen reden«, höre ich einen tiefen Bariton neben unserer Gruppe.

Wir wenden uns alle der Quelle zu, und ich erkenne aus den Zeitungen Winston Webber, Coles und Chases Vater.

»Ich bin mitten in einem Gespräch, das wird warten müssen.« Coles intensiver Blick ist wieder auf mich gerichtet. Ich werfe ihm einen kurzen Blick zu und schaffe es nicht, ihm standzuhalten, also wende ich mich wieder seinem Vater zu.

»Ja, ich weiß, du hast immer Zeit, ein hübsches Mädchen anzusprechen, aber die Geschäfte warten nicht. Das ist die Verlobungsfeier deines Bruders, um Himmels Willen, und er beschwert sich auch nicht.«

Mir ist unangenehm, wie Coles Vater vor allen anderen mit ihm spricht, und das schlägt mich vollends in die Flucht.

»Entschuldigen Sie mich.«

Ohne einen weiteren Gedanken oder Blick zurück fliehe ich aus unserer kleinen Gruppe; ich muss verschwinden.

Ich stolpere in eine weitläufige Toilette mit Granitwaschbecken und deckenhohen Holztüren an den Kabinen. Die alle offen stehen. Scheinbar hat es der Gute da oben gut mit mir gemeint, denn jetzt, wo ich allein bin, kann ich richtig ausflippen. Tahlia wird mich umbringen!

Ich habe sie darüber reden hören, was für eine männliche Hure Chases Bruder ist, dass er glaubt, er könne sich alles erlauben, dass er nichts weiter sei als ein verzogener reicher Bengel, der glaubt, die Welt sollte ihm zu Füßen liegen. Aber das wusste ich alles schon, wegen dem, was zwischen uns passiert ist. Oder was nicht passiert ist, um genauer zu sein.

Ich lasse mich auf einen der bequem aussehenden Sessel im Vorraum der Toiletten sinken. Ich kann mir nicht vorstellen, warum ich jemanden wie ihn nicht einfach links liegen lassen habe.

Vor diesem Moment habe ich mich immer gefragt, warum zum Teufel sie diese Mini-Wohnzimmer in ihre Schickimicki-Toiletten einbauen. Ich meine, wer will schon neben einer öffentlichen Toilette abhängen? Jetzt schätze ich mal, sie sind für solche Momente gedacht, wenn du herausfindest, dass du vielleicht oder auch nicht mit dem zukünftigen Schwager deiner besten Freundin geschlafen hast, den du seit Jahren dafür hasst, was er dir angetan hat. Oh, und nicht zu vergessen die Sache mit dem Vibrator.

Ächzend halte ich mir die Augen zu, als mir diese Erkenntnis dämmert.

Ich höre die Türangeln knarren und senke eilig die Hände, setze mich aufrecht hin und versuche, auszusehen wie … ach, ich weiß nicht … als wäre ich unerschüttert und gefasst und hätte nur beschlossen, dass mir die Toilette besser gefällt als die Party da draußen.

Absätze klappern auf dem Marmorboden und kommen den kurzen Flur entlang auf mich zu.

»Lennon!« Ich war nie erleichterter, sie zu sehen. Ich brauche jemanden, der mich vom Sims über dem Abgrund holt und mir sagt, dass alles wieder gut wird.

Im Vorbeigehen dreht sie den Kopf und sieht mich, wirbelt auf ihren Zehn-Zentimeter-Absätzen herum und kommt zu mir in das behelfsmäßige Wohnzimmer.

»Was tust du denn hier?« Sie schaut sich in der Toilette um, um sicherzugehen, dass wir allein sind. »Hast du es hier drin gerade mit jemandem getrieben?« In ihren Augen blitzt der Schalk auf und sie wackelt vielsagend mit den Augenbrauen.

Ich schüttle den Kopf. »Du brauchst wirklich Hilfe.«

»Was ist dann los?« Jetzt verdüstert sich ihr Gesichtsausdruck besorgt und sie setzt sich auf den vornehmen Sessel neben mir.

Ich schlucke an dem großen Klumpen, der sich in meiner Kehle bildet. Fühlen sich so Katzen, wenn sie ein Haarknäuel auswürgen?

Ich ermahne mich, dass ich es mir nicht leisten kann, mich ablenken zu lassen, solange ich nicht weiß, wie ich Cole mit unversehrtem Stolz wieder unter die Augen treten soll. Was soll ich sagen? Wunschdenken meinerseits.

»Ich habe gerade Chases Bruder Cole kennengelernt.«

Ein Lächeln breitet sich auf ihrem Gesicht aus. »O ja. Ich habe ihn vorhin auch getroffen. Daaamn. Was ich mit dem Mann alles anstellen könnte, wenn ich vierundzwanzig Stunden, ein Seil und Gleitgel hätte.« Sie blickt in die Ferne, als stellte sie es sich gerade bildlich vor.

Ich ignoriere den eifersüchtigen Schmerz, der sich beim Gedanken an Lennon und Cole in meiner Brust ausbreitet. »Ich glaube, das … habe ich vielleicht schon.«

Lennon bleibt der Mund offen stehen, aber sie schweigt.

Schreibt euch das Datum und die Uhrzeit in den Kalender, Leute. Dass ich Lennon einmal sprachlos gemacht habe, muss festgehalten werden.

»Der Barmann, mit dem ich nach Hause gegangen bin … das war Cole.« Lennon starrt mich immer noch mit großen Augen und wortlos an, also fahre ich fort: »Ich dachte, er wäre der verdammte Barmann, Scheiße noch mal!«

Sie schüttelt den Kopf, als käme sie aus einer Trance. »Oh Mann, Shit, Whit!« Sie packt mich an den Schultern, schüttelt mich leicht, dann lässt sie die Hände sinken. »Hey, das reimt sich«, sagt sie dann.

»Ich fasse es nicht, dass ich nicht zwei und zwei zusammengezählt habe.« Inzwischen ringe ich die Hände im Schoß.

Sie runzelt leicht die Stirn. »Ach, ich bitte dich. Es klingt nicht, als hättest du ihn nach seinem Nachnamen gefragt, woher hättest du es wissen sollen? Es gibt wahrscheinlich Hunderte und sogar Tausende Coles in der Stadt.«

»Ja, schon, aber …« Ich stoße ein resigniertes Knurren aus. »Warum musste ausgerechnet er es sein? Das Ganze ist so ein Chaos!« Ich lasse mich auf den Sessel zurückfallen.

Lennon bricht in Gelächter aus. »Du hast ihn benutzt. Ich find's großartig.« Sie hebt die Hand, wie um mir ein High Five zu geben. »Girl Power!«

Ich starre ihre Hand nur an, während mein zerbrechliches Ego einen weiteren vernichtenden Schlag abbekommt. »Ich bin eine Webber-Schlampe! O mein Gott!«

Meine Freundin presst die Lippen zusammen, als versuchte sie, nicht zu lachen.

Seit Tahlia anfing, mit Chase auszugehen und wir ein paar Eskapaden seines älteren Bruders mitbekamen, machen wir uns über die vielen Frauen lustig, die er flachlegt, und nennen sie »Webber-Schlampen«.

Mir taten diese Mädchen immer nur leid, wenn wir darüber lachten, wie dumm sie waren, zu glauben, sie wären etwas Besonderes für einen Mann, der sie tauschte wie Baseballkarten. Wenn ich ehrlich bin, habe ich mich diesem Typ Frau immer ein bisschen überlegen gefühlt. Und jetzt gehöre ich zu ihnen.

Karma ist wirklich eine miese Schlampe.

»Anscheinend gibt es den Tiefpunkt, kilometertiefe Scheiße, ganz, ganz unten und dann den Schlamm darunter. Ich schwimme gerade im Schlamm, Lennon.«

Sie rutscht an ihre Sesselkante und beugt sich herüber, um mich zu umarmen. »Nein, tust du nicht. Du hast es nur gerade nicht leicht, das ist alles. Es wird wieder besser.«

Ich lege den Kopf an ihre tätowierte Schulter und bete, dass sie recht hat. »Ich hoffe es.« Nach einer Weile fahre ich fort: »Tahlia darf nichts davon erfahren.« Wir lösen uns voneinander und schauen uns an. »Ich hasse Geheimnisse, aber das soll jetzt gerade die glücklichste Zeit ihres Lebens sein. Es würde sie nur stressen.«

Ich sehe es in Lennons Augen, den Augenblick, in dem ihr wieder einfällt, was er mir angetan hat.

»Er ist der …«

»Genau. Tahlia würde sich während all dem Hochzeitskram nur noch mehr Sorgen machen, ob ich es in Coles Gegenwart aushalte. Ich will sie nicht belasten. Was auch immer zwischen uns war oder auch nicht war, wird nicht noch einmal passieren, also ist es müßig. Cole Webber ist nicht der Typ Mann, den ich in meinem Leben oder in meinem Bett haben möchte.«

»Ich weiß nicht, wo dein Problem liegt. Er ist genau der Typ Mann, den ich in meinem Bett haben will.«

Ich versetzte Lennon einen spielerischen Stoß. »Könntest du vielleicht einmal ernst bleiben?«

Beschwichtigend hebt sie die Hände. »Okay, okay. Aber mal ernsthaft, ich gebe dir recht. Es ist besser für Tahl, wenn sie es nicht weiß. Ihre Mutter wird sie während der Hochzeitsplanungen sowieso völlig in den Wahnsinn treiben, weil sie sichergehen will, dass alles perfekt ist und ihren Ansprüchen genügt. Sie braucht nicht noch zusätzlichen Stress.«

Ich nicke und hole tief Luft. »Also, wie gehe ich mit ihm um? Was soll ich sagen? Soll ich ansprechen, was damals passiert ist?«

Lennon kaut kurz gedankenversunken auf der Unterlippe. »Tu so, als wäre es keine große Sache. Erklär ihm, dass du nicht wusstest, wer er ist, aber jetzt, wo du es weißt, wüsstest du es zu schätzen, wenn er niemandem davon erzählen würde, weil das nur unangenehme Situationen schaffen würde. Und sprich auf keinen Fall von damals. Das macht es nur schlimmer.«

Diesmal nicke ich mit mehr Eifer. »Okay. Ich kann das.«

»Und dann darfst du nicht verlegen sein.«

Ich lasse die Schultern hängen. »Das wird um einiges schwieriger.«

Sie steht auf und zieht ihr enges, leuchtend blaues Kleid zurecht. »Na, komm. Du schaffst das.«

Das will ich verdammt noch mal hoffen. Ich stehe ebenfalls auf, recke die Schultern, hebe das Kinn und bereite mich innerlich darauf vor, hinauszugehen und ein Gespräch mit Cole Scheiß-Webber zu führen, als brächte mich seine Anwesenheit kein Stück aus der Fassung.

Meine Absätze klappern auf dem harten Boden, als Lennon mir den Flur entlang folgt.

»Vergiss nur nicht, dass du nicht noch einmal mit ihm schlafen darfst, wenn du gleich mit ihm sprichst. Der Typ ist wie das Gegenteil von Medusa. Statt in Stein verwandelst du dich in Brei.«

»Ich mache meine Fehler nur einmal.« Ich drehe mich zu ihr um, während ich mit dem Hintern die Toilettentür aufdrücke. »Eher friert die Hölle zu, als dass ich je wieder einen Typ wie Cole Webber ranlasse. Offensichtlich war es ja auch beim ersten Mal schon nicht weltbewegend genug, dass ich mich daran erinnern könnte.«

Hätte ich gewusst, dass Cole vor der Tür stand und auf mich wartete und jedes Wort hören konnte, hätte ich es vielleicht ein bisschen anders formuliert.

Kapitel 7

Hitze rast meinen Hals hinauf in mein Gesicht, als ich in den Flur hinaustrete. Ich muss jetzt die Farbe einer überreifen Tomate haben.

Coles Kaumuskeln sind angespannt und sein Blick ist finster. Jetzt kann ich ihn richtig anschauen. Diesmal ist er glattrasiert und trägt einen teuer aussehenden, anthrazitfarbenen Anzug mit einer azurblauen Seidenkrawatte. Er weiß auf jeden Fall, wie man sich zurechtmacht. Jetzt erinnert er kein bisschen mehr an den entspannten Arbeiter, den ich in der Bar kennengelernt habe.

Heute Abend strahlt er Kultiviertheit aus und passt genau zum Rest der Country-Club-Mitglieder, die da draußen ihre Bankkonten vergleichen.

Er stößt sich von der Wand ab, an der er gelehnt hat, und macht steif und angespannt ein paar Schritte auf mich zu.

Lennon, die Kuh, bleibt nicht mal kurz zu meiner Unterstützung da. Sie stiehlt sich davon, zurück auf die Party.

»Es tut mir leid, wenn der Abend neulich nicht unvergesslich für dich war. Es ist nicht so einfach, wenn man mit einer Betrunkenen arbeiten muss.«

So will er es also haben? Na klar. Ich habe jahrelang Wut und Groll auf diesen Mann aufgestaut und er weiß es nicht einmal. Also dann.

»Vielleicht hatte ich das Bedürfnis, mich zu betäuben, um es durchzustehen.«

Er lacht so herablassend, dass ich jetzt wider alle Zweifel weiß, dass ich an dem Abend sehr übergriffig gewesen sein muss. Scheiß-Whiskey.

»Netter Versuch, Süße.« Er beugt sich ein wenig weiter vor und ich kann sein teures Parfum riechen. »Du hast darum *gebettelt.*«

Ich lasse die Hände sinken und balle sie an meinen Seiten zu Fäusten. »Du hast gelogen.«

Er zieht die Augenbrauen hoch. »Wie bitte?«

»Du hast gelogen.«

Die Falte zwischen seinen Augen wird tiefer. »Wobei habe ich gelogen?«

»Du hast mich in dem Glauben gelassen, du seist nur ein Barmann.«

»Wer sagt, dass ich nicht nur ein Barmann bin?« Er spannt wieder seine dummen Kiefermuskeln an.

»Du bist der beschissene Cole Webber.«

Er überbrückt die letzten paar Zentimeter zwischen uns, der Geruch seines Parfums hüllt mich ein und ich habe Mühe, nicht die Augen zu schließen. Er ist mir so nahe, dass ich den Kopf nach hinten neigen muss, um ihn ansehen zu können.

»Was zum Kuckuck soll das heißen?«

»Ach, bitte. Spielst du jetzt den armen, missverstandenen reichen Jungen? Das kaufe ich dir nicht ab.«

»Du weißt einen Scheiß über mich!«, knurrt er fast.

»Ich weiß, dass du null Rücksicht auf irgendjemandes Gefühle nimmst. Du bist daran gewöhnt, dir zu nehmen, was du willst, wann immer du willst. Du wirfst Leute weg, wenn dir danach ist, und scheißt auf sie.«

Er kneift kurz die Augen zu und reibt sich mit Daumen und Zeigefinger den Nasenrücken. »Bist du auf irgendwelchen Medikamenten oder so was? Denn du redest völlig wirr.«

Natürlich rede ich wirr. Er erinnert sich natürlich nicht an mich, aber wie könnte ich *ihn* vergessen?

»Hätte ich gewusst, wer du wirklich bist, hätte ich dich nicht einmal auf drei Meter an mich herangelassen.«

Ein leichtes Lächeln umspielt seine Mundwinkel, bevor er sich herabbeugt und mir direkt ins Ohr sagt: »Na, na, Whit.« Er spricht das »t« am Ende meines Namens besonders hart aus, um zu betonen, dass er meinen Spitznamen benutzt. »Wir wissen beide, an dem Abend wäre es egal gewesen, wer ich war. Du warst auf der Suche nach einem Schwanz. Ich habe dir gern einen geboten und du warst mehr als zufrieden damit.«

Ich hole erschrocken Luft. »Du übertreibst«, sage ich mit so belegter Stimme, dass sie mich Lügen straft.

Er lacht in sich hinein; das Gefühl seines Atems an meinem Hals und Ohr schickt mir Schauder über den Arm. Zum Glück weicht er dann zurück und gibt mir ein bisschen Raum. Leider bohrt sich der Blick aus seinen Haselnussaugen wie Laser in meinen und ich kann nicht wegschauen. »Keine Übertreibung, nein.« Er schüttelt den Kopf. »Wie hast du ihn genannt, als du ihn in die Hand genommen hast? Ach ja. Einhornschwanz. Ich verstehe die Anspielung immer noch nicht, aber ich weiß, es muss bedeuten, dass ich einen magischen Schwanz habe.«

Ich muss Lennon die Schuld dafür geben, weil sie mir mit ihrem dummen Van Einhörner in den Kopf gesetzt hat. Und Gott, könnte er bitte endlich aufhören, immer »Schwanz« zu sagen? Das Wort ist, wenn es aus seinem Mund kommt, ein Aphrodisiakum, und ich tue mein Bestes, mich nicht mehr zu diesem Mann hingezogen zu fühlen.

Eine volle Minute lang beiße ich die Zähne zusammen und starre ihn und sein eingebildetes Lächeln nur an.

Bevor mir eine vernichtende Antwort einfällt, kommt Chase den Flur zu den Toiletten entlanggeschlendert. »Ihr seht aus, als führtet ihr ein intensives Gespräch«, sagt er.

Ich reiße den Blick von Cole los, schaue Chase an und lächle.

»Whitney hat mir gerade erzählt, wie gern sie Einhörner mag«, sagt Cole, ohne eine Miene zu verziehen.

Meine Wangen brennen, aber ich schlucke den Köder nicht.

»Hast du in letzter Zeit mal Lennons Van gesehen?«, fragt mich Chase. »Wenn du Einhorn-Fan bist, solltest du mal in dem Ding mitfahren.« Er lacht.

»Bist du schon mal auf einem Einhorn geritten, Whit?«, fragt Cole. Wäre ich nicht gerade so wütend auf den Mann, hätte ich sein Lächeln fast als neckisch bezeichnet, aber da ich wütend bin, nenne ich es provozierend.

Mit einem süßlichen Lächeln erwidere ich: »Ich glaube ja. So genau weiß ich das aber nicht mehr. Es war wohl weniger denkwürdig als man meinen würde.«

Und damit steuere ich mit übertriebenem Hüftschwung in Richtung Party, denn falls ich Cole Webber nach allem, was er mir vor all den Jahren angetan hat und nach allem, was ich über ihn weiß, immer noch will, werde ich doppelt sichergehen, dass es ihm genauso geht.

Geteiltes Leid ist schließlich halbes Leid.

Kapitel 8

Geredet habe ich mit Cole die ganze Party über nicht mehr, aber ich spürte mehr als einmal seinen Blick. Allerdings verbrachte ich ziemlich viel Zeit nach der Party damit, an Cole zu *denken.* Was echt frustrierend ist, denn ich wollte ihn eigentlich nur aus dem Kopf bekommen.

Wahrscheinlich liegt es nur daran, dass er mich so verdammt wütend macht. Ihr wisst ja, dass einem die schlagfertigsten Antworten erst *nach* einem Streit mit jemandem einfallen. Ich konnte nicht aufhören, darüber nachzudenken, was ich hätte sagen und mit welchen geistreichen Bemerkungen ich ihn hätte fertiggemacht können.

Sehr erwachsen, ich weiß.

Tahlia hat vorhin angerufen und mich für heute Abend zum Essen mit ihr und Chase eingeladen. Den ganzen Tag habe ich mir Sorgen gemacht, sie könnten von der Sache zwischen Cole und mir Wind bekommen haben. Ich weiß nicht genau, was ich sagen soll, wenn sie mich darauf ansprechen. Irgendwie kommt es mir vor, als wäre »Ja, wir haben vielleicht miteinander geschlafen, ich weiß es nicht mehr genau, aber ich will seinen Körper immer noch, ich hasse ihn nur als Mensch« nicht ganz das Richtige.

Der Moment der Wahrheit kommt, als ich das Auto meiner Oma parke (sie hat es mir geliehen) und das Restaurant betrete.

Natürlich treffen wir uns in einem der von den Webbers

betriebenen Restaurants. Nachdem sie auf dem Rücken der weniger Wohlhabenden in der ganzen Stadt mit Immobiliengeschäften ein Vermögen gemacht haben, haben sie ihre Firmenaktivitäten auf mehrere Restaurants in der Bay Area ausgedehnt.

Das Sapphron wirkt mit seiner Ton-in-Ton cremefarben und beige gehaltenen Einrichtung lässig und entspannt, ein offener, weiter Hauptraum, von dem aus man in die Küche schauen kann, und ausladende, bequem aussehende Sessel an den Tischen. Auf dem Schild draußen steht, ihre Spezialität sei die California Cuisine, was so naheliegend wie einfallslos ist.

Mein Magen verknotet sich, während ich mir Gründe überlege, warum sie mich heute Abend hergebeten haben könnten. Tahl wollte mir am Telefon nichts weiter sagen, also gehe ich blind in die Sache. Sie wirkte ein bisschen zugeknöpft, als ich fragte, was los sei, und sagte nur, wir würden es beim Essen besprechen.

»Kann ich Ihnen helfen?«, fragt der Oberkellner.

»Ja, ich bin mit Chase Webber und seiner Verlobten verabredet.«

Er nickt. »Sehr wohl. Das glückliche Paar hat schon Platz genommen. Hier entlang bitte.«

Ich folge ihm zwischen Tischen mit fröhlichen Gästen hindurch und lächle, als mir Tahlia von einem Tisch weiter hinten zuwinkt. Von dort aus hat man einen Blick über die Stadt und sieht die Lichter der Golden Gate Bridge im Hintergrund, ein Anblick, der mir immer den Atem raubt.

Ich bin nicht ganz sicher, was danach passiert. Im einen Moment schaue ich nach draußen, im nächsten segle ich durch die Luft und der Boden nähert sich rapide meinem Gesicht. Im Versuch, mich vor einer gebrochenen Nase zu retten, greife ich nach dem Erstbesten, das ich zu fassen bekomme, was zufällig der Tisch neben mir ist. Statt einer stabilen Fläche umklammere ich allerdings ein dünnes Stück Stoff und es folgt mir auf den Boden.

Irgendwie schaffe ich es, die Hände nach vorn zu bekommen, um mich abzustützen, und komme mit einem Knall auf festem Untergrund auf, gefolgt von gefühlt sämtlichem Geschirr vom Tisch, das jetzt auf meinem Rücken landet und mich mit Dingen bedeckt, von denen ich nur raten kann, dass es jemandes Essen und Getränke sind. Der ganze Raum schnappt kollektiv nach Luft über mein Unglück.

»Whit!«, kreischt Tahlia und ich höre sie ihren Stuhl zurückschieben.

»Miss, geht es Ihnen gut?« Ich blicke in die entsetzten Augen des Oberkellners hinauf, der nicht recht zu wissen scheint, ob er mir helfen soll, indem er die Teller von meinem Rücken entfernt.

»O mein Gott!« Tahlia steht hinter ihm und sieht aus, als wollte sie sich an ihm vorbeidrängen, um mir zu helfen, als ich eine ruhige Stimme hinter mir höre und im Erdboden versinken möchte.

»Jonah, bitte holen Sie den Hilfskellner, damit er dieses Durcheinander beseitigt, und bringen Sie diesen netten Herrschaften alles, was sie hatten, noch mal aufs Haus. Ich helfe Miss Knight auf.«

Das soll ja wohl ein Scherz sein. Was tut Cole hier? Er ist wie ein Scheiß-Pickel, der immer dann auftaucht, wenn man es am wenigsten gebrauchen kann.

Cole nimmt mir das restliche Geschirr vom Rücken. »So«, sagt er, während er mir auf die Beine hilft. Ich spüre, wie mir eine warme Flüssigkeit von der Rückseite des Rocks aufs Bein tropft.

»O Gott, Whit! Geht es dir gut?«, fragt Tahlia.

»Alles in Ordnung. Ich bin nicht verletzt, nur mein Stolz.« Ich drehe mich zum ersten Mal zu Cole um und bekomme bei seinem Anblick nur schwer Luft.

Er trägt ein schwarzes Anzughemd, dessen obere Knöpfe offenstehen. Die Ärmel sind aufgekrempelt und enthüllen seine muskulösen Unterarme. Eine dunkle Stoffhose umschmeichelt seine Hüften und seine Haare sind ein bisschen durcheinander, sehen aber trotzdem aus, als hätte er es so gewollt.

Nachdem ich mich geräuspert habe, bringe ich meine Frage heraus: »Kann ich mich hier irgendwo saubermachen?«

»Natürlich. Folge mir.«

»Ich kann sie hinbringen«, bietet Tahlia an.

Cole schüttelt den Kopf. »Ich mach das schon. Wie wär's, wenn du und Chase uns schon mal Vorspeisen bestellt?«

Sie nickt, wenn auch ein wenig besorgt.

»Ja, okay.«

Mein Blick schnellt zu Chase, der uns beobachtet, aber immer noch am Tisch sitzt. Ehrlich? Er war sogar zu faul um aufzustehen?

Und Moment mal … Mir fällt eben erst auf, dass Cole klang, als würde er sich zu uns setzen wollen.

»Komm mit mir.«

Ich tue, was Cole sagt, und bewege mich durch den Restaurantbereich, möglichst ohne irgendeinem der Gäste in die Augen zu schauen. Ich muss sie nicht sehen, um zu wissen, dass sie mich entweder mit Mitleid oder mit Abscheu im Blick ansehen.

Cole führt mich durch eine Schwingtür in eine Küche voller Geschäftigkeit. Ich fange ein paar befremdete Blicke von den Angestellten auf, aber niemand sagt etwas, als wir einen Flur entlang in ein kleines Büro gehen.

»Bleib hier!«, befiehlt mir Cole, dreht sich um und lässt mich stehen.

Als er weg ist, schneide ich hinter seinem Rücken eine Grimasse. Wie kommt er eigentlich dazu, mich herumzukommandieren?

Ich schaue mich im Büro um und erkenne Coles Handschrift auf einem der Zettel auf der Schreibtischecke. Der Raum ist nicht groß und fließt über von Papier und Restaurantzubehör. Hinter dem Schreibtisch steht ein Stuhl, aber es ist der einzige in dem kleinen Büro.

Ein paar Minuten später kommt er mit einer Schüssel Wasser und einem weißen Handtuch zurück, über seiner Schulter hängt ein weißes Anzughemd.

»Zieh dein Oberteil aus«, sagt er, während er die Schüssel auf den Schreibtisch stellt.

So sehr sein Befehl mir einen Schauder der Erregung durch den ganzen Körper schickt, werde ich das sicherlich nicht vor ihm zugeben. Ich schiebe die Hüfte heraus und verschränke die Arme vor der Brust. »Wie bitte?« Ich habe es mit meiner beleidigten Stimme versucht, aber ich fürchte, es klang vielleicht ein bisschen zu atemlos.

»Du hast mich schon verstanden. Zieh es aus, dann mache ich deine Rückseite sauber.«

»Du glaubst, ich ziehe vor dir einfach mein Oberteil aus?«

»Ist ja nicht so, als hätte ich das noch nie gesehen, Whit.«

Er zieht die Augenbraue hoch und schließt die Bürotür hinter sich. Meiner Aufmerksamkeit entgeht nicht, dass er sie auch abschließt.

Verlegenheit färbt mein Gesicht rot. »Whitney. Du hast dir das Vorrecht, mich Whit zu nennen, nicht verdient.«

»Von mir aus, Whitney.« Er betont es übertrieben. »Also los. Ich will dieses Abendessen hinter mich bringen. Ich habe danach noch was zu tun.«

»Du wolltest wohl sagen, du hast noch vor, es mit jemandem zu tun«, knurre ich, während ich ihm den Rücken zudrehe. Dann atme ich tief durch, umfasse den Saum und ziehe den leichten Pulli über den Kopf. Der Stoff ist noch nass und ich bemühe mich, was auch immer es ist, nicht in meine Haare zu schmieren. »So.«

Ich kann es nicht sehen, aber ich bin mir sicher, Cole verdreht hinter meinem Rücken die Augen.

»Hab ich überhaupt was am Rock?«

»Ein bisschen, aber ich glaube, ich kann das meiste davon wegwischen. Der Rock ist ja schwarz, das sieht man dann fast nicht mehr.«

Ich höre das Wasser in die Schüssel tröpfeln, als er das Tuch auswringt, und ohne Vorwarnung berühren mich seine Hände. Na ja, das Tuch, aber seine Hände sind dadurch nur Millimeter von meiner Haut entfernt, also ist es fast dasselbe.

Mein Rücken wird starr und mein Herz rast, während ich steif und aufrecht wie ein Brett dastehe. Er wischt mir den Rücken ab und spült das Tuch noch einmal aus. Als er mit einer Hand meinen BH-Träger anhebt und darunter entlangwischt, atme ich scharf ein. Eine diffuse Erinnerung taucht in meinem Kopf auf, wie wir beide uns küssen und seine Hand unter meinen BH-Verschluss gleitet. Im Versuch, die Erinnerung zu vertreiben, schüttle ich den Kopf. Ich möchte mich lieber weiterhin an nichts von dieser Nacht erinnern.

Als Cole fertig ist, tupft er mir mit einem Handtuch so sanft den Rücken trocken, dass man fast meinen könnte, er hätte eine einfühlsame Ader. Davon lasse ich mich aber keinen Augenblick täuschen.

»Ich habe im Büro immer ein sauberes Anzughemd, für den Fall, dass ich nach vorn muss, wenn ich hier bin. Du kannst es anziehen, wenn du möchtest.«

Er steht immer noch hinter mir und ich kann fühlen, wie seine Körperwärme in mich sickert und mich von innen wärmt. Coles Fingerspitzen streichen leicht über meine Schulter und ein Kribbeln folgt ihnen und elektrisiert mich und meine Libido.

»Danke«, sage ich leise. Ich drehe mich halb um, nehme ihm das Hemd ab und schlüpfe hinein. Erst als ich die meisten Knöpfe zugeknöpft habe, drehe ich mich zu ihm um. Das

Hemd ist mir viel zu groß, also knote ich es unten zu und hoffe, dass es nach Absicht und vielleicht sogar ein bisschen modisch aussieht. »Ich wusste nicht, dass du auch mit uns isst.« Ich versuche, nicht feindselig zu klingen, weil er mir gerade aus der Klemme geholfen hat, bin mir aber nicht sicher, ob es mir ganz gelingt.

»Chase sagte, er wollte ein paar Hochzeitssachen mit mir besprechen.« Er zuckt die Achseln. »Ich habe auch nicht mit dir gerechnet.«

Mit einem abfälligen Schnauben versuche ich, einen der Ärmel hochzukrempeln, aber das ist mit einer Hand nicht so einfach.

»Komm, lass mich mal.«

Widerstrebend strecke ich den Arm aus und Cole faltet langsam die Ärmel, während sein Blick zwischen dem, was er mit den Händen tut und meinem Gesicht hin und her wandert. Irgendwie schaffe ich es, ungerührt dreinzublicken.

Ich bin von seinem Duft umgeben und ertappe mich dabei, wie ich tiefer einatme, um mich darin zu aalen. Sein Blick huscht ein paarmal zu meinen Lippen, und ich widerstehe dem Drang, mich an ihn zu lehnen und ihn zu küssen. Weil verdammt: Warum sollte ich wollen, dass mich dieser Mann küsst, nach allem, was seinetwegen in meinem Leben passiert ist?

Er beendet sein Werk und macht einen Schritt rückwärts, die Hände auf den Hüften. »Der Unartige-Sekretärinnen-Look steht dir ganz gut.«

Augenrollend nehme ich meine Tasche vom Schreibtisch. »Können wir jetzt gehen?«

Sofort wird sein Gesichtsausdruck hart. »Was ist dein Problem? Ernsthaft?«

»Mein einziges Problem ist im Moment, dass ich hier raus will und du vor der Tür stehst.«

Er schüttelt den Kopf. »Das erklärt nicht, warum du so

schlechte Laune bekommen hast, als du erfahren hast, dass ich Chases Bruder bin. Und erzähl mir nicht, das hätte damit zu tun, dass ich nicht nur ein Barmann bin. Die meisten Mädchen wären froh, wenn sie herausfänden, dass ich nicht nur ein kleiner Arbeiter bin.«

»Tja, ich gehöre wohl nicht dazu.« Ich mache einen Schritt nach vorn und er hält mich mit erhobener Hand auf.

»Wie du willst. Aber wenn du es mir nicht sagen willst, hör wenigstens mit dem Gezicke auf. Das steht dir nicht.« Er dreht sich auf dem Absatz um und öffnet mit zu viel Nachdruck die Tür.

Ich recke das Kinn, folge ihm und versuche, den kleinen Rest meiner Würde wieder zusammenzuflicken, während ich mit gespieltem Selbstvertrauen durchs Restaurant gehe. Hoffentlich ist das Ganze bald vorbei. Einen Abend lang Cole gegenüberzusitzen und so zu tun, als hätte er keine Wirkung auf mich, wird anstrengend werden. Ich will es nur hinter mich bringen.

»Geht es dir gut?« Tahlia sieht so besorgt aus, als ich mich ihr gegenübersetze. Cole hält mir den Stuhl hin und rückt ihn zurecht, nachdem ich mich gesetzt habe.

»Danke«, murmle ich, dann wende ich mich wieder Tahl zu. »Alles in Ordnung. Anscheinend kann man vor Peinlichkeit nicht sterben.« Ich schenke ihr ein leichtes Lächeln.

Sie drückt über den Tisch hinweg meine Hand. »Ich fasse es nicht, dass das passiert ist.« Sie sieht aus, als wollte sie lachen, also lasse ich sie vom Haken und schenke ihr ein echtes Lächeln. Natürlich entschlüpft ihr ein leises Kichern.

Chase unterbricht uns: »Also gut, fangen wir mit dem Essen an. Ich muss noch mal im Büro vorbei.«

Tahlia wirft ihm einen Seitenblick zu, richtet sich auf ihrem Stuhl auf und winkt den Kellner zu uns.

***

Später – der Kellner hat gerade unsere Vorspeisenteller abgeräumt – entsteht eine unbehagliche Stille.

Cole lehnt sich auf seinem Stuhl zurück und es fällt schwer, nicht zu bemerken, dass sich dabei der Stoff über seiner muskulösen Brust spannt. Er ertappt mich dabei, wie ich seinen Körper bewundere, und ich wende sofort den Blick ab; ich muss sein zufriedenes Grinsen sehen, das sich jetzt sicher auf seinem Gesicht ausbreitet.

»Also, warum genau habt ihr beide uns heute Abend herzitiert? Ich nehme an, es hat etwas mit der Hochzeit zu tun?«, fragt Cole.

»Wir haben euch nicht herzitiert«, sagt Chase mit deutlicher Verärgerung in der Stimme.

Cole schnaubt. »Du hast mich gebeten, mit euch zu essen, ich habe dir gesagt, dass ich etwas anderes zu tun habe, du hast darauf bestanden, dass ich trotzdem komme. Wie würdest du es sonst nennen?« Cole starrt seinen kleinen Bruder an, sein Mund ist ein schmaler Strich.

»Also, wir möchten euch beiden danken, dass ihr hier seid«, sagt Tahlia, die gute Gastgeberin und Friedensstifterin.

»Ist doch klar«, sage ich und meine es auch so. Auch wenn Coles Gegenwart das Letzte ist, was ich mir wünsche, ist Tahlia eine meiner besten Freundinnen, und ich würde alles für sie tun.

»Wir haben einen Termin für die Hochzeit festgelegt«, sagt Chase.

»Das ist toll!« Ich werfe einen Blick zu meiner Freundin hinüber und sie strahlt. »Wann soll sie sein?«

»Na ja, … das ist das Problem.« Sie spielt mit ihrem Weinglas auf dem Tisch, dreht es am Fuß unaufhörlich im Kreis und macht den Eindruck, als sei sie nervös. »Du weißt ja, dass ich immer im Julia Morgan Ballroom feiern wollte, oder?«

Ich nicke. Tahlia, oder genauer gesagt vielleicht ihre Mutter, plant ihre Hochzeit, seit sie ein junges Mädchen war, und sie ist nie von ihrem Wunsch abgewichen, am exklusivsten Veranstaltungsort von San Francisco zu feiern.

»Na ja, wir haben nach einem Termin gefragt und es hat sich herausgestellt, dass die Wochenenden im Frühling und Sommer für die nächsten paar Jahre komplett ausgebucht sind. Aber ... ein Paar hat kürzlich abgesagt. Das einzige Problem ist, dass der Termin in ungefähr neun Monaten ist. Im Mai, um genau zu sein.

»Das ist kurzfristig«, sagt Cole.

»Und da kommt ihr ins Spiel«, erwidert Chase.

»Wir wollen nicht drei Jahre warten, bis wir heiraten können, deshalb hoffen wir, wir können auf eure Hilfe als Trauzeugen zählen.«

Warte, Cole ist sein Trauzeuge? Davon höre ich zum ersten Mal. »Was braucht ihr?«, frage ich.

»Wir hoffen, dass wir ein paar von den kleineren Aufgaben an euch beide delegieren können. Wir sind bei der Arbeit beide so ausgelastet, da wird es schwierig, in der Stadt herumzurennen und alles rechtzeitig fertig zu bekommen.«

Ich ignoriere den Stich in meiner Brust wegen ihres Kommentars zum Thema Arbeit, weil ich weiß, sie meint damit nicht, dass ich alle Zeit der Welt habe, weil ich arbeitslos bin. Ich bin nur überempfindlich. »Ich dachte, deine Mom hätte schon die beste Hochzeitsplanerin der Stadt gebucht.« Ich nehme mein Weinglas hoch und trinke einen kleinen Schluck.

»Sie hat es versucht, aber die Dame ist komplett unfähig. Mir ist nicht wohl dabei, alles in ihre Hände zu legen.«

Tahlia hat mir einmal gestanden, dass sie eigentlich Eventplanerin hätte werden wollen, wenn sie sich nicht dazu verpflichtet gefühlt hätte, ins Familiengeschäft einzusteigen. Also gehe ich mal davon aus, dass sie als Kundin nicht ganz so leicht zufriedenzustellen ist.

»Können wir auf euch zählen?« Chase meint uns beide mit

seiner Frage, aber sein ostentativer Blick ist auf seinen Bruder gerichtet.

»Natürlich könnt ihr das. Whit und ich helfen dem glücklichen Paar nur zu gern. Nicht wahr?« Cole umfasst meine Schulter, und ich ziehe scharf die Luft ein, als die Wärme in meine Haut sickert. Was Tahl und Chase nicht sehen können, ich aber spüre, ist, wie Cole mit dem Daumen meine Haut streichelt.

Ich werfe ihm einen Seitenblick zu. Er lächelt süffisant, und ich weiß genau, er tut es, weil er sich bewusst ist, was für eine Wirkung seine Berührung auf mich hat.

Da ich nicht vor Tahl und Chase über ihn herfallen kann, schenke ich ihm nur ein leichtes Lächeln und sage: »Natürlich«.

»Super!« Tahlia klatscht in die Hände. »Ich wusste, ich kann mich auf euch verlassen, Leute.«

»Wir tun alles, was nötig ist.«

Als die Worte meinen Mund verlassen, weiß ich, ich meine sie ernst, aber gleichzeitig kann ich mich des Gefühls nicht erwehren, dass ich mich einerseits fürchte und andererseits darauf freue, was da noch auf mich zukommen wird.

Kapitel 9

Sobald ich nach Hause komme, lasse ich mich mit dem Gesicht nach unten auf mein Bett plumpsen und stoße ein Ächzen aus, das wahrscheinlich klingt, als hätte ich Schmerzen. Habe ich nicht. Eigentlich nicht. In Wahrheit versuche ich mir darüber klarzuwerden, wie ich so viel Zeit in Coles Nähe verbringen soll, ohne ihm entweder den Kopf ab oder die Kleider vom Leib zu reißen. Dieser Kerl ist ein arroganter Arsch, und ich weigere mich, sein Spielzeug zu sein, solange ich ihn interessiere, nur um dann weggeworfen zu werden, wenn er genug von mir hat.

Ein Kratzen an der Tür bringt mich dazu, mich von der Matratze hochzudrücken, zur Tür zu gehen und nachzusehen, was zum Geier das für ein Geräusch ist.

Sparky.

Den kleinen Kerl hatte ich ganz vergessen.

Er kommt sofort herein, als hätte ich ihn eingeladen. Was ich ganz sicher nicht getan habe.

»Was willst du, Puderquaste?«

Er setzt sich schwanzwedelnd vor mich hin, seine kleine rosa Zunge hängt ihm seitlich aus dem Maul.

»Was ist?« Ich habe so gut wie keine Erfahrung mit Hunden, da meine Großeltern keinen hatten, als ich klein war. Ich habe keine Ahnung, was der Köter will.

Wuff.

»Pst, du weckst noch alle auf!«

Wuff.

»Pssst!«, sage ich noch einmal und beuge mich hinab, um ihn zu streicheln, falls er das will. Sparky schließt glückselig die Augen. Sobald ich die Hand zurückziehe, gehen seine Augen wieder auf, und ich schwöre, wenn Tiere Gesichtsausdrücke hätten, würde seiner sagen: *Warum zum Teufel hörst du auf?*

Ich ignoriere sein schweigendes Flehen und lege mich wieder aufs Bett, wo ich tief Luft hole, bevor ich meine Optionen abwäge. Nachdem ich das Restaurant verlassen hatte, rief Tahl mich an, um zu fragen, ob es wirklich in Ordnung für mich sei, mit Cole zusammenzuarbeiten, und ich versicherte ihr, das sei kein Problem. Ich könnte beichten und ihr erzählen, was vor Kurzem zwischen uns passiert ist und erklären, warum ich mich zusätzlich zu dem, was vor Jahren war, nicht wohl damit fühle, wenn ich viel Zeit mit ihm verbringen muss. Tahlia würde es verstehen, aber ich würde ihr nur noch mehr Stress machen, und ihr Leben wird in nächster Zeit schon stressig genug. Vor allem, weil die Hochzeit jetzt schon so bald ist.

Oder ich kann mich wie eine Erwachsene verhalten und meine Gefühle für Cole beiseiteschieben – sowohl den Ärger als auch die Anziehung, die ich anscheinend empfinde, wenn es um San Franciscos begehrtesten Junggesellen geht. Ich schließe die Augen und stelle mir mich in Coles Nähe vor. Wie ich Cole Nachrichten schicken muss. Wie ich mit ihm zusammen Dinge erledige. Es wird schwierig, aber nicht unmöglich. Klar kann ich mich benehmen und nicht zulassen, dass wir beide entweder miteinander ins Bett fallen (weil ich wirklich nicht glaube, dass Tahlia glücklich darüber wäre) oder Todfeinde werden (weil ich weiß, dass Tahlia darüber nicht glücklich wäre).

Vom Boden höre ich ein hohes Winseln, also drehe ich mich zur Seite und sehe Sparky immer noch dort sitzen. Vor ihm liegt das Oberteil, das ich vorhin anhatte und das jetzt voller

Essensflecken ist. Wut steigt in mir hoch. Es ist in mehrere Stücke zerfetzt und nicht mehr zu retten. Tod durch Hund.

Sparky muss es aus meiner Handtasche auf dem Boden gezogen und zerkaut haben.

»Böser Hund!«, schelte ich.

Er lässt beschämt den Kopf hängen, und ich fühle mich ein bisschen schuldig. Aber eigentlich hat er gerade eines meiner hübscheren Kleidungsstücke ruiniert. Und ich kann es mir nicht leisten, ein neues zu kaufen.

Ich rolle mich wieder auf den Rücken und atme lange aus. Bisher lief alles nicht ganz so, wie ich es mir vorgestellt hatte, als ich wieder nach San Francisco zog. Ich dachte mir, ich würde sofort einen Job finden, abends mit den Mädels ausgehen, ein Leben wie damals im College. Stattdessen heiratet Tahlia, Lennon ist unterwegs, um sich flachlegen zu lassen und versucht, ein Sexspielzeug-Imperium aufzubauen, und ich habe eine kleine Ratte, die meine Klamotten zerstört.

Aus dem Augenwinkel bemerke ich eine Bewegung, und als ich mich umdrehe, sehe ich, wie Sparky neben dem Bett auf und ab springt.

Hm. Ich wusste nicht einmal, dass Hunde so in die Luft springen können.

Jedes Mal, wenn er auf Augenhöhe mit dem Bett kommt, glotzt er mich an, aber er kann nicht hoch genug springen, um es auf die Matratze zu schaffen.

»Möchtest du aufs Bett?«

Wuff.

Ich werte das mal als ein Ja, also strecke ich das nächste Mal, als er in der Luft ist, beide Hände aus, fange den kleinen Zappler mitten im Flug und setze ihn sanft auf dem Bett ab.

»Wolltest du das?«

Als Antwort beugt er sich herüber und leckt mir das Gesicht.

»Eklig.« Mit dem Ärmel von Coles Hemd wische ich mir

die Hundespucke von der Wange. Ich hätte es wohl ausziehen sollen, sobald ich nach Hause kam. Hätte ich sollen. Habe ich aber nicht.

Sparky leckt mich noch einmal ab, sobald ich alle seine Spuren von meiner Wange entfernt habe.

»Hör auf damit!«, sage ich lachend. Der räudige Köter glaubt wohl, es gefiele mir, denn er versucht es noch einmal. Diesmal bin ich schneller, hebe ihn hoch und setze ihn wieder auf den Boden.

Wuff.

»Psst!«

Wuff.

Ich seufze. »Also gut, du kannst wieder raufkommen, aber du leckst mich nicht ab, verstanden? Wenn doch, landest du wieder auf dem Boden, verstanden?«

Sparky macht Sitz und wedelt wild mit dem Schwanz.

Ich hebe ihn wieder auf die Matratze. Diesmal hat er es nicht auf mein Gesicht abgesehen, sondern rollt sich neben mir zusammen und legt sich hin. Ich lasse ihn dort, denn es sieht aus, als hätte er es gemütlich, und ich will ihn nicht stören. Jedenfalls rede ich mir das ein, denn es kann absolut nicht sein, dass ich diesen kleinen Scheißer süß finde.

Ich weiß, was ich zu tun habe.

Ich muss da durch und einen Weg finden, wie ich mit Cole zusammenarbeiten kann. Bevor das passieren kann, müssen wir zu einer Übereinkunft kommen. Ein Abkommen oder so ähnlich.

Wir sind beide erwachsen, also sollte das nicht allzu schwer sein, oder?

Kapitel 10

Make-up: check.

Frisur: check.

Skinny Jeans: check.

Figurbetontes Shirt, das meine Kurven unterstreicht: check.

Mein letzter prüfender Blick in den Spiegel zeigt mir nicht gerade eine Femme Fatale, aber wenn ich so sagen darf: Ich sehe attraktiv aus, und wenigstens bin ich nicht total besoffen oder voller Essensreste. Ein Fortschritt.

Ein leises Klopfen an der Tür, und ich drehe mich um. Meine Grandma streckt mit einem wissenden Lächeln den Kopf herein. »Schatz, da ist ein netter Junge an der Tür, der nach dir fragt.« Stirnrunzelnd lege ich den Kopf schief. »Bin mir ziemlich sicher, er sagte, sein Name sei Cole.«

Was zum Henker tut er hier?

Nachdem ich mich mit der Tatsache abgefunden hatte, dass ich mich mit Cole vertragen muss, ließ ich mir von Tahlia unter dem Vorwand seine Nummer geben, dass ich sie bräuchte, um bei den Hochzeitsvorbereitungen zu helfen. Ich schrieb ihm und fragte, ob er mich treffen wolle. *Eigentlich* waren wir in einer halben Stunde am Golden Gate Park verabredet. Ich dachte mir, ein neutraler Treffpunkt ohne Alkohol wäre am besten.

»Er ist hier? Vor der Haustür?«

Sie nickt nur, dreht sich um und verlässt mein Zimmer.

Ich schnappe mir eilig meine Tasche, schlüpfe in die

Schuhe und springe innerhalb von Sekunden die Treppe hinunter.

Cole redet an der Haustür mit meinem Grandpa, und als er mich hört, dreht er den Kopf und lächelt. Und was für ein Lächeln das ist.

Ich schwöre, ich höre die Engel singen und die Wolken teilen sich und hüllen ihn durch das Glas der Haustür in Sonnenlicht. Dieser Mann ist zu viel. Zu viel von allem – Selbstbewusstsein, Schönheit, Arroganz und alles andere, das eine Person beschreibt, die dir jedes Mal den Atem nimmt, wenn du sie siehst.

»Was willst du denn hier?«, frage ich ihn und sein Lächeln verblasst. Nur ein bisschen an den Mundwinkeln, aber es entgeht mir nicht.

Meine Grandma versetzt mir einen Klaps auf den Unterarm. »Whitney, so spricht man nicht mit einem Gast in unserem Haus.«

»Ich habe ihn nicht eingeladen.«

»Ist schon gut, Mrs Knight.« Cole tut es mit einem Lachen ab. »Ich war wirklich nicht eingeladen. Wir waren im Park verabredet, aber da Whitney im Moment kein Auto hat, dachte ich, ich komme vorbei und hole sie ab.«

»Das ist sehr rücksichtsvoll von Ihnen«, fügt mein Grandpa hinzu.

»Woher weißt du, dass ich kein Auto habe?« Ich zermartere mir das Hirn und meine mich zu erinnern, ihm gesagt zu haben, dass ich nichts besitze.

Er schenkt mir einen vielsagenden Blick. »Du hast es an dem Abend erwähnt, als wir uns kennengelernt haben.«

»Oh.« Ich senke den Blick und spiele mit meinen Fingern, als hätten mich meine Großeltern bei etwas Verbotenem erwischt.

Sparky, der irgendwo hinten im Haus war, kommt ins Wohnzimmer getrottet, seine kleinen Krallen klappern auf dem Holzboden.

»Dieser kleine Kerl ist Sparky«, stellt meine Grandma ihn Cole vor.

»Na, hallo, Sparky!« Cole lächelt auf den Hund hinab.

Ohne zu zögern geht die kleine Puderquaste direkt auf Cole zu, schnüffelt an seinem Knöchel, stellt sich auf die Hinterbeine und fängt an, sein Bein zu bespringen. Sparkys kleine Hüften bewegen sich so schnell und mit solcher Entschlossenheit vor und zurück, dass es schwierig ist, nicht beeindruckt zu sein.

»Ach, du meine Güte«, ruft meine Grandma aus und schlägt die Hände vors Gesicht.

Cole streckt jetzt das Bein seitlich weg, als hätte er keine Ahnung, was er tun soll, und ich lache, weil das vermutlich das einzige Mal ist, wo er nicht weiß, wie er mit jemandem umgehen soll, der ihn vögeln will.

Immer noch lachend beuge ich mich herunter und pflücke Sparky von seinem Bein. Der kleine Kerl braucht einen Moment, bis er merkt, was ich getan habe, denn seine Hüften bewegen sich in der Luft weiter, bis ich ihn auf dem Boden absetze.

»Tut mir leid«, sage ich zu Cole, der sich zum ersten Mal, seit ich ihn kennengelernt habe, ein bisschen unwohl zu fühlen scheint. »Böser Hund!«, sage ich zu Sparky, aber wer bin ich, dass ich ihn tadle? Ich verstehe dich, Sparky. Glaub mir, ich verstehe dich. Ich will ihn auch flachlegen.

»Würde es dir etwas ausmachen, ihn mit in den Park zu nehmen?«, fragt meine Grandma. »Er könnte frische Luft gebrauchen. Wir wollten vorhin mit ihm spazieren gehen, aber deinem Grandpa war nicht gut.«

»Ist alles in Ordnung?«, frage ich den Mann, der mich großgezogen hat.

»Deine Grandma macht sich zu viele Sorgen. Mir geht's gut, Häschen.« Ein Gefühl der Wärme durchzieht meine Brust, als ich den Kosenamen höre, mit dem er mich mein ganzes Leben benannt hat.

»Wir nehmen ihn sehr gern mit«, sagt Cole, bevor ich ablehnen kann.

Ich verdrehe die Augen. Warum tut Cole vor meinen Großeltern so, als wäre er ein netter Kerl? Was interessiert es ihn?

»Ich hole schnell seine Leine«, sagt meine Grandma und geht zum Einbauschrank im Flur. Sie nimmt eine rote Leine von einem Haken an der Innenseite der Tür.

»Ich bringe euch noch schnell ein paar Plastiktüten, die braucht ihr, wenn er sein Geschäft macht.« Mein Grandpa schlurft in Richtung Küche.

Bäh. Den Teil mit dem Aufsammeln ihrer Fäkalien hatte ich bei der Hundehaltung ganz vergessen.

Ich nehme meiner Grandma die Leine ab und beuge mich herunter, um sie Sparky anzulegen. Seine Zunge hängt wieder seitlich aus dem Maul und er strahlt Aufregung aus. Als ich fertig bin, richte ich mich auf und blicke mit den Händen in den Hüften auf ihn hinab. Dieser Hund bedeutet nur Ärger. Ich will hoffen, dass er sich benimmt. Ich habe auch ohne einen tierischen Begleiter schon genug um die Ohren.

»So, bitteschön.« Mein Grandpa taucht hinter mir auf, und ich nehme die Plastiktüten entgegen und stopfe sie in meine Handtasche.

»Danke.«

»Amüsiert euch gut, ihr beiden«, sagt meine Grandma. »Es war schön, Sie kennenzulernen, Cole.«

»Das Kompliment kann ich Ihnen beiden nur zurückgeben. Ich hoffe, wir sehen uns mal wieder.« Er lächelt sein Lächeln, das wieder mein Inneres zum Kribbeln bringt, und dreht sich zur Tür um.

Wovon zum Teufel redet er da? Warum sollten sie ihn wiedersehen?

Ich nehme Sparkys Leine und folge Cole zur Tür hinaus. »Tschüs.« Als ich mich zu meinen Großeltern umdrehe, grinst mich Grandma so breit an, dass ihr fast die Dritten herausfallen.

Ha! Vergiss es, Grandma. Das wird nie passieren. Dieser kleine Spaziergang heute ist nur dazu da, die Grenzlinien in den Sand zu ziehen und sicherzugehen, dass sie nicht überschritten werden.

***

Die Fahrt zum Park bringen wir schweigend hinter uns. Na ja, abgesehen von Sparkys schrillem Gebell, sobald er einen anderen Hund sieht. Ich habe versucht, ihn auf den Rücksitz zu setzen, aber er kam immer wieder nach vorn geklettert und benutzte meinen Schoß als Ausguck durchs Fenster.

»Er mag dich wirklich«, sagt Cole, während er in die Straße einbiegt, die uns, wie ich weiß, zu unserem Ziel bringen wird.

»Er mag jeden mit zwei Beinen und einem Puls«, sage ich.

»Da bin ich mir nicht so sicher. In dich scheint er besonders verliebt zu sein.«

Ich werfe Cole einen Blick zu und zucke die Achseln. »Wenn du das sagst.«

»Ich kann es verstehen.« Seine Stimme ist weich und leise, deshalb bin ich mir nicht sicher, ob ich es hören sollte oder nicht. Also tue ich so, als hätte ich es nicht gehört. Denn ich habe keine Ahnung, was ich mit so einer Aussage anfangen soll. Und die Art, wie ich hinterfrage, was er damit gemeint haben könnte, sagt mir, dass ich mich so weit wie möglich von Cole fernhalten sollte. Was die kommenden acht Monate unmöglich machen wird.

Cole fährt seinen Jeep auf den Parkplatz. Ein Jeep. Ich weiß. Ich meine, es ist ein hübscher Jeep mit der tollsten Ausstattung, aber da ich weiß, wie viel Geld seine Familie hat, war ich wirklich überrascht von seiner Wahl. Ich habe den Sportwagen seines Bruders gesehen, der mir nicht besonders praktisch für San Francisco zu sein scheint, aber er stinkt nach

Geld. Vermutlich hatte ich von Cole dasselbe erwartet. Ich war angenehm überrascht, das muss ich widerstrebend zugeben.

»Also gut, du kleines Fellknäuel. Bist du bereit?«

Wuff.

Ich hebe Sparky hoch und setze ihn neben dem Wagen auf den Boden. Sofort fängt er an, herumzuschnüffeln und führt uns in Richtung Wiese im Park.

»Sieht aus, als könnte es regnen.«

Ich folge Coles Blick zum Himmel und erkenne, dass er recht hat. Wolken ziehen in einer Geschwindigkeit auf, die typisch für hier ist. Hoffentlich wartet der Regen noch, denn ich bin mir nicht sicher, ob ich den Mut aufbringe, das noch mal mit ihm durchzustehen.

Cole und ich gehen eine Weile schweigend nebeneinanderher. Als wir anhalten, um Sparky sein Geschäft erledigen zu lassen – zum Glück nur das kleine – steckt Cole die Hände in die vorderen Hosentaschen. Er neigt den Kopf, als versuchte er, aus mir schlau zu werden oder so etwas, und ergreift schließlich das Wort: »Also … warum wolltest du mich treffen?«

»Du erinnerst dich nicht an mich, oder?«

»Doch, klar. Du bist die süße Brünette, die in meiner Bar ihr Schicksal beklagt hat, einen zu viel trank und mich dann nach Hause brachte, um sich mit mir zu vergnügen.« Seine Augen blitzen, er macht sich eindeutig einen Scherz mit mir.

»Ha, ha«, sage ich und verdrehe die Augen. »Davor, meine ich.«

Er schüttelt langsam den Kopf, und ich kann praktisch zuschauen, wie sich die Rädchen in seinem Kopf drehen. Hat er vorher schon einmal mit mir geschlafen? Haben wir zusammen gearbeitet? Waren wir zusammen in der Schule?

»Pass auf, dass du vor lauter Grübeln kein Aneurysma kriegst.«

Sparky zerrt jetzt an der Leine, also können wir langsam

weitergehen. Aus dem Augenwinkel sehe ich, wie Cole sich durch die Haare streicht. Verdammt. Das Bild hätte ich gern für später im Kopf.

»Müsste ich dich kennen?«, fragt er hinter mir.

Ich atme entnervt seufzend aus und drehe mich zu ihm um. »Vor sechs Jahren. Als Tahlia und Chase zusammenkamen, versuchten sie, uns zu verkuppeln ... sie machten ein Treffen für uns in einem Restaurant in Chinatown aus ...«

Ich lege den Kopf in den Nacken, um ihn anzuschauen, und sehe ehrliche Verwirrung. Dann nicht mehr. Und dann weicht alle Farbe aus seinem Gesicht. »Das warst du?« Ich schürze die Lippen und nicke. Er reißt die Augen auf. »O Mist. Ich schwöre es, das wusste ich nicht.«

Mein Gott, der Kerl kapiert es immer noch nicht.

»Ich erwähne das nicht, weil ich glaube, du hättest es wissen müssen, als du mich gesehen hast.« Wir sind uns nie persönlich begegnet, wie sollte er also? Ich bleibe stehen, hole tief Luft und versuche, mein Temperament einzufangen. »Erinnerst du dich überhaupt, was du zu mir sagtest, bevor du aufgelegt hast? Während ich allein an dem Tisch in dem Restaurant saß?«, hake ich nach.

Cole lässt den Kopf hängen und sieht ehrlich besorgt aus, was ich jetzt wohl sagen werde. »Ich traue mich nicht mal zu fragen.«

»Ich war so verblüfft, dass ich versetzt wurde, dass ich etwas Dummes sagte wie ›Was ist mit unserem chinesischen Abendessen?‹ Du hast geantwortet: ›Nein, danke, ich hab schon. Ich labe mich gerade an einem noch viel besseren asiatischen Buffet‹. Danach folgte ein Mädchenkichern und dann hast du aufgelegt.« Mein Gesicht läuft rot an, als mir wieder einfällt, wie erniedrigend das Ganze war.

Cole schüttelt den Kopf und fährt sich wieder mit der Hand durch die Haare. Diesmal sehe ich es richtig und von vorn. Junge, das war es wert – und sofort verachte ich mich ein bisschen dafür, weil ich den Kerl nicht angaffen sollte, während ich versuche, ihm die Meinung zu sagen.

»Das habe ich wirklich gesagt?«

»Hast du.« Ich bleibe stehen und wende mich ihm mit verschränkten Armen zu. Zu meiner Überraschung akzeptiert Sparky das und protestiert nicht, indem er an der Leine zieht.

»Wow. Ich weiß nicht, was ich sagen soll.«

»Ernsthaft, Cole?« Ich versetzte ihm einen Klaps auf die Brust. »Eine Entschuldigung wäre ein guter Anfang.«

»Es tut mir leid«, sagt er lachend.

Sehr glaubwürdig.

Sauer, weil er das Ganze kein bisschen ernst nimmt, stapfe ich weiter. Er hält mich am Ellbogen fest und dreht mich wieder zu sich um. Ich sage nichts, schenke ihm aber einen Blick, von dem ich hoffe, er vermittelt ihm, wenn er noch einmal etwas Falsches sagt, werde ich ihm die Eier abreißen und sie ihm mit einem schönen Chianti verabreichen. Hannibal Lecter wäre stolz auf mich.

»Ich habe nicht über dich gelacht.« Als ich immer noch nichts sage, fährt er fort: »Ich kann nur nicht fassen, dass ich das wirklich gesagt habe. Ich meine … für wen hielt ich mich eigentlich, Scheiße noch mal?«

Auch wenn es mir ganz und gar nicht in den Kram passt, dass er mich bezaubert, gebe ich trotzdem nach. »Hugh Hefner?«

Er lacht. »Anscheinend.«

»Ich habe in diesem Restaurant herumgesessen und gewartet und gewartet. Es war so peinlich. Der Kellner hatte solches Mitleid, dass er es dem Chef erzählte, und sie schenkten mir zwei von den Getränken, die ich bestellt hatte, während ich da saß.«

Cole verzieht schmerzlich das Gesicht und streicht sich mit der Hand übers Gesicht. »Mist.«

»Ja, Mist.« Ich muss sagen … dieser Cole wirkt wie ein völlig anderer Typ als der von der Verlobungsfeier. Dieser Cole erinnert mich an den Kerl, den ich an dem Abend im Thirsty Monk kennengelernt habe. Ein nicht vollkommen unsympathischer Kerl.

»Ich weiß nicht, was ich sagen soll, außer dass es mir leidtut und dass ich nicht mehr dieser Typ bin.«

Ich ziehe die Augenbraue hoch. »Auf der Verlobungsfeier wirkte das aber nicht wirklich so.«

Er tritt von einem Bein aufs andere und schaut kurz auf seine Füße, bevor er meinen Blick erwidert. »Du dachtest, du hättest mich total durchschaut. Ich wollte dich nicht enttäuschen.« In seiner Stimme liegt eine gewisse Schärfe, und mir wird klar, dass ich an diesem Abend einen Nerv getroffen hatte. Interessant.

»Zu meiner Verteidigung muss ich sagen: Das dachte ich auch. Als mir klarwurde, wer du warst … und dann die Tatsache, dass ich ein paar Wochen davor mit dir nach Hause gegangen war …« Ich verstumme und kann ihm bei den letzten Worten nicht mehr in die Augen schauen.

»Du dachtest, nichts hätte sich geändert.«

Ich zucke mit den Schultern.

»An dem Abend, als du mit mir nach Hause gegangen bist … das war anders.«

»Inwiefern?«

Er schweigt kurz und schüttelt dann den Kopf. »Ist nicht wichtig. War einfach so.«

Noch ein interessantes kleines Detail, das ich abhefte und später zu untersuchen gedenke. »Das alles ist sowieso nicht so wichtig. Ich wollte dich heute treffen, um reinen Tisch zu machen. Du weißt, weil wir uns in den kommenden Monaten oft sehen müssen.«

Ein leichtes Lächeln zieht seine Mundwinkel nach oben. »Ich bin froh, dass du das getan hast.«

»Außerdem wollte ich dich bitten, Tahlia gegenüber nichts

davon zu erwähnen, dass wir zusammen nach Hause gegangen sind.«

Jetzt zieht er die Augenbraue hoch und mustert mich.

»Es würde sie nur noch mehr stressen, und sie würde sich Sorgen machen, ob wir zwei miteinander klarkommen. Ich will nicht, dass es noch stressiger für sie wird als sowieso schon.« Den Teil, dass sie genau weiß, wie mich Coles kleine Einlage damals getroffen hat, behalte ich für mich.

»Das wird eine Hochzeit, keine Scheidung«, sagt er.

»Das ist mir bewusst. Aber auch guter Stress ist Stress.«

»Wenn du das sagst.«

»Hör mal, du musst eines über Tahl wissen: Sie plant ihre Hochzeit in Gedanken schon, seit sie zehn war. Das ist eine echt große Sache für sie. Und ihre Mutter lässt sie nicht in Ruhe, bis sie die perfekte Society-Hochzeit bekommt. Du hast doch Chase gegenüber nichts erwähnt, oder?«

Cole legt die Stirn in Falten und schüttelt den Kopf. »Mein Privatleben geht meinen Bruder nichts an.«

»Gut. Also bist du einverstanden?«

Er zuckt die Achseln. »Von mir aus. Wenn es dir nichts ausmacht, deine Freundin deswegen zu belügen.«

Autsch. Das saß. »Es soll ihr helfen, und was sollte es bringen, es ihr zu erzählen? Es wird nie wieder etwas passieren.«

Ganz kurz lacht er vor sich hin. »Wenn du meinst.«

Das gibt mir zu denken. »Ja, meine ich. Warum auch nicht?«

»Glaubst du, ich hätte nicht bemerkt, wie du mich jedes Mal anstarrst, wenn du mich siehst?«

Ich balle die Fäuste. Wer spricht so etwas laut aus? »Ich weiß nicht, wovon du redest.«

Er lacht mich aus. Schon wieder. Und ich habe gute Lust, ihm den Kehlkopf herauszureißen, damit ich es nicht mehr hören muss.

Er macht einen Schritt auf mich zu, deshalb ist wenig bis gar kein Platz mehr zwischen uns, und ich muss das Kinn recken, um ihm ins Gesicht sehen zu können. »Wirklich? Dann bilde ich mir wohl nur ein, dass sich deine Augen jedes Mal weiten, wenn ich deinem Blick begegne. Oder wie dir jedes Mal ganz leicht der Atem stockt, wenn ich dich berühre.« Zum Beweis fährt er mir mit dem Zeigefinger über die Halsbeuge. Ich unterdrücke ein leichtes Beben, aber seinem süffisanten Lächeln nach weiß er, dass es Wirkung auf mich hat. »Vielleicht phantasiere ich mir nur zusammen, wie jedes Mal deine Nippel hart werden, wenn ich in deine Nähe komme.« Sein Blick gleitet zu meiner Brust, und ich muss ihm nicht folgen, um zu wissen, dass er recht hat.

»Es ist ein bisschen kühl hier draußen«, sage ich kleinlaut zu meiner Verteidigung.

»Gib es zu.« Er beugt sich nur noch mehr zu mir, und ich rieche sein Parfum und spüre, wie sein Atem meine Wange kitzelt. Sein Mund ist neben meinem Ohr, als er sagt: »Du willst mich.«

Ich verdrehe die Augen und schiebe ihn von mir. »Du hast wirklich das größte Ego der Welt.«

»In der Nacht, als du mit mir nach Hause gegangen bist, hast du mir erzählt, ich hätte den größten Schwanz der Welt.«

Hitze steigt mir in die Wangen, weil ich mich nicht einmal verteidigen kann. Ich war zu betrunken, ich erinnere mich nicht. »Ich glaube, du hast da was verdreht. Wahrscheinlich habe ich dir gesagt, du seist der größte Arsch der Welt. Und schau mal an, ich habe recht.«

Er sieht aus, als wollte er etwas Geistreiches sagen, unterbricht sich aber und mustert mich. »Warte mal kurz. Du weißt wirklich nicht mehr, dass du das gesagt hast, oder?«

Mist. Ich will nicht, dass er weiß, dass ich mich an nichts aus dieser Nacht erinnere. Sonst hat er nur einen Vorteil.

»Komm, Sparky.« Ich drehe mich um und gehe weiter den Weg entlang. Sparky ist loyal, denn auch wenn ich weiß, dass er sich genauso zu Cole hingezogen fühlt wie ich (wenn man bedenkt, wie er bei ihrer ersten Begegnung Coles Bein gerammelt hat), folgt er mir und hüpft fröhlich an meiner Seite.

Zuerst glaube ich, Cole würde uns weggehen lassen, aber kurz darauf holt er uns ein. »Weißt du noch irgendwas aus dieser Nacht?«

»Ich weiß noch, dass du mir in der Bar Drinks eingeflößt hast, damit ich mit dir nach Hause komme.«

»Hey, hey. Moment mal.« Er hält mich am Ellbogen fest und zwingt mich, wieder stehen zu bleiben und ihn anzusehen. »Ich habe dich nicht betrunken gemacht, um dich mit nach Hause zu nehmen. Du warst schon ziemlich gut dabei, bevor ich an dem Abend überhaupt in die Bar kam.« Ich schweige, denn es stimmt und ich kann nichts dagegen sagen. »Ich hatte selbst auch ein paar, falls du dich erinnerst. Es war deine Idee, gemeinsam zu gehen. Ich habe dich nicht ausgenutzt.«

Ich kann nicht glauben, was ich gleich fragen werde, aber ich muss es wissen. Ich hole tief Luft und schlucke meinen Stolz hinunter. »Was ist passiert, als wir zu dir gegangen sind?«

Ein schiefes Grinsen hebt einen seiner Mundwinkel an. »Du erinnerst dich an nichts?« Ich schüttle den Kopf. »Interessant.« Mehr sagt er nicht. Interessant. Und ich kann ihn nur anstarren und darauf warten, dass er mich aufklärt. »Hast du vor, es mir zu sagen?«

»Nee. Ich glaube, ich behalte es für mich, denn ich für meinen Teil erinnere mich an *alles.*«

Als ich höre, wie er dieses ›alles‹ ausspricht, beiße ich die Zähne zusammen. Das Wort klingt so bedeutungsschwer wie ich an dem Abend breit war, also ziemlich.

»Ernsthaft. Du willst es mir nicht sagen?«

Er wartet einen Augenblick, bevor er antwortet. »Folgender Vorschlag: Ich verrate dir jedes Mal, wenn ich dich sehe, eine Sache, die in dieser Nacht passiert ist, falls du mir eine Chance gibst und dich nicht wie die letzte Zicke benimmst.«

»Ich bin keine Zicke.« Ich verschränke die Arme.

»Ich habe nicht gesagt, dass du eine bist. Ich habe gesagt, du benimmst dich manchmal so. Das ist ein Unterschied.«

»Haarspalterei.«

»Genauigkeit.«

Erhitzt stehe ich da und starre ihn an. Ich bin zu gleichen Teilen wütend und heiß auf den Kerl, was mir einen Knoten ins Hirn macht.

»Sind wir im Geschäft?«

»Also gut.«

Er streckt die Hand aus und ich nehme sie. Wir schütteln Hände, und als ich loslasse, tue ich so, als kribbelte meine Handfläche nicht immer noch von seiner Berührung.

»Gut. Und um dir zu zeigen, dass ich ein Mann bin, der sein Wort hält, erzähle ich dir sogar jetzt schon etwas, obwohl du heute Nachmittag nicht besonders nett zu mir warst.«

Ich knirsche mit den Zähnen und balle die Fäuste, weil ich befürchte, ich könnte den Kerl sonst tatsächlich schlagen.

Er greift in die Innentasche seiner Jacke. »Du hast das hier bei mir vergessen.«

Alles passiert in Zeitlupe. Eine Hand taucht aus seiner Jacke auf, und ich sehe ein pinkfarbenes Aufblitzen. Als er es mir hinhält, wird mir klar, dass es der Vibrator ist, den mir Lennon geschenkt hat.

Mir stockt der Atem, mein Herz stolpert und meine Hände fliegen hoch, um mein Gesicht zu bedecken. Er hält ihn zwischen uns, als würde er mir irgendeinen Alltagsgegenstand geben. Bevor ich verstehe, was passiert, springt Sparky hoch und schnappt ihn ihm aus der Hand. Und weil ich so genial bin und die Leine losgelassen habe, um die Hände vors Gesicht zu halten, rast Sparky mit halsbrecherischer Geschwindigkeit auf das Wäldchen zu, den neonpinken Vibrator fest zwischen den Zähnen.

»Scheiße!«, schreie ich und laufe ihm nach. Sekunden später hat mich Cole schon überholt und läuft mir voraus.

Sparky weiß wirklich etwas mit seinen kurzen Beinchen anzufangen. Ich hatte keine Ahnung, dass er so schnell laufen kann. Als er den Waldrand erreicht, bleibt er stehen und dreht sich zu uns um. Ich schwöre es, der kleine Scheißer grinst mich mit dem Sexspielzeug zwischen den Zähnen an. Ich kann mich nicht auf die Peinlichkeit konzentrieren, dass mir Cole den Vibrator mitgebracht hat, denn wenn ich ohne das kleine Fellknäuel nach Hause zurückkomme, bringt mich meine Grandma um.

Cole und ich werden beide langsamer und versuchen uns der Puderquaste wie einem wilden Tier zu nähern.

»Komm her, Sparky«, sage ich sanft und trillernd. »Komm hierher.« Ich strecke die Hand aus, und einen kurzen Moment glaube ich, er würde es mir leichtmachen und zu mir kommen.

Da donnert es über uns, und Sparky jagt weiter in den Park hinein.

»Verdammt.« Wir folgen ihm, und innerhalb von Sekunden öffnet der Himmel seine Schleusen und kalter Regen prasselt auf uns herab. Die Lage ist gerade noch um einiges beschissener geworden, denn ich habe heute beschlossen, ein weißes Shirt zu tragen.

»Sparky!«, brülle ich ihm hinterher.

»Komm her, Junge!«, ruft Cole. Ich verdrehe die Augen. Glaubt er, das bringt etwas?

Sparky kommt bei einer Baumgruppe an und scheint nicht recht zu wissen, was er tun soll. Aus den schwarzen Wolken über uns donnert es, Sparky erschrickt wieder und schaut sich panisch nach einer Fluchtmöglichkeit um.

Ich sehe es im selben Moment wie er. Einen umgestürzten Baum, der innen hohl ist. Er dreht sich um und bringt die paar Meter bis zur Öffnung in Sekunden hinter sich.

»Sparky, nein!«

Aber es ist zu spät. Er ist schon drin.

»Scheiße. Was machen wir jetzt?«, schreie ich und stampfe wie eine Zweijährige mit dem Fuß auf.

Dann werfe ich einen Blick zu Cole hinüber, der am anderen Ende des Baumstamms kniet und hineinspäht. »Hey, Kleiner.«

Ich fange an zu zittern, die nassen Klamotten kleben mir am Körper. Es blitzt, ich schlinge die Arme um mich und versuche so, die Körperwärme zu erhalten. »Das ist alles deine Schuld, weißt du?«

»Warum soll das meine Schuld sein?« Er hebt den Kopf und wirft mir einen finsteren Blick zu.

»Hättest du mir nicht dieses … Ding wie einen Knochen hingehalten, hätte er es sich nicht geschnappt. Ich meine, wer tut so etwas mitten in einem öffentlichen Park?«

»Wer lässt seinen Vibrator in einer fremden Wohnung?«

»Es ist nicht mein Vibrator.«

Er verzieht das Gesicht. »Du läufst also mit Sexspielzeugen von anderen Leuten herum?«

»Ja. Nein!« Ich mache ein Geräusch, das eine Mischung aus Schrei und Frustration ist. »Du kannst so nervtötend sein!«

Das ignoriert er. »Also, was jetzt? Ja oder nein?«

»Genau genommen ja. Aber er ist ganz neu und eine Freundin hatte ihn mir gerade gegeben, damit ich ihn ausprobiere.«

Cole schaut kopfschüttelnd vor sich hin. »Ich schwöre es, ich werde Frauen nie verstehen.«

Ich atme lange aus. »Können wir uns bitte einfach darauf konzentrieren, Sparky zurückzuholen, damit wir endlich hier wegkommen?« Ich werfe ihm einen wütenden Blick zu und gehe in die Hocke, um von der anderen Seite in das Loch zu spähen. Sparky kauert immer noch da drin, den neonpinken Vibrator im Maul wie ein beschissenes Stöckchen.

»Komm her, Sparky! Hier, Junge.«

Sparky rührt sich nicht, sondern starrt mich nur weiter an.

»Komm her«, sage ich mit meiner schmeichelndsten Stimme, obwohl ich eigentlich nur brüllen möchte: *Komm da raus, du Zwerg! Ich bin klatschnass und friere mir den Arsch ab und du rennst vor diesem wahnsinnig heißen Typen, der mich wahrscheinlich sowieso schon für irre hält, mit einem pinken Vibrator durch den Park!*

Aber Sparky rührt sich nicht.

Entnervt stehe ich auf und stampfe noch einmal mit dem Fuß auf. »Der kommt da nie raus.«

»Lass es mich mal versuchen.« Cole kommt auf meine Seite herüber, also mache ich einen Schritt rückwärts, um ihm Platz zu machen. Er beugt sich vor mir hinab und ich muss zugeben, dass die Aussicht nicht so übel ist.

»Sparky. Sparky, komm her.« Langsam streckt er die Hand in die Öffnung, damit Sparky daran riechen kann. Ich kann nicht sehen, ob es funktioniert oder nicht, aber Cole bleibt eine ganze Weile so, und dann sehe ich Sparkys kleines Gesicht in der Nähe der Öffnung.

Ich schätze, Coles Duft ist wirklich unwiderstehlich. Sogar für andere Spezies.

Er zieht die Hand jetzt bis kurz vor die Öffnung zurück. »Komm her, Junge. Du willst es doch auch.«

Junge, ich auf jeden Fall!

Sparky bewegt sich noch ein paar Zentimeter, bis sein ganzes Gesicht aus dem Baumstamm schaut. Ich halte die Luft an und hoffe, er zieht sich nicht wieder zurück. Cole schiebt seine Hand immer näher heran, bis er sie um Sparkys kleinen Körper legen und ihn an seine Brust heben kann.

»Na also, Kleiner. Das war doch nicht so schlimm, oder?« Er streichelt ihm den Kopf. »Sollen wir gehen?« Cole wirft mir einen Blick zu und ich erwache aus meiner Trance, in der ich ihm zugeschaut habe, wie er so sanft mit dem kleinen Biest umgeht.

»Oh. Ja, natürlich.«

Er kommt näher. »Wir müssen aber nicht, das weißt du.

Vögeln bei Regen im Wald könnte ganz cool sein.« Sein Blick schnellt zu meinem Shirt hinab, das weiß ist und mir klatschnass an der Brust klebt. Ich muss nicht hinunterschauen, um zu wissen, dass meine Nippel stehen und sich stolz präsentieren.

»Klar, vergiss es.«

»Bist du dir sicher?«, fragt er. Er beugt sich zur Seite, um Sparky auf den Boden zu setzen und schließt die letzten Zentimeter zwischen uns, bis sich unsere Oberkörper fast berühren.

»Zwischen uns darf nie wieder etwas passieren.« Du meine Güte, so wie meine Stimme klingt, höre sogar ich, dass ich das nicht ernst meine.

»So, wie du beim letzten Mal meinen Namen gerufen hast, dachte ich, du hättest vielleicht gern eine Wiederholung.«

Ich erstarre. »Was meinst du damit?«

Langsam schüttelt er den Kopf. »Hast du unseren Deal vergessen? Du musst nett zu mir sein, dann erzähle ich es dir beim nächsten Mal, wenn wir uns sehen.«

Verdammt. Jetzt würde ich fast alles geben, wenn ich mich an diese Nacht erinnern könnte. Falls ich gebettelt habe, muss es verdammt gut gewesen sein, was auch immer es war.

»Also schön.« Ich reiße ihm die Leine aus der Hand und marschiere los. »Es ist sowieso nicht so wichtig.«

Ich höre Cole hinter mir. »Klar ist es das. Ich weiß so gut wie du, dass du vor Neugier stirbst.«

Ich zucke nur die Achseln. Es ist sinnlos. Er genießt es offensichtlich, sein kleines Spiel mit mir zu spielen. Und ich werde ihm nicht die Befriedigung verschaffen, sicher zu wissen, wie sehr es mich wurmt, dass er als Einziger noch weiß, was in dieser Nacht passiert ist.

Cole joggt, um zu mir aufzuschließen. »Ständig vergisst du den hier.«

In seiner Hand hält er den Vibrator. Wortlos reiße ich ihn

ihm aus der Hand und gehe mit hocherhobenem Kopf und großen, selbstbewussten Schritten weiter, ohne mich wirklich so zu fühlen.

Es erstaunt mich, dass ich keinen Gedanken mehr daran verschwendet habe, dass ich den Vibrator in Coles Wohnung gelassen hatte. Ich kann nur annehmen, dass mein Unterbewusstsein entweder dachte, er wäre zu ritterlich, um das Thema anzuschneiden, oder ich habe es komplett verdrängt. Annahme Nummer eins war eindeutig falsch. An Cole Webber ist nichts ritterlich.

Leider scheine ich das irgendwie zu mögen.

Kapitel 11

Ich muss ihn haben. *Den Job.* Nicht Cole. Das Bewerbungsgespräch muss gut laufen. Seit dem Tag im Park letzte Woche geht mir Cole nicht aus dem Kopf, und das ändert sich anscheinend auch jetzt nicht. Ich kann nicht fassen, dass er sogar in meinen Gedanken auftaucht, während ich im Empfangsbereich sitze und auf das Vorstellunggespräch für meinen Traumjob warte.

WHFI ist ein Fernsehsender in der Bay Area und sie suchen jemanden für ihre wöchentliche investigative Sendung. Obwohl ich vorher für eine Zeitung gearbeitet habe, war das hier immer mein eigentliches Ziel. Die Chance, gesendet zu werden, bietet sich nicht oft, und dabei investigativ tätig zu sein und etwas gegen Ungerechtigkeit und für Benachteiligte zu tun – besser geht es nicht. Zumindest nicht für mich.

»Miss Knight?« Ich blicke zu der Rezeptionistin an ihrem Schreibtisch am anderen Ende des Raumes auf. »Sie sind mit ihrem Zeitplan ein bisschen in Verzug, es dauert also noch ein paar Minuten.«

»Kein Problem.« Ich lächle strahlend. Mein Chef bei der Zeitung sagte mir immer, er frage immer bei der Rezeptionistin nach, wie ihr Eindruck der jeweiligen Bewerber sei, denn wenn man der Person gegenübersteht, die das Sagen hat, zeigt sich jeder von seiner besten Seite. Daran, wie er Leute behandeln, die nichts für ihn tun können, erkennt man den wirklichen Charakter eines Menschen.

Ich sitze eine Weile da und wippe mit dem Knie, als eine attraktive Blonde hereinkommt, mit der Rezeptionistin spricht und sich dann zu mir setzt.

Ich versuche, unauffällig zu ihr hinüberzuschauen, um einen Eindruck von meiner Konkurrenz zu bekommen, und wünsche mir sofort, ich hätte es nicht getan. Wenn ich gegen sie antreten muss, habe ich ein Problem. Sie ist umwerfend. Um genau zu sein, ist sie sogar mehr als umwerfend. Wenn ich ehrlich bin, erinnert sie mich an Kate Upton.

Also, nicht, dass ich null Selbstbewusstsein hätte, denn ich bilde mir ein, dass ich halbwegs genug davon besitze. Aber wenn man Äpfel mit Äpfeln vergleicht und einer davon ist einfach ein ganz normaler Apfel und der andere ist saftig, glänzend und würde auf der Frühjahrsmesse den Preis für den besten Apfel gewinnen, dann würde jeder den zweiten wählen. Wenn man vor der Kamera steht, muss man wissen, was man tut, *und* attraktiv sein. Traurig? Vielleicht. Aber so ist es eben. Die Besitzer des Senders stellen bestimmt nicht Quasimodo in die Abendnachrichten.

Ein kleines Stück meines Selbstbewusstseins platzt ab und fällt auf den Boden.

»Bist du auch wegen eines Vorstellungsgesprächs hier?«

Ich brauche einen Moment, bis mir aufgeht, dass sie mit mir spricht.

»Du siehst nervös aus.« Sie lächelt, und mein Gott, sie wirkt noch strahlender. Ein Teil von mir möchte sie hassen, weil sie wahrscheinlich statt meiner die Stelle bekommt, aber irgendwie ist sie süß.

»Ja. Und ja. Nervös, meine ich.«

»Ich auch.«

»Hast du auch ein Vorstellungsgespräch?«, frage ich und hoffe, sie sagt nein.

Sie nickt und in meinem Magen entsteht ein Knoten. »Ich hoffe auf einen Job als Sportkommentatorin.«

Plötzlich durchdringt ein Hoffnungsschimmer die Dunkelheit. »Dann viel Glück.« Und ich meine es ernst, denn sie wirkt nett. »Ich bin wegen der Reporterstelle hier.«

Für kurze Zeit entsteht das typische peinliche Schweigen. Ihr wisst schon, wenn man mit jemandem plaudert, den man eigentlich gar nicht richtig kennt und nicht recht weiß, ob man weiterreden oder es einfach gut sein lassen soll. »Dann ist Sport also voll dein Ding?«, frage ich.

»Ich bin mit vier großen Brüdern aufgewachsen, ich hatte keine große Wahl.« Sie zögert und scheint kurz darüber nachzudenken, ob sie den Rest ihrer Geschichte auch erzählen soll. »Ich weiß, ich sehe nicht aus wie der typische Sportkommentator.«

Ich weiß nicht so genau, was ich dazu sagen soll, denn sie hat recht. »Nein, das stimmt. Die haben normalerweise mehr Brusthaare. Und weniger Brust.« Ich beschließe, das Naheliegende auszusprechen.

»Ja, nicht?« Sie lacht. »Mit den Dingern bin ich schon geschlagen, seit ich ein Teenager war.« Sie blickt auf ihren sehr, sehr ausladenden Busen hinab.

»Ehrlich? Ich habe für so etwas gebetet, als ich ein Teenager war.«

Diesmal lachen wir zusammen und sie streckt mir die Hand hin. »Ich bin Kelsey.«

Ich nehme ihre Hand. »Ich bin Whitney.«

»Freut mich, dich kennenzulernen.« Sie lächelt, doch dann sinkt sie ein bisschen auf ihrem Sitz zusammen. »Mit den Dingern ist es echt nicht leicht, in dieser Branche arbeiten zu wollen. Niemand will mich ernst nehmen, aber ich weiß, was ich tue. Ich habe schon vor meiner Geburt Sport geschaut und habe eine Rundfunkausbildung. Ich kann das. Ich brauche nur jemanden, der es mit mir versucht.«

»Das ist sicher frustrierend.« Mir tut Kelsey leid. Sie wirkt nett, und obwohl ich mir, als ich sie sah, wünschte, ich hätte eine Figur wie ihre, frage ich mich jetzt, ob es nicht vielleicht doch eher Fluch als Segen ist.

»Kannst du dir vorstellen, dass der eine Sendeleiter unten bei Los Angeles mir wirklich gesagt hat, ich könnte den Job nicht machen, weil die hier« – sie deutet auf ihre beträchtlichen Vorzüge – »die Spieler ablenken würden?«

»Das hat er wirklich gesagt?« Ich sehe ein Funkeln in ihren Augen, und obwohl sie lieb und ziemlich unschuldig rüberkommt, ist klar, dass sie sich behaupten kann, wenn sie provoziert wird.

»Wörtlich.«

»Wow. Da fällt mir nichts mehr ein.« In der Tasche auf meinem Schoß summt mein Handy, und ich suche danach. »Entschuldige kurz.«

Kelsey nickt.

Mein Herz schlägt ein bisschen schneller, als ich sehe, dass es eine Nachricht von Cole ist.

Cole: Hey. Hab gerade mit Chase geredet. Die Hochzeitspflicht ruft.

Ich: Ich hab gleich ein Bewerbungsgespräch. Was ist?

Cole: Das hat sie auch gesagt.

Ich: Echt jetzt?

Cole: Hast du nie The Office gesehen?

Ich: Doch, klar. Ich wollte damit sagen, ich bin beschäftigt, also komm zur Sache.

Cole: Das hat sie auch gesagt.

Ich: Ich schalte jetzt mein Handy aus.

Cole: Warte. Okay, ich habe mit Chase geredet und wir sind dabei.

Ich: Wobei?

Cole: Komm in die Bar, dann erfährst du alles.

Ich: Das hat er auch gesagt.

Cole: Und wer verschwendet jetzt Zeit?

Ich: Ich komm vorbei, wenn ich fertig bin.

Cole: Ich bin hier.

Ich: K, bis dann.

Ich schalte mein Smartphone aus, damit es nicht beim Vorstellungsgespräch stört und werfe es in meine Tasche zurück.

»Tut mir leid«, sage ich zu Kelsey.

»Kein Problem. Dein Freund?«

»O Gott, nein. Der nervige Trauzeuge bei einer Hochzeit, an der ich beteiligt bin.«

Kelsey grinst und beugt sich vor, als wollte sie mir ein Geheimnis verraten. »Irgendwas muss gut an ihm sein, wenn du so lächelst.«

Bevor ich ihr widersprechen kann, unterbricht uns die Frau hinter dem Schreibtisch.

»Miss Knight?«, sagt die Rezeptionistin. »Mr Jeffries erwartet Sie jetzt.«

Mein Magen macht noch einen Salto, als die Nervosität zurückkehrt. Ich hätte sie über meinem Plausch mit Kelsey fast vergessen.

»Viel Glück«, sagt sie und ich stehe auf.

»Danke. Dir dann auch.«

Sie lächelt und ich folge der betagten Rezeptionistin durch ein betriebsames Großraumbüro mit zahlreichen Arbeitsplätzen bis zu einem Eckbüro. Es ist spärlich eingerichtet und nicht so riesig, aber es ist klar, dass hier jemand Wichtiges residiert. Es besitzt eine Glaswand mit Blick über die Stadt und eine Regalwand aus Holz mit einem Haufen verschiedener Preise und Auszeichnungen.

Ein gut gepflegter Mann Mitte vierzig mit zurückgegelten Haaren und lila Hemd mit passender Krawatte sitzt hinter dem beeindruckenden Schreibtisch.

»Mr Jeffries, das ist Whitney Knight. Ihre Dreiunddreißig.«

»Danke, Margo.«

Sie lächelt mir kurz zu, bevor sie geht und die Tür hinter sich schließt.

»Setzen Sie sich bitte.« Mr Jeffries deutet auf einen der Ledersessel vor seinem Schreibtisch. »Schön, dass ich Sie kennenlerne. Tut mir leid, dass wir in Verzug sind.« Er beugt sich mit ausgestreckter Hand über den Tisch, und ich erwidere seinen Händedruck fest.

»Ich freue mich, Sie kennenzulernen, Sir.«

Er öffnet einen Aktenordner vor sich und zieht ein paar zusammengeheftete Blätter Papier heraus, die ich als meinen Lebenslauf erkenne.

»Hier steht, Sie wurden aus ihrer letzten Stelle beim Sacramento Chronicle entlassen?« Er wendet sich mir zu, aber im Gegensatz zu den anderen Gesprächen, bei denen ich war, sehe ich bei ihm keine Wertung, nur Neugier.

»Sie haben sich verkleinert, und mir wurde betriebsbedingt gekündigt. Die meisten anderen waren länger dabei als ich.« Ich könnte hinzufügen, dass das nicht der Grund war, aus dem ich entlassen wurde, tue es aber nicht. Weil ich diesen Job will.

»Es ist in letzter Zeit ziemlich eng im Printgeschäft. Der

Anzeigenverkauf wird schwieriger, wenn sich alle zunehmend online informieren.«

Ich antworte nicht, denn er schaut wieder in meinen Lebenslauf. »Was war für Sie die größte Herausforderung während ihrer Arbeit bei der Zeitung?«

Ab da beginnen wir ein ziemlich angenehmes Gespräch über meine Erfahrung und warum ich investigative Reporterin werden möchte. Ich hoffe, meine Leidenschaft dafür, die Wahrheit aufzudecken und denen zu helfen, die sich nicht selbst helfen können, scheint durch. Im Großen und Ganzen habe ich ein gutes Gefühl, als wir das Gespräch beenden.

Mr Jeffries wirft einen Blick auf die Uhr. »Es war schön, mit Ihnen zu sprechen, Whitney, aber wir müssen Schluss machen. Ich habe noch ein Bewerbungsgespräch und dann muss ich mit meinem Mann zu einem 49ers-Spiel.«

Ich lächle. Wenigstens muss ich mir, falls ich die Stelle bekomme, diesmal keine Sorgen machen, dass mein Chef versuchen könnte, mich zu verführen. »Sie sind wohl kein großer Footballfan?«

Er verzieht das Gesicht. »Überhaupt nicht. Ich weiß nicht, warum ich mich immer wieder von ihm mitschleppen lasse, aber er ist total sportverrückt, was soll ich machen? In Beziehungen geht es eben hauptsächlich um Kompromisse.«

Ich stehe auf und strecke ihm die Hand hin. »Es hat mich gefreut, Sie kennenzulernen, Sir. Ich hoffe, ich höre bald von Ihnen.«

»Jemand von WHFI wird sich bei Ihnen melden. Ich weiß noch, wie es war, als ich auf Jobsuche war. Das Schlimmste ist, wenn man nichts hört.«

Ich atme erleichtert aus. »Danke. Das weiß ich zu schätzen. Es ist wirklich am schlimmsten, wenn man überhaupt nichts weiß.«

»Hervorragend. Dann sprechen wir uns bald.« Er nickt.

»Viel Spaß beim Spiel«, sage ich ein bisschen frech.

Lachend nimmt er sein Telefon und ich höre, wie er die Rezeptionistin bittet, den nächsten Bewerber hereinzuschicken. Als ich draußen an Kelsey vorbeikomme, zwinkere ich ihr zu und forme mit den Lippen lautlos ein *Viel Glück*. Egal, was mit mir passiert, sie wirkte wie eine von den Guten und ich hoffe, sie bekommt die Stelle.

Als ich den Aufzug betrete, um ins Erdgeschoss hinunterzufahren, schicke ich ein Stoßgebet zu wem auch immer da oben und bitte um Hilfe, damit ich den Job bekomme.

Nachdem das erledigt ist, gehe ich gedanklich zur nächsten Aufgabe über – das Treffen mit Cole. Ohne seinem Charme zu erliegen. Das ist immer so viel leichter gesagt als getan.

Kapitel 12

Als ich im Thirsty Monk durch die Tür komme und den Geruch von Bier und frittiertem Essen rieche, fällt mir wieder der Abend ein, an dem ich Cole kennengelernt habe. Ich erinnere mich immer noch nicht, was passiert ist, als wir zu ihm gingen. Aber ich wünschte, ich würde, verdammt noch mal. Es ist echt unangenehm, davon ausgehen zu müssen, dass Cole etwas über mich weiß, was ich nicht weiß. Ich konnte mich immer auf mich selbst verlassen und finde es nicht besonders toll, darauf vertrauen zu müssen, dass er mir erzählt, was in der Nacht passiert ist.

Ich schaue mich um und sehe an verschiedenen Tischen ein paar Gäste verteilt, aber keinen Cole. Also gehe ich zur Bar und setze mich auf denselben Hocker wie an dem Abend damals.

Die hübsche Blonde hinter der Bar kommt lächelnd zu mir herüber. »Was darf ich dir bringen?«

»Ich suche Cole. Ist er da?«

Ihr Blick verfinstert sich fast unmerklich und sie mustert mich kurz, bevor sie es schafft, wieder zu lächeln. »Er ist hinten. Soll ich ihm ausrichten, wer hier ist?«

»Ich heiße Whitney. Ich glaube, er erwartet mich.« Ich erwidere ihr Lächeln, aber ich weiß, es sieht angestrengt aus, denn diese Frau vermittelt mir das Gefühl, ich dränge in ihr Revier ein. Und da stellt sich mir die Frage, was mit den beiden los ist.

Sie sagt nichts mehr, bevor sie geht.

Eine Minute später kommt Cole von hinten; er trägt eine abgetragene Jeans und ein graues T-Shirt mit einem Logo, auf dem *Hard Rock Whiskey* geschrieben steht, über seinen Brustmuskeln. Die Baumwolle umschmeichelt sämtliche scharfen Kanten der Muskeln seiner Arme und Brust. Er schenkt mir ein strahlendes Lächeln, bei dem seine Augen irgendwie funkeln, und ich frage mich kurz, ob er jeden so anblickt oder nur mich.

Eine Frage, die ich mir absolut nicht stellen sollte, denn Cole ist tabu.

»Hi! Sollen wir den Tisch da drüben nehmen?« Er deutet auf einen Tisch am Fenster, in dessen Nähe keine anderen Gäste sitzen.

»Klar«, sage ich und rutsche vom Barhocker.

Die Blonde kehrt auf ihren Posten hinter der Bar zurück, aber sie beäugt uns misstrauisch, als versuchte sie, aus uns schlau zu werden.

»Möchtest du etwas trinken?«, fragt Cole, als wir sitzen.

»Vielleicht nur Wasser.«

Er zieht die Augenbraue hoch. »Kein Whiskey?«

Ich verdrehe die Augen. »Ich glaube, in deiner Gegenwart ist es sicherer, wenn ich mich an nichtalkoholische Getränke halte.«

Er lacht in sich hinein. »Seien wir ehrlich. Auch nüchtern findest du mich unwiderstehlich.«

Ich schüttle lachend den Kopf. »Ich glaube, du verwechselst da was. Es ist genau umgekehrt.«

Statt der geistreichen Antwort, die ich erwarte, schaut er mir direkt in die Augen und sagt leise und ernsthaft: »Das versteht sich von selbst.«

Wir schauen uns eine ganze Weile in die Augen, bis ich mich räuspere und den Blick abwende. Die Anziehung zwischen uns ist magnetisch und man kann ihr nur schwer widerstehen.

Aber, ermahne ich mich, ich muss. Ich kenne diese Art Mann, zu der Cole gehört, und er würde sich mein Herz schnappen, es ausfüllen und dann in tausend Stücke zerfetzen, während ich es nur zu gern geschehen lassen würde. Ich war immer stolz darauf, auf eigenen Beinen zu stehen, und dieser Mann würde mich auf die Knie zwingen.

Nach einem unbehaglichen Schweigen frage ich: »Und warum hast du mich hergebeten?«

Er zuckt die Achseln. »Vielleicht wollte ich dich nur sehen.«

Ich ignoriere den Schauder, der mich durchfährt, denn ich bin mir sicher, er spielt nur mit mir. »Kannst du bitte einmal ernst sein?«, frage ich mit einem resignierten Seufzen.

»Chase und Tahlia wollen, dass wir ein paar Orte für die Zeremonie anschauen und ihnen dann berichten.«

»Ist das dein Ernst?« Ich verziehe das Gesicht.

Cole zuckt die Achseln. »Er hat mich angerufen, und das hat er gesagt.«

»Sollte so etwas nicht eigentlich das Brautpaar machen?«

»Ich glaube nicht, dass wir die Entscheidung treffen, wir sollen nur die besten Optionen finden, damit sie mit ihrer beschränkten Zeit nur noch die paar anschauen müssen.«

»Ich kann mir immer noch nicht vorstellen, dass Tahlia das nicht selbst machen will. Ich muss sie anrufen.«

»Glaubst du wirklich, ich denke mir den Scheiß aus?«, fragt Cole mit Ärger in der Stimme.

»Entspann dich. Ich rufe sie nur kurz an.« Ich ziehe das Handy aus der Tasche, suche Tahls Nummer und tippe auf den kleinen grünen Button, um sie anzurufen.

»Ja?«, fragt sie. Sie klingt gehetzt.

»Hey, Tahl. Ich bin's. Ich habe gerade mit Cole geredet, und er sagt, du und Chase wollt, dass wir uns ein paar Orte für die Zeremonie anschauen.«

»Ja, sorry. Ich wollte dich schon den ganzen Tag anrufen, aber bei der Arbeit ist die Hölle los, und ich musste nach

Hause rennen und packen. Zum Flughafen, bitte«, sagt sie zu jemand anderem. Ich höre eine Autotür zuknallen, und mir wird klar, dass sie wohl in ein Taxi gestiegen ist.

»Alles klar?«

»Nur eine kleine Krise in einer der Fabriken in einem anderen Bundesstaat. Ich muss mal wieder zaubern.«

»Also gut. Ich helfe gerne. Ich wollte es nur von dir selbst hören.« Besorgt schürze ich die Lippen.

»Danke, Whit. Ich schicke dir eine Liste mit Locations, sobald ich durch den Security-Check bin und am Gate warte, okay?«

»Klar. Ich bin nur überrascht, dass ihr nicht in einer Kirche heiratet.«

»Wir wurden beide kapitalistisch erzogen, nicht katholisch«, sagt sie mit kläglichem Lachen. »Wir haben uns für einen nichtkonfessionellen Veranstaltungsort entschieden. Diese Woche werde ich hier mit Arbeit überschwemmt und hoffe, du hast ein bisschen Zeit übrig …« Sie unterbricht sich, ich weiß, sie sagt es nicht gern, aber es ist ja die Wahrheit. »Nach allem, was Chase sagt, nimmt Cole seine Arbeit nicht allzu ernst, also macht es ihm bestimmt nichts aus, dich herumzufahren.«

»Okay, wenn du das so möchtest.«

»Mach einfach viele Fotos. Und Whit?«

»Ja?«

»Du bist die Beste.«

Alle Beklemmung, weil ich gemeinsam mit Cole durch die Stadt streifen soll, fällt ab, als ich die Wärme in ihrer Stimme höre. Ich weiß, sie steht bei der Arbeit unter großem Druck und ich habe ja wirklich Zeit, ihr zu helfen. Ich will, dass ihr großer Tag genau so wird, wie sie ihn sich vorstellt, und dafür werde ich alles tun.

Ich lege auf und schaue Cole an. »Na gut, das wird interessant.«

Das durchtriebene Lächeln, das einen seiner Mundwinkel nach oben zieht, sagt mir, dass interessant wahrscheinlich nicht der richtige Ausdruck für die nächsten Tage sein wird.

Kapitel 13

»Was steht als nächstes auf der Liste?«, fragt Cole mich vom Fahrersitz seines Jeeps aus.

Ich scrolle in den Notizen auf meinem Smartphone nach unten. »Der Weinkeller in der Bluxome Street«, sage ich. »Bluxome Street dreiundfünfzig.«

Cole haut die Adresse in sein Smartphone und folgt den Ansagen der nervigen weiblichen Computerstimme. Weiß er nicht, dass man es in den Einstellungen so ändern kann, dass die Stimme wie ein heißer Australier klingt?

Es ist unsere dritte Anlaufstelle an diesem Tag. Die ersten beiden waren ein Reinfall und nicht annähernd königlich oder schick genug für Tahlia und Chase. So langsam fange ich an zu verstehen, warum sie uns die ganzen Laufburschenarbeiten aufs Auge gedrückt haben. Das Ganze ist echt arbeitsintensiv.

Wir finden einen Parkplatz an der Straße und gehen auf ein Gebäude zu, das sehr nach Fabrik aussieht. Es ist sauber und modern, aber ich wundere mich trotzdem, dass es auf Tahlias Liste steht. Tahl ist eher das, was ich eine Traditionalistin nennen würde, und ich sehe hier nicht viel, das sie reizen könnte.

Wir treten ein, und das Ding ist im Grunde eine große, offene Lagerhalle mit superhohen Decken. Die Dachbalken sind mit Lichterketten umwickelt und am anderen Ende gibt es Regale voller Holzfässer, vermutlich mit Wein. Industrielampen in runden Glasschirmen hängen von der Decke und verleihen dem Ganzen ein trendiges Flair statt dem einer heruntergekommenen Halle.

»Seid ihr Whitney und Cole?« Eine attraktive Mittzwanzigerin kommt aus einem Durchgang zu unserer Linken, den ich nicht bemerkt hatte. Sie lächelt uns beide an und mir entgeht nicht, wie ihr Blick etwas länger an Cole hängenbleibt.

Ich kann ihr keinen Vorwurf machen. Er trägt heute eine dunkle Jeans, Wanderstiefel und ein Flanellhemd mit hochgekrempelten Ärmeln. Oh, und er hat sich den Bart ein bisschen länger wachsen lassen als sonst, jetzt sieht er aus wie ein Naturbursche.

Nicht, dass ich darüber groß nachgedacht hätte oder so.

»Dann musst du Claudia sein?«, frage ich; ich erinnere mich an den Namen von der Liste in meinem Smartphone.

»Genau.« Sie schüttelt uns die Hände. »Ich habe diese Woche mit Tahlia gesprochen, und sie sagte mir, dass ihr kommen würdet. Ich kümmere mich hier um die Eventbuchungen.«

»Schön, dich kennenzulernen«, sagt Cole mit freundlichem Lächeln.

Ich sehe sofort, dass Claudia bezaubert von ihm ist und lenke die Aufmerksamkeit sofort wieder auf den Grund, aus dem wir hier sind.

»Würdest du uns vielleicht herumführen und erklären, wie die Zeremonie hier ablaufen könnte?«, frage ich.

Sie blinzelt ein paarmal – ich nehme an, sie muss sich erst wieder fangen –, dann lächelt sie. »Natürlich. Folgt mir.«

»Macht es dir etwas aus, wenn ich Fotos mache, um sie Tahlia zu schicken?«, frage ich.

»Ich würde auch gern ein paar machen, wenn es okay ist«, sagte Cole.

»Natürlich nicht.« Sie dreht sich um und geht uns voraus in den hinteren Teil der Lagerhalle. »Ich habe hier hinten ein Buch, in dem auch Fotos von den verschiedenen Veranstaltungen sind, die wir hier hatten. Dann könnt ihr euch vorstellen, wie wir die Halle umgestalten können, je nachdem, welchen Stil das Brautpaar bevorzugt.«

Wir versammeln uns um ein großes Fotoalbum auf einem der Tische. Claudia zeigt uns verschiedene Möglichkeiten von Hochzeiten, die sie bereits ausgerichtet haben.

»Habt ihr einen Prospekt, den wir mitnehmen könnten?«, fragt Cole.

»Ich gebe euch auf jeden Fall einen mit.« Sie tätschelt ihm die Schulter, und er lächelt ihr zu.

So langsam fühle ich mich wie das fünfte Rad am Wagen.

In der folgenden halben Stunde versucht Claudia, uns die Halle zu verkaufen und erklärt, wie perfekt sie für eine Webber-Hochzeit wäre. Die Halle ist wirklich hübsch, aber ich habe nicht hundertprozentig das Gefühl, dass sich Tahlia das hier vorgestellt hatte. Ich habe die ganze Zeit nicht besonders viel gesagt, weil Cole plötzlich zur Labertasche mutiert ist, alle möglichen Fragen stellt und echtes Interesse an der Location zeigt. Über die bisherigen hatte er so gut wie nichts zu sagen, und jetzt kann er plötzlich die Klappe nicht halten. Was ist los? Hat in den anderen Fällen Claudias Doppel-D gefehlt?

»Wie viele Leute passen hier rein?«, fragt er.

»Ungefähr hundertfünfzig im Sitzen und dreihundert stehend.«

Er reibt sich die Stoppeln am Kinn. Es ist die banalste Geste der Welt, aber ich muss wegen des Pochens in meinen unteren Regionen von einem Fuß auf den anderen treten. »Ich fürchte, das reicht nicht für das, was die beiden vorhaben«, sagt er mehr zu sich selbst. Ich bewundere immer noch seine Bewegungen, als er sich mir zuwendet: »Hast du eine Ahnung, wie viele Gäste sie einladen?«

Ich mache es wie Claudia vorhin und blinzle mich aus meiner Trance, bevor ich antworten kann. »Ähm … nein. Hab vergessen zu fragen.«

»Also gut, na ja, dann erzählen wir meinem Bruder und

seiner Verlobten alles über die Location, und sie können sich dann den Rest überlegen. Vielen Dank, dass du dir die Zeit genommen hast, Claudia.«

Sie wird rot, als er ihre Hand nimmt und schüttelt. »Das Vergnügen war ganz meinerseits.«

Ich bin mir sicher, in ihrem sinnlichen Tonfall liegt eine Einladung, aber Cole scheint es nicht zu bemerken und schiebt beiläufig die Hände in die Hosentaschen, während ich mich von unserer eifrigen Gastgeberin verabschiede.

Schweigend gehen wir zurück zu seinem Jeep. Als wir drin sitzen und ich ihm die nächste Adresse genannt habe, beschließe ich, einfach auszusprechen, was mir im Kopf herumgeht.

»Du hast da drinnen sehr interessiert gewirkt. Ich glaube nicht, dass du bei den vorherigen Terminen mehr als fünf Sätze gesprochen hast. Was ist los?«

Er wirft mir einen kurzen Blick zu und schaut dann wieder auf die Straße. »Ich finde es interessant, wie sie sich ein zweites Standbein ausgedacht haben, um die Kosten für ihr Hauptgeschäft auszugleichen, das ist alles.« Achselzuckend tut er meine Neugier ab, aber ich weiß es. Ich weiß einfach, dass mehr dahintersteckt. »Wie wär's nach dem nächsten Termin mit was zu essen? Ich bin am Verhungern«, sagt er.

»Klar.« Ich lehne mich zurück und beschließe, das Thema für den Augenblick fallen zu lassen. Aber ich werde dem noch auf den Grund gehen. Ich will nicht umsonst investigative Reporterin werden.

Kapitel 14

Cole und ich steigen die Treppe vor dem Bentley Reserve-Gebäude hinauf, und in mir breitet sich eine flattrige Aufregung aus. Das hier wirkt mir sehr nach etwas, das sich meine Freundin für ihren großen Tag vorstellen würde. Das ehemalige Bankgebäude wurde in den 1920ern gebaut, und ich betrachte beim Eintreten die hohe Eingangshalle, die kalksteingetäfelten Wände und die Böden aus italienischem Marmor. Wir bleiben beide stehen und nehmen uns Zeit, den malerischen Anblick zu bewundern.

»Tahlia hat die Eventkoordinatorin von hier vorher nicht erwischt, also müssen wir einfach mal schauen, ob sie uns herumführen«, sage ich.

Er nickt und wir machen noch ein paar Schritte, die von den Böden und der mindestens zehn Meter hohen Decke widerhallen.

Sofort kommt ein älterer Herr in einem dunkelblauen Anzug auf uns zu. »Kann ich Ihnen helfen?« Er hat das Kinn erhoben und strahlt Kultiviertheit und Standesdünkel aus. Als wären wir beide nicht gut genug für diese heiligen Hallen.

Ja, wir sind nicht so gut gekleidet wie er, aber das ist kein Grund, uns herablassend zu behandeln.

»Wir möchten Ihr Haus gern für eine mögliche Hochzeitsfeier hier besichtigen«, sage ich. Der Mann mustert mich demonstrativ von oben bis unten und macht dann dasselbe mit Cole. Ich schätze, er findet den sexy Holzfällerlook nicht so anziehend wie ich. »Die Preisliste finden Sie im Internet. Vielleicht möchten Sie die zuerst anschauen. Ich bin mir nicht sicher, ob sie Ihnen … entsprechen wird.«

Meine Wangen fangen an zu glühen und ich balle die Fäuste. Nur zu gern würde ich diesem Mann mal die Meinung sagen, aber ich weiß, ich darf das für Tahlia nicht vermasseln. Also öffne ich den Mund, doch bevor ich ein Wort sagen kann, umschließt Coles große Hand meine. Er biegt meine Finger auf und verschränkt sie mit seinen. Hitze strahlt meinen Arm hinauf, und ich schaue ihn mit großen Augen an.

»Ich kann Ihnen versichern, Mr …« Cole lässt den Satz in der Luft hängen, bis der Mann antworten muss.

»Berkshire.« Er sagt es mit solcher Überheblichkeit, dass ich ihm am liebsten sein herablassendes Lächeln aus dem Gesicht schlagen will.

»Ich kann Ihnen versichern, Mr Berkshire, dass Geld für meine Verlobte und mich keine Rolle spielt.« Cole drückt meine Hand und schaut mich an, dann zwinkert er mit dem Auge, das der andere nicht sehen kann.

Ich lächle zurück, neugierig auf das Spiel, das er da beginnt, aber nur zu gern bereit, dabei mitzumachen, wenn sich dieser Idiot da dann so klein fühlt, wie er mich gemacht hat.

Mr Berkshire verschränkt die Hände. »Nichtsdestotrotz würde ich Ihnen raten, erst online zu schauen, und wenn Sie feststellen, dass es für Sie im Rahmen des Möglichen liegt, können Sie einen Termin bei mir vereinbaren. Für Laufkundschaft fehlen uns leider die zeitlichen Möglichkeiten.«

»Ich habe mehrmals versucht, anzurufen und einen Termin zu vereinbaren«, sage ich.

Der Mann verengt fast unmerklich die Augen. »Ja, nun ja, wir hatten in letzter Zeit Probleme mit unserem Anrufbeantworter.«

»Das ist wirklich schade. Ich bin mir sicher, eine Webber-Hochzeit auszurichten wäre ein schöner Coup für Ihr Etablissement gewesen«, sagt Cole. »Komm, Schatz, wir suchen uns etwas anderes.« Cole lässt meine Hand los und legt mir seine an den unteren Rücken, um mich aus dem Gebäude zu führen. Doch wir werden aufgehalten, als bei dem Schwachkopf der Groschen fällt.

»Webber? Wie die Immobilien- und Restaurant-Webbers?«

»Eben diese«, sagte Cole. Hätte ich ihn nicht schon gekannt, fände ich seine Aura der Überlegenheit glaubhaft. Es ist faszinierend, wie leicht er seine Persönlichkeit wechseln kann. »Ich bin Chase Webber und das ist meine Verlobte Tahlia Santora.«

Mr Berkshires Gesicht färbt sich flammend rot, und er schenkt uns ein zögerndes Lächeln. Geschieht ihm ganz recht. »Oh, bitte verzeihen Sie mir! Ich hatte ja keine Ahnung.« Er ringt die Hände. »Hier kommen so viele Paare herein, die sich vorher nicht mit den Preisen befassen. Sie verstehen sicher, dass wir es uns nicht leisten können, unsere Zeit mit Schnäppchenjägern zu verschwenden, wenn wir uns um viel angesehenere Gäste wie Sie kümmern müssen.«

»Sorgen Sie einfach dafür, dass so etwas nicht noch einmal vorkommt.« Jetzt bin ich dran, die reiche Zicke zu spielen. Es macht richtig Spaß.

»Natürlich nicht«, sagt Mr Berkshire. »Darf ich Ihnen die Räumlichkeiten zeigen und mögliche Fragen beantworten?«

Cole und ich schauen einander an und tun kurz so, als dächten wir darüber nach, bevor er nickt. »Ich denke, wir schauen uns trotzdem mal an, was Sie anzubieten haben.«

»Sehr schön.« Mr Berkshire nickt, bevor er sich auf dem Absatz umdreht. »Hier entlang, bitte.«

Es folgt eine sehr ausführliche Besichtigung des Gebäudes, und auch wenn ich den Zuständigen nicht leiden kann, bin ich doch der Meinung, Tahlia würde das fürstliche Ambiente gefallen. Cole tut weiter so, als wären wir ein glückliches Paar – die ganze Zeit hält er entweder meine Hand oder er legt mir den Arm um die Taille. Es fühlt sich natürlich an und es fällt mir nicht schwer, in die Rolle seiner Verlobten zu schlüpfen. So sehr, dass ich mich ermahnen muss, mich nicht hinreißen zu lassen.

Als wir zum Ende der Führung kommen, sieht es aus, als hätte Mr Berkshire das Beste bis zum Schluss aufgehoben. Er zeigt hinter uns. »Bei der Zeremonie können Sie, Tahlia, einen dramatischen Auftritt über unsere große Marmorfreitreppe hinlegen.« Er lächelt, und das zu Recht, denn ich kann mir sehr gut vorstellen, wie Tahlia in einem ausladenden Hochzeits-Ballkleid langsam die Treppe herunterschreitet, während alle Gäste von unten zu ihr aufblicken.

Langsam breitet sich ein Lächeln auf meinem Gesicht aus, und Cole drückt mich mit dem Arm, den er mir um die Taille gelegt hat, und reißt mich aus meiner Träumerei.

»Was meinst du, Schatz?«

Ich schaue ihm in die Augen. »Ich glaube, das wäre perfekt«, sage ich leise.

»Wie wäre es, wenn Sie nach oben gehen und ausprobieren, wie Ihr Auftritt aussehen könnte?«

»Ach, das ist schon okay. Ich kann es mir vorstellen und es ist wirklich schön.«

»Du solltest es versuchen«, drängt mich Cole.

»Ich bestehe darauf«, assistiert ihm Mr Berkshire. Er tritt vor und nimmt meine Hand, um mich zum Fuß der Treppe zu führen. »Gehen Sie ruhig hinauf und tun Sie so, als wäre es Ihr großer Tag.«

Ich nicke und steige die vielen Treppen bis nach oben in dem prachtvollen Gebäude hinauf.

»Und jetzt stellen Sie sich Ihr Hochzeitskleid vor. Die Musik spielt und kündigt Ihren großen Auftritt an. Der Mann Ihrer Träume wartet darauf, dass Sie ihn zum glücklichsten Mann der Welt machen.«

Ich schließe kurz die Augen und tue, was er sagt. Instinktiv nehme ich die Hände nach vorn, als hielte ich einen Brautstrauß.

»Und jetzt kommen Sie langsam herunter, eine Stufe nach der anderen.«

Ich öffne die Augen und gehorche. Mein Blick ist die ganze Zeit auf Cole gerichtet. Jeder Schritt bringt mich ihm näher, und sein Blick flackert ebenfalls nicht. Schritt um Schritt nähere ich mich ihm, und je näher ich komme, desto stärker fühlt sich die Verbindung zwischen uns an. Bei jedem Schritt höre ich das imaginäre Rascheln eines Hochzeitskleides, ich rieche die Blumen, die ich nicht trage, und ich kann die klassische Musik im Hintergrund fast hören. Ich glaube hundertprozentig an dieses Märchen.

Als ich auf der letzten Stufe ankomme, lodern Coles haselnussbraune Augen, und ich kann nicht wegschauen. Wir bleiben stehen, starren uns an, bis unser Tourführer sich räuspert. Ich blinzle ein paarmal und wende mich dann wieder dem älteren Herrn zu.

Es ist so leicht, mich mit Cole in dieser Geschichte zu verfangen und zu vergessen, dass es nicht echt ist. Wir sind nicht das glückliche Paar, und ich täte gut daran, mich daran zu erinnern.

Ich blinzle noch ein paarmal und lasse die Hände sinken, bevor ich mich wieder neben Cole stelle.

»Wie viele Gäste können Sie unterbringen?«, fragt Cole mit einer verbindlichen Stimme, die unseren gemeinsamen Moment von eben Lügen straft.

»Bis zu dreihundertfünfzig.«

»Perfekt«, antwortet Cole.

Stille herrscht, während wir beide uns noch einmal umsehen, um uns alles einzuprägen. Ich ziehe mein Smartphone heraus und mache ein paar Schnappschüsse für Tahl.

Ohne Vorwarnung knurrt mein Magen, und ich schwöre, das Geräusch hallt in der ganzen Halle wider, wird von den

Wänden zurückgeworfen und hallt nach, so dass es viel zu laut ist, um so zu tun, als wäre nichts passiert. Ich presse die Hand auf den Magen, aber es ist schon zu spät. Cole kichert bereits neben mir.

»Wir gehen besser. Anscheinend braucht meine Verlobte etwas zu essen.«

Meine Wangen werden heiß, aber ich ignoriere es und versuche, weiter die zukünftige High-Society-Braut zu spielen. »Danke, dass Sie sich die Zeit genommen haben, uns alles zu zeigen.« Ich schüttle Mr Berkshire die Hand und Cole tut es mir gleich.

Mr Berkshire begleitet uns zum Ausgang und hält uns die Tür auf. »Wenn ich mir eine Bemerkung erlauben darf, bevor Sie gehen …« Cole nickt ihm zu und er fährt fort: »Ich sehe viele Paare durch diese Tür kommen, und für mich ist klar, dass Sie beide füreinander geschaffen sind. Ich erkenne es an der Art, wie die Braut und der Bräutigam einander ansehen. Es sind immer die Augen.« Er tippt sich mit dem Zeigefinger an die Schläfe. »Gratuliere zu Ihrer bevorstehenden Hochzeit. Ich weiß, Sie werden viele glückliche Jahre miteinander verbringen.«

Cole tritt kurz von einem Bein aufs andere und murmelt ein Danke, bevor er mich die vielen Stufen vor dem Gebäude hinunterführt.

Hmm. Vielleicht kann ich Mr Berkshire doch besser leiden als ich dachte. Andererseits schmiert er uns wahrscheinlich nur Honig ums Maul, um uns als Kunden zu gewinnen.

Als ich mit Cole händchenhaltend davongehe, frage ich mich trotzdem unwillkürlich, ob er es nicht doch vielleicht ernst gemeint hat.

Und da wird mir das viel größere Problem klar: Die Antwort ist mir wirklich wichtig.

Kapitel 15

Cole besteht darauf, mir etwas zu essen zu besorgen, bevor er mich wieder zu Hause absetzt, also holen wir uns jeder ein Sandwich von einem Imbiss und er fährt auf die Twin Peaks, eine Erhebung ziemlich in der Mitte der Stadt, von der man eine schöne Aussicht hat. Wir setzen uns auf eine der Mauern über der Stadt und lassen die Füße baumeln.

Zum ersten Mal seit langer Zeit fühle ich mich friedlich … zufrieden.

»Meine Großeltern sind früher, als ich ein kleines Mädchen war, andauernd mit mir hier heraufgefahren.« Ich lächle bei der Erinnerung, dann beiße ich von meinem Sandwich ab.

»Ich bin immer gern hier oben«, sagt Cole. »Na ja, wenn nicht gerade Touristen-Hochsaison ist.«

Wir lachen beide, weil es so wahr ist. Mitten im Sommer wären jetzt hier überall Menschen und man hätte Glück, wenn man einen Platz am Rand fände, um auf die Stadt zu schauen. Aber jetzt ist Herbst, deshalb sind nur eine Handvoll Leute hier. Na ja, zumindest bis der nächste Reisebus ankommt.

Eine Weile essen wir schweigend, aber Cole wirft immer wieder Blicke zu mir herüber.

»Frag einfach.«

»Was denn?«, fragt er unschuldig.

»Ich sehe doch, dass du etwas sagen willst. Sag es einfach.«

Er presst kurz die Lippen zusammen. »Du scheinst eine sehr enge Beziehung zu deinen Großeltern zu haben.«

Sofort weiß ich, worauf er hinauswill und beschließe, ihn zu retten, damit er nicht fragen muss. »Ich bin bei ihnen aufgewachsen.«

»Oh«, sagt er. Ich höre die unausgesprochenen Fragen, die zu stellen er sich nicht traut, und habe das Bedürfnis, es ihm zu erklären.

»Meine Mom gehört nicht zu meinem Leben. Schon seit ich ein Kleinkind war und sie mich bei ihren Eltern ließ und nie wiederkam.« Ich lege mein Sandwich neben mich; diese Zurückweisung sticht so in meiner Brust, dass mir schnell der Appetit vergangen ist. Nach all den Jahren könnte man meinen, ich wäre daran gewöhnt.

Cole legt die Hand auf meine, die ich im Schoß halte, und drückt sie leicht. »Es tut mir leid. Das ist hart.«

Ich zucke die Achseln. »Eigentlich hatte ich Glück. Statt in einem Heim oder bei einer Pflegefamilie zu landen, hatte ich eine Familie, zu der ich gehen konnte. Meine Großeltern sind toll. Ich verdanke ihnen viel.«

»Was ist mit deinem Dad?« In seinem Tonfall liegt Zögern, aber es hat keinen Sinn, jetzt noch etwas zu verbergen.

»Ich weiß nicht, wer mein Dad ist. Meine Grandma hat mir einmal erzählt, sie sei sich nicht einmal sicher, dass meine Mom es je wusste. Sie war wohl ein ziemlicher Freigeist.«

»Deshalb hast du also denselben Nachnamen wie deine Großeltern …«

»Du hast es also bemerkt, was?« Ich bin beeindruckt. Die meisten Leute denken nicht einmal darüber nach, dass ich so heiße wie die Eltern meiner Mutter.

»Am Anfang nicht. Ich habe einfach angenommen, sie wären die Eltern deines Dads.«

Ich zucke wieder mit den Schultern. »Ist schwierig, jemandes Namen anzunehmen, wenn man nicht mal weiß, wer er ist.«

Danach schweigt er nachdenklich. Ich setze mich anders

hin und baumle mit den Beinen, während ich warte, dass er etwas sagt.

»Es war sicher nicht leicht, ohne Eltern aufzuwachsen.« In seiner Stimme schwingt so viel Mitleid mit, dass es eine Schicht meines harten Herzens durchdringt. Was lächerlich ist, denn das ist nichts Neues für mich. Ich lebe schließlich damit und dachte, ich hätte schon vor Jahrzehnten meinen Frieden damit geschlossen.

Ich schlucke den Kloß in meinem Hals hinunter, bevor ich antworte. »Ich habe es nie anders gekannt«, versuche ich meine Gefühle herunterzuspielen.

Cole dreht sich; jetzt sitzt er mir zugewandt rittlings auf dem Mäuerchen. Gott, er ist umwerfend. Als wären wir Magneten, die einander anziehen, richtet sich mein Körper auf seinen aus.

Er nimmt meine Hände in eine von seinen. Seine andere Hand legt er mir seitlich an den Kopf, sein Daumen zeichnet langsam eine Linie auf meiner Wange nach und wandert dabei vor und zurück.

Einen Moment lang schließe ich die Augen, und als ich sie öffne, ist Cole nur noch Zentimeter von mir entfernt. Seine Haselnussaugen schauen in meine und mein Herz schlägt schneller. Als er seine Stirn an meine lehnt, juckt es mich in den Fingern, ihn zu berühren, also tue ich es. Langsam strecke ich die Hand aus und lege sie auf seine harten Brustmuskeln. Sie spannen sich unter meiner Berührung, und Cole stößt einen kurzen Luftstrom aus, als wäre er erleichtert. Sein Atem streicht über mein Gesicht, und ich nehme seinen Duft wahr. Ja, es ist zum Teil das männliche Parfum, das er trägt, aber es ist auf verschiedene Arten auch einfach er. Sein eigener natürlicher Geruch, und mir wird zum ersten Mal bewusst, wie süchtig ich danach bin.

»Nur weil du nicht weißt, was dir fehlt, heißt das nicht, dass es keine Narben hinterlassen hat«, sagt er leise.

Tränen sammeln sich in meinen Augen, aber ich weigere mich zu weinen. Ich weiß nicht, warum ich zulasse, dass ich so aufgewühlt bin. Ich fühle mich bei Cole sicher, als dürfte ich verletzlich sein, und Verletzlichkeit lasse ich normalerweise nie zu.

»Whitney, wo sind deine Narben?« Jetzt streicht er mir mit beiden Händen durch die Haare und zieht mich an sich.

»Whit«, flüstere ich praktisch.

»Was?«

»Du kannst mich jetzt Whit nennen.«

Er stöhnt, als hätte ich ihm gerade alles gewährt, was er je brauchte, und ohne Vorwarnung legt er seine Lippen auf meine. Seine Zunge zeichnet einen Weg an der Linie zwischen meinen Lippen entlang, und ich kann nicht wiederstehen und öffne sie für ihn. Unsere Zungen treffen sich und mir stockt der Atem irgendwo zwischen Brust und Kehle. Der langsame, forschende Kuss wird schnell heiß durch unser unsterbliches Bedürfnis, den Durst zu stillen, der uns schon lange quält.

Er lässt meine Hände los und umfasst mein Gesicht. Ich lasse meine von seinen Brustmuskeln zu seinem starken Rücken wandern. Seine Finger verweben sich mit meinen Haaren und bilden eine feste Faust. Coles Zähne knabbern an meiner Unterlippe, bevor seine Zunge wieder in meinen wartenden Mund gleitet.

Ein Feuerwerk explodiert in meinen Adern und das unaufhörliche Pochen zwischen meinen Beinen will befriedigt werden. Der Kuss ist so euphorisch, dass Cole alles Gepäck, das ich mit mir herumschleppe, über den Rand dieses Hügels wirft. Wäre jetzt ein Bett greifbar, würde ich ihm erlauben, mich ans Kopfende zu fesseln, um zu sehen, was diese Lippen wirklich können. Keine Fragen. Keine Gedanken an ein Danach.

Als Cole sich schließlich von mir löst, lässt er die Hände in meinen Haaren, wir sitzen beide schwer atmend da und versuchen, wieder Luft zu bekommen. Wir schauen einander an.

»Wo sind deine Narben, Whit? Ich möchte sie sehen.« Er streicht mit der Nase an meiner entlang. »Alle.«

Ich denke nicht einmal nach, bevor ich antworte, filtere meine Antwort nicht auf die nichtssagende, geübte herunter, wie ich es normalerweise täte. »Wenn jemand, der dich lieben soll, dich behandelt, als wärst du austauschbar, kannst du dir nur schwer vorstellen, dass du irgendetwas wert sein sollst.«

Cole kneift die Augen zusammen, als hätte ich ihm körperliche Schmerzen zugefügt. Als er sie wieder öffnet, neigt er sich gerade so weit nach hinten, dass er mich mit seinem Blick festhalten kann. »Ganz im Gegenteil. Du bist so viel wert. Du bist alles.«

Er beugt sich vor und küsst mich auf die Stirn, die Hand hat er um meinen Hinterkopf gelegt.

»Es ist okay, sich bei jemandem anzulehnen«, murmelt er mit dem Mund an meiner Stirn, bevor er mich wieder anschaut. »Manchmal. Wenn es der richtige Mensch ist.« Er streicht mir mit dem Daumen über die Unterlippe, dann schaut er mich noch einen Moment an.

»Entschuldigen Sie … könnten Sie vielleicht ein Foto von uns machen, mit der Stadt im Hintergrund?«

Wir trennen uns eilig mit aufgerissenen Augen, als hätte man uns bei etwas Verbotenem erwischt. Und ich nehme an, das war es auch.

Als ich mich umdrehe, sehe ich ein Paar mittleren Alters neben uns sitzen und uns eine Kamera hinhalten.

»Äh, klar.« Cole steht auf und folgt ihnen ein Stück weiter am Geländer entlang, wo sie sich für die Kamera in Pose werfen. Er macht ein paar Aufnahmen, gibt ihnen Anweisungen, damit sie auch wirklich das beste Foto bekommen, dann gibt er ihnen die Kamera zurück. Sie danken ihm und gehen ihrer Wege.

Ohne den Kuss zu erwähnen, kommt er zurück und setzt sich neben mich, nimmt sein Sandwich und isst weiter, als wäre nichts von Bedeutung passiert. Und vielleicht war es für ihn auch so.

Aber meine ganze Welt hat sich gerade so verändert, als hätte wieder einmal ein katastrophales Erdbeben die Stadt erschüttert.

Wir schauen über die Stadt, während wir zu Ende essen. Der Nebel kommt vom Pazifik heran, verschluckt die Golden Gate Bridge, bis nur noch die roten Stahlspitzen sichtbar sind. Ich fühle mich sehr wie diese Brücke – alles, was ich sehe, fühle und berühre, scheint Cole zu sein. In seiner Nähe bin ich jedes Mal von ihm umgeben, überwältigt und überfordert. Ich schnappe nach Luft und überlebe kaum die Sintflut, so eine Macht hat dieser Mann über mich.

Kapitel 16

Ich sitze in der Sitzecke im Pub – nicht im Thirsty Monk, sondern in einem anderen um die Ecke bei meinen Großeltern – und warte, dass Lennon auftaucht.

Sie kommt zu spät. Nichts Neues.

Ich habe sie gebeten, sich hier mit mir zu treffen, weil Tahlia immer noch auf Reisen ist und sich um eine Firmenkrise kümmert und ich mit ihr darüber reden muss, was mit Cole ist. Oder nicht ist. Ich weiß nicht, was ich glauben soll, so wie er sich nach dem Kuss auf den Twin Peaks verhalten hat. Lennon hat mehr Erfahrung mit dem anderen Geschlecht als Tahl und ich zusammen, also ist sie die Richtige zum Ausfragen. Vielleicht hat sie sogar mehr Erfahrung als ein Playboy-Häschen, verdammt, nicht, dass ich darüber nachdenken würde.

Inzwischen ist sie zehn Minuten zu spät, also beschließe ich, in der Wartezeit etwas Produktives zu tun. Ich ziehe mein Telefon heraus und schaue die Jobangebote durch. Vielleicht wurde etwas Neues gepostet, für das ich mich bewerben kann. Ja, ich möchte immer noch meinen Traumjob bei dem Fernsehsender, aber ich habe noch nichts von ihnen gehört und kann es mir nicht leisten, herumzusitzen und nur darauf zu setzen.

Der Barmann kommt herüber und ich bestelle mir einen Rum mit Sprite. Whiskey meide ich weitläufig, denn der Typ ist süß, wenn auch nicht annähernd so heiß wie Cole. Trotzdem kann ich nicht noch mehr Barmann-Probleme brauchen, als ich sowieso schon habe.

Ich schaue noch auf eine andere Jobseite, aber es gibt nichts Passendes, für das ich mich nicht schon beworben hätte. Seufzend stecke ich das Handy in die Handtasche zurück und will gerade mein Tagebuch herausziehen, um ein paar Gedanken festzuhalten, als Lennon kommt.

Da schlendert sie heran, als wäre sie kein bisschen zu spät. Den Mantel hat sie in der Hand, und sie trägt Skinny Jeans mit stylischen Rissen vorn und ein hautenges Shirt, auf dem *Fries Before Guys* steht.

»Hallo, du Schlampe«, sagt sie mit einem Lächeln und rutscht auf die Bank mir gegenüber.

»Hallo, du Hure.«

Das machen wir ab und zu, und wir wissen beide, es ist im Spaß gemeint und nehmen es einander nicht krumm.

»Schön wär's«, sagt sie. »Diese Woche war eine echt trockene Angelegenheit.« Sie wirft ihre Tasche neben sich auf die Bank.

»Was ist mit dem Typ passiert, der bei dir war, als ich an dem Morgen von Cole aus angerufen habe?«

Sie verdreht die Augen und winkt ab. »Er wurde anhänglich.«

Ah. Nichts hasst Lennon mehr als Typen, die mehr von ihr wollen als ihre Vagina. Sobald einer den winzigsten Funken Interesse daran zeigt, die Beziehung in ernstere Gefilde zu manövrieren, hat sie ihn schon halb aus dem Bett geworfen.

»Kann ich dir etwas zu trinken bringen?« Der süße Barmann ist wieder da und stellt meinen Drink vor mir ab.

Lennon mustert ihn sofort ganz offen, ohne einen Hehl daraus zu machen, dass ihr gefällt, was sie sieht. Lächelnd klimpert sie mit den Wimpern und schaltet ihren Charme ein. »Was würdest du mir denn empfehlen?«

Er schenkt ihr ein schiefes Lächeln; er hat die Botschaft verstanden. »Meine Spezialität ist Sex on the Beach.«

»Das glaube ich dir sofort.« Sie kaut auf der Unterlippe, und ich verdrehe die Augen, aber keiner der beiden achtet auch nur im Geringsten auf mich. »Ich mag es aber gern ein bisschen härter.« Irgendwie schafft sie es, das mit ausdruckslosem Gesicht zu sagen.

»Vertrau mir einfach, ich mache dir was, das bringt dich auf Touren.«

Lennons Grinsen wird breiter. »Wie wäre es, wenn ich später dich auf Touren bringe?«

»Okay, das reicht«, unterbreche ich sie. »Wir müssen reden.« Ich wende mich dem Kerl zu. »Kannst du ihr einfach einen Drink bringen?«

Er schießt einen halb verärgerten Blick auf mich ab, verschwindet aber.

»Warum hast du das gemacht?«, lamentiert Lennon, als er weg ist.

»Ehrlich? Ihr zwei habt per Blickkontakt gevögelt und ich sitze im Krisenmodus daneben. Wenn wir fertig sind, kannst du ihn vögeln, bis der Arzt kommt.«

»Ach, Süße!«, sagt sie und tätschelt mir die Hand wie einem Kind. »So schnell brauche ich keinen Arzt.«

Ich seufze resigniert.

Sie lacht. »Also, was läuft mit Cole?«

»Woher weißt du, dass es mit ihm zu tun hat?« Ich ziehe mein Glas heran und trinke einen Schluck.

Diesmal verdreht Lennon die Augen. »Bitte. Ich kenne dich.«

»Was soll das heißen?«

»Es heißt, dass du jedes Mal ausflippst, wenn du etwas … zum Beispiel deine Gefühle für einen Kerl … nicht kontrollieren kannst. Du bist nicht gern von jemandem abhängig, und wenn du dich in einen Typ verliebst, musst du Kontrolle und Unabhängigkeit abgeben. Das magst du nicht.« Sie zuckt die Achseln, als wäre das offensichtlich.

Einen Moment lang sitze ich schweigend da und verarbeite,

was sie gerade gesagt hat. Mehr als dass sie recht hat, fällt mir dazu nicht ein. Ich will nicht von jemand anderem abhängig sein. Ich wurde zu oft enttäuscht. Man verlässt sich besser auf sich selbst. So hat niemand die Macht, einen zu verletzen.

»Du weißt, dass ich recht habe«, trällert sie wie einen Kinderreim.

Der Barmann taucht wieder auf und stellt einen großen, roten Drink vor ihr ab.

»Bitteschön. Ich habe dir einen speziellen Suck, Bang and Blow gemacht«, sagt er augenzwinkernd.

Lennon beugt sich so verführerisch wie möglich nach vorn und legt ohne die Hände zu benutzen die Lippen um den Strohhalm, um zu probieren. »Mmm«, stöhnt sie viel zu übertrieben.

»Magst du ihn?«, fragt er.

Sie lässt den Blick kurz über seine Leistengegend streifen, bevor sie antwortet: »Durchaus.«

»Du hast echt gute Tattoos.« Er zeigt auf ihren Arm mit dem kompletten Sleeve. »Ich überlege auch gerade, ob ich mir noch was stechen lassen soll. Wo hast du die machen lassen?«

»In meinem eigenen Laden«, sagt sie stolz. Lennon angelt nach ihrer Tasche und zieht eine Visitenkarte heraus, die mit ihrem »What Are You Inking?«-Logo und der Adresse bedruckt ist, und überreicht sie ihm.

»Cool«, sagt er.

»Nimm erst mal die«, sagt sie. »Ich komme zu dir rüber, wenn wir hier fertig sind. Dann kannst du mir zeigen, wo du es dir vorstellst, und vielleicht zeige ich dir dann meine Version eines Suck, Bang and Blow.«

Er lächelt, als hätte er gerade in der verschissenen Lotterie gewonnen. »Abso-fucking-lut.« Er grinst sie noch kurz an und geht dann wieder zur Bar hinüber.

Lennon wendet sich sofort wieder mir zu. »Okay, spuck's aus. Was läuft bei dir und Cole?« Sie schwenkt so leicht von einem Thema zum anderen, als hätte sie sich nicht gerade vor mir irgendeinem Typen angeboten.

Und so erzähle ich ihr von unserer Abmachung, miteinander auszukommen und für Tahlia und Chase zusammenzuarbeiten und wie wir die Locations besichtigt haben und dann schließlich von dem Kuss.

»Also, was soll ich tun?«, frage ich, als ich fertig bin.

»Hmm.« Mehr sagt sie nicht, nachdem ich ihr mein Herz ausgeschüttet habe.

»Was heißt das?«

Sie hebt den Zeigefinger. »Warte. Ich denke noch.«

Ich nehme noch einen großen Schluck von meinem Drink, solange ich warte. Und warte. »Also?«

»Ich glaube, die Frage ist, ob du glaubst, dass da wirklich etwas zwischen euch ist oder ob du ihn nur anziehend findest und mit ihm in die Kiste willst. Du willst doch wieder mit ihm in die Kiste, oder?«

»Na ja, er behauptet, ich hätte damals, als wir was miteinander hatten, sein Gehänge als Einhornschwanz bezeichnet, also kann ich wohl mit einiger Sicherheit sagen, ich fand's gut.«

»Einhornschwanz!«, schreit Lennon mehr oder weniger und schlägt mit der flachen Hand auf den Tisch. »Das ist super! Warum ist mir das nie eingefallen? Das brauche ich auf einem T-Shirt.«

»Kannst du bitte mal eine Sekunde ernst bleiben?«

»Entschuldige.« Sie bemüht sich um Fassung und fragt dann: »Also, was davon ist es? Habt ihr Gefühle füreinander oder willst du ihn nur bis zum Anschlag in deiner Steckdose?«

»Wie kann es eigentlich sein, dass wir Freundinnen sind?« Ich schüttle den Kopf.

Sie zwinkert. »Du liebst mich.«

»Leider ja. Und um deine Frage zu beantworten: Ich weiß es nicht genau. Nach allem, was damals vor Jahren passiert ist … Ich weiß nicht, ob ich das je ganz vergessen könnte. Ich meine, vielleicht ist er seit damals reifer geworden, und ich gehe mal davon aus, ich auch, aber trotzdem. Er ist für so viel verantwortlich, was in meinem Leben schieflief …«

»Weiß er das?«

»Soll das ein Witz sein?« Ich verziehe das Gesicht und schaue sie an, dann nehme ich meinen Drink in die Hand.

»Also drauf und weg. Verarbeite es.« Sie zuckt mit den Achseln, als wäre es so einfach. »Aber wenn das irgendwas werden soll, Whit, musst du ihm von der Nacht erzählen. Und zwar alles.«

Ich beschließe, die letzte Bemerkung zu ignorieren. »Wie machst du das? Wie kannst du es so einfach finden, sie alle stehenzulassen?«

Sie lacht kurz auf. »Das ist etwas anderes. Ich kann sie lieben und lassen, weil sie mir egal sind. Mir geht es ums Abenteuer und um den Spaß. Du … dir ist es nicht egal. Auch wenn du es gern so hättest.« Sie schenkt mir ein trauriges Lächeln und drückt mir über dem Tisch die Hand.

Verdammt. Sie hat recht.

»Was ist mit Tahlia?«, frage ich. »Ich will es nicht vor ihr geheim halten, aber bei ihr ist im Moment sowieso schon so viel los.«

»Frag mich mal. Jedes Mal, wenn ich in letzter Zeit mit ihr rede, habe ich das Gefühl, sie steht kurz vor dem Nervenzusammenbruch. Ich dachte, Hochzeiten sollen Spaß machen?«

»Soll ich es ihr sagen?«

Lennon schüttelt den Kopf. »Nein. Erst wenn du das Gefühl hast, es führt zu irgendwas. Wenn es nur zum Spaß ist, dann amüsier dich und erwähne es *nach* der Hochzeit, wenn ihr beide weitergezogen seid.«

Mein Gefühl sagt mir dasselbe … dass es der letzte Tropfen wäre, der das Fass zum Überlaufen brächte und vollends zu viel für Tahl. Sie hat genug um die Ohren und braucht nicht auch noch meine Probleme.

»Ich glaube, du hast recht. Danke, Süße.«

Sie nimmt ihr Glas in die Hand und stößt mit mir an. »Gerne. Die Schlampe ist für dich da.«

»Ich bin die Schlampe. Du bist die Hure, weißt du nicht mehr?«

Sie lacht. »Das ist allerdings wahr. Und wo wir gerade davon reden: Wenn wir hier fertig sind, gehe ich mal meine Aussichten dort drüben verbessern.« Sie nickt zur Bar hinüber und zu dem Barmann, der immer noch jede ihrer Bewegungen beobachtet.

»Na, geh schon.« Ich lache und wedle sie fort.

Ich muss ein bisschen von Lennons Persönlichkeit übernehmen. Wenn ich wieder in Coles Nähe komme, muss ich es entweder als den Spaß betrachten, der es werden könnte, oder meine Lust komplett ignorieren. Das scheint mir ein bisschen viel verlangt zu sein, aber ich gehe keiner Herausforderung aus dem Weg.

Sobald mir der Gedanke durch den Kopf geht, klingelt mein Telefon und stellt mich vor die nächste Herausforderung. Aber diesmal ist es eine gute.

Kapitel 17

Meine Nerven flattern und lassen mich zittern wie eine der Stepford-Frauen auf Valium-Entzug. Ich öffne die schwere Glastür des Hochhauses im Stadtzentrum und betrete die Lobby von WHFI. Als sie mich am Vorabend anrief, um mir einen Testlauf vor der Kamera anzubieten, sagte die Dame von der Personalabteilung, ich solle diesmal in den einunddreißigsten Stock gehen.

Ich hole tief Luft, um mich zusammenzureißen, während meine Absätze auf dem Fliesenboden klappern, als ich die weitläufige Lobby zu den Aufzügen durchquere. Ich habe mich für einen dunkelblauen Bleistiftrock mit cremefarbenem Top unter dem passenden Jackett entschieden. Es ist höllisch unbequem, aber das sah in meinem Kleiderschrank noch am ehesten nach Nachrichtensprecherin aus.

Gerade will ich in den Aufzug steigen, als mein Telefon in meiner Handtasche klingelt. Ich ziehe es heraus, um einen Blick darauf zu werfen, während der Aufzug losfährt und immer wieder anhält, um Leute herein- oder hinauszulassen.

> Cole: Tahlia meinte, du seist noch einmal eingeladen worden. Viel Glück heute. Komm danach in der Bar vorbei, dann spendiere ich dir einen Drink zur Feier des Tages. Kein Whiskey, versprochen. :-\

Wow. Das ist fast süß von ihm, auch wenn ich nicht recht

weiß, was ich angesichts der Tatsache, dass wir seit dem Kuss nicht einmal miteinander gesprochen haben, davon halten soll. Trotzdem lächle ich auf mein Smartphone hinab und sehe dabei wahrscheinlich aus wie eine Irre. Der Aufzugston erklingt wieder und als ich aufblicke, merke ich, dass es mein Stockwerk ist.

»Entschuldigung. Entschuldigung.« Ich schiebe mich in Richtung Tür und schaffe es gerade noch aus dem Aufzug, bevor mich die Türen plattquetschen. Dann werfe ich noch einen schnellen Blick auf mein Telefon, bevor ich es wieder in meine Tasche stecke.

»Ich sehe, der Typ bringt dich immer noch zum Lächeln.«

Abrupt hebe ich den Kopf und sehe Kelsey vor mir stehen. Ich bin beeindruckt, dass ich ihren Namen noch weiß, denn normalerweise habe ich in solchen Dingen ein Gedächtnis wie ein Goldfisch.

»Du wurdest auch noch mal eingeladen«, sage ich, ohne auf ihre Bemerkung zu Cole einzugehen.

Sie nickt begeistert und ich betrachte ihr Outfit. Kelsey trägt eine schmale schwarze Anzugshose und ein elegantes, gemustertes Tanktop. Sie sieht aus wie auf dem Weg zu einem Abend mit ihren Freundinnen, und ich sehe aus wie auf dem Weg zur Kirche.

»Okay, warum sehe ich im Vergleich zu dir aus wie Dorothy von den *Golden Girls*?«

Sie lacht. »Du bist so lustig.«

Sie ist süß. Sie glaubt, ich mache Witze.

»Ehrlich jetzt. Ich hätte mir wenigstens die Nuttige aussuchen können, Blanche.«

»Als die Personalabteilung anrief, sagte sie, ich solle tragen, was ich auch normalerweise anziehen würde, wenn ich essen gehe.«

Mist. Das Memo habe ich wohl verpasst.

»Mir hat sie das nicht gesagt.« Mein Magen fühlt sich an, als drehte sich darin ein Karussell, und ich hole japsend Luft und lege die Hand auf meine Mitte.

»Wir bewerben uns für verschiedene Jobs. Vielleicht wollten sie nur die Sportkommentatorin in legererer Kleidung. Sie sagte, sie wollten versuchen, eine jüngere Zielgruppe zu erreichen.«

»Ja, vielleicht.« Ich kaue kurz auf der Unterlippe. »Wie ist es bei dir gelaufen?«

Jetzt sieht sie auch nervös aus. »Ich glaube, ganz gut.« Sie zuckt die Achseln. »Das ist schwer zu sagen. Sie sagen nichts dazu, wenn du fertig bist, und auch sonst nicht viel.«

»Okay, na gut, dann gehe ich mal besser rein.«

»Viel Glück!«, sagt sie fröhlich.

»Danke. Dir auch.«

Als ich zu meinem Kameratest weitergehe, ertappe ich mich dabei, wie ich genauso für sie hoffe, dass sie die Stelle bekommt, wie für mich.

***

Die Studioscheinwerfer knallen auf mich herunter, es fühlt sich beklemmend an, wie eine schwere Decke, die mich erdrückt, aber ich lächle in die Kamera.

»Okay, lesen Sie einfach vom Teleprompter ab, was dort steht, und schauen Sie dabei direkt in die Kamera«, sagt der Sendeleiter, der hinter dem Kameramann steht. »Dann kommt ein Schnitt zu einer Aufzeichnung, und danach sind Sie wieder drauf. Machen Sie sich um den Inhalt im Moment noch keine Gedanken. Wir wollen nur sehen, wie Sie sich vor der Kamera schlagen.«

Ich hole tief Luft und nicke.

»Haben Sie noch Fragen, bevor wir anfangen?«

»Nein, ich glaube, es ist alles klar.«

»Also gut. Es geht los.« Er zählt herunter und ich lächle,

während ich die Titelmusik des Senders abwarte, bevor ich beginne.

Die Worte laufen über den Teleprompter und ich spreche mit meiner artikuliertesten und trotzdem natürlichsten Stimme, ohne groß auf den Inhalt zu achten.

»Der gestrige Abend war ein großer Abend für die Filmbranche von San Francisco, denn sie veranstaltete wieder einmal einen erfolgreichen Eröffnungsabend für das jährliche Filmfest der Stadt. Regisseure, Schauspieler und Drehbuchautoren mischten sich unter die Zuschauer bei der Erstaufführung eines der meistbesprochenen Filme dieses Jahres. Obwohl jeder viel darüber sagte, was er auf der Kinoleinwand gesehen hatte, hatten die Fans draußen nur Augen für die vielversprechenden Stars auf dem roten Teppich.«

Auf dem Prompter steht »Schnitt auf MAZ«, also lächle ich – wie ich hoffe, natürlich – in die Kamera.

Das Band startet und ich schaue mich um, weil mir aus dem Augenwinkel etwas aufgefallen ist. Der in die Wand eingelassene Fernseher spielt Aufzeichnungen von teuer gekleideten Menschen ab, die auf einem roten Teppich lächeln und für Fotos posieren; ein paar erkenne ich als Schauspieler und Schauspielerinnen, die neu in der Szene sind. Dann kommt ein Interview mit einer blonden Frau, die ich nicht kenne, und dann schwenken sie auf den Mann, mit dem sie da ist.

Einen Mann, den ich kenne.

Weil er mir vor ein paar Tagen die Zunge in den Hals gesteckt hat.

Es ist Cole, der den Arm um eine exotisch aussehende Frau gelegt hat. Ich weiß ganz sicher, dass er es ist, denn sein Name wird unten eingeblendet, als wollte es mir das Universum noch mal besonders deutlich unter die Nase reiben.

Mein Mund wird trocken und meine Kehle eng.

Ich glaube nicht, dass es aktuelle Aufnahmen sind, denn der Cole auf dem Bildschirm sieht ein bisschen anders aus als jetzt, aber ihn dort in Gesellschaft einer anderen Frau zu sehen, versetzt mir einen Stich. Es ist eine Erinnerung daran, wer er ist und wie er mich früher behandelt hat. Und dann denke ich daran, was er mir damals weggenommen hat, und mein Herz schlägt schneller, während die Erinnerungen an die Enttäuschung und Verletzung mich durchfluten und mich ganz ausfüllen.

Ich starre weiter, während die Reporterin ihre letzte Frage an Cole stellt, dann wird der Bildschirm schwarz.

Ich werde jetzt nicht darüber nachdenken. Ich werde jetzt nicht darüber nachdenken.

Irgendwie schaffe ich es, mich umzudrehen, meine Aufmerksamkeit wieder auf den Teleprompter zu richten und mit einem Lächeln weiterzumachen. Als ich fertig bin, dankt mir der Sendeleiter für mein Kommen und sagt mir, ich würde in den nächsten ein bis zwei Wochen von ihnen hören.

In letzter Zeit läuft anscheinend wirklich gar nichts nach Plan. Als ich gehe, drücke ich sämtliche Daumen und großen Zehen, dass es dieses eine Mal so ausgeht, wie ich es mir erhoffe. Ich hatte in letzter Zeit genug Überraschungen.

Kapitel 18

Ich beschließe, dass ich wirklich in den Thirsty Monk hinübergehen werde, um zu schauen, ob Cole da ist. Wir haben immer noch ein paar Locations zu besichtigen und müssen sowieso besprechen, wann wir das tun wollen. Solche Ausreden findet man, wenn man versucht, sein Verhalten zu rechtfertigen. Ich will mich einfach nur nicht der Tatsache stellen, dass ich Coles Einladung, Zeit mit ihm zu verbringen, eigentlich ablehnen sollte. Den Bus statt eines Taxis zu nehmen erscheint mir verantwortungsbewusst, denn ich muss auf meine Ausgaben achten, also brauche ich eine Weile, bis ich in der Bar bin. Als ich ankomme, tun mir in den hohen Schuhen die Füße weh und ich will nur noch sitzen.

Sobald ich den Laden betrete, schaue ich mich um. Es sind nur wenige Gäste da, was wahrscheinlich normal ist, denn es ist kurz nach der Mittagszeit an einem Wochentag. Ich entdecke Cole im Gespräch mit der blonden Barfrau von dem Abend, an dem ich ihn kennengelernt habe. Sie scheinen ins Gespräch vertieft zu sein und ich will sie nicht unterbrechen, also schleiche ich mich vorbei und setze mich im hinteren Bereich in eine Sitzecke. Von hier aus kann ich sie immer noch sehen und beobachte, wie Coles Gesicht ernst wird und er dem Mädchen die Hand an die Wange legt. Er nickt, dann sagt sie noch etwas. Sie schaut ihm in die Augen, als wäre er ihr Retter oder so etwas, aber Scheiße noch mal, ich kann Coles Gesichtsausdruck nicht erkennen. Sie umarmen sich, und in mir breitet sich Übelkeit aus, was nicht gut ist, das weiß ich, denn ich sollte nichts weiter als Desinteresse daran verspüren, dass Cole eine andere Frau umarmt. Aber in Verbindung mit dem Band, das ich bei dem Vorsprechen gesehen habe, stelle ich mir die Frage, warum ich überhaupt hergekommen bin.

Sie trennen sich und sie geht wieder hinter die Bar, wo sie tut, was auch immer dumme Mädchen tun, die ihre Chefs umarmen, und Cole wendet sich in Richtung Küche. Er muss mich aus dem Augenwinkel gesehen haben, denn er wirbelt herum und schaut mir durch den Raum hinweg in die Augen.

Einen Augenblick lang lodern seine Augen auf und ein panischer Blick schleicht sich hinein, aber dieser ist genauso schnell wieder verschwunden. Ich frage mich, ob er sich Sorgen macht, was ich gesehen haben könnte. Sein Ausdruck von vorhin weicht einem trägen, lässigen Lächeln, während er mit langen Schritten zu mir herüberkommt.

Er sieht heute gut aus. Verdammt gut. Er trägt eine verschlissene Jeans und ein kariertes Sexy-Holzfäller-Hemd, das eng genug anliegt, dass man sehen kann, wie fit er darunter ist. Seine sandbraunen Haare sind ein bisschen durcheinander, und obwohl er keinen Bart trägt, ist sein Bartschatten unübersehbar.

»Hi.« Er rutscht auf die Bank mir gegenüber. Cole lächelt und es wirkt echt, was gut ist, denn ich habe gerade angefangen zu glauben, ich sei eine Vollidiotin, weil ich hergekommen bin. »Wie lief die Bewerbung?«

»Ganz okay. Ich habe es geschafft, mich nicht total zum Deppen zu machen, das ist schon mal gut.« Achselzuckend heuchle ich Nonchalance, die ich eigentlich nicht verspüre.

»Weißt du schon, wann du es erfährst?«

»Sie sagten, sie würden anrufen.«

»Na ja, wenigstens haben sie nicht ›Danke, aber nein danke‹ gesagt.« Ich glaube, er versucht, mir Zuversicht zu vermitteln, aber ich habe nur eines im Kopf.

»Es war eigentlich echt interessant. Ich musste vom Teleprompter ablesen, und dann gab es einen Schnitt zu einer Aufzeichnung, und da warst plötzlich du und wurdest von einer der Reporterinnen interviewt.«

Er lehnt sich zurück und lacht ein wenig. »Ehrlich? Was habe ich erzählt?«

»Es war das Filmfestival hier in der Stadt. Du und deine Freundin habt ein Interview gegeben.«

Er sieht belustigt aus. »Ach, ich erinnere mich.« Kopfschüttelnd lacht er. Über irgendeine Erinnerung, nehme ich an. »Ein Freund hat mich Sarah Morgan vorgestellt, bevor sie ganz groß wurde, und ich habe zugesagt, mit ihr hinzugehen.«

»Klingt nach Spaß«, sage ich wenig begeistert.

»Kennst du sie? Sie ist völlig irre. Ich konnte an dem Abend nicht schnell genug wegkommen.«

»Oh. Ich dachte, ihr beide hättet vielleicht was am Laufen gehabt.«

Er schüttelt den Kopf, seine Augenbrauen hängen fast unterm Haaransatz. »Auf keinen Fall! Ich mag Frauen ohne Drama, und sie ist so ungefähr das komplette Gegenteil davon.«

Ich nicke nur. Ich bin mir sicher, ich habe meine Karten ausgespielt und es offensichtlich gemacht, dass mich die Vorstellung stört, aber falls Cole es bemerkt, gibt er mir einen Freibrief, denn er sagt nichts mehr darüber.

Unter dem Tisch lasse ich meine Schuhe einen nach dem anderen von den Füßen gleiten, denn das Leder, das sich in meine Haut gräbt, fühlt sich langsam an wie entweder eine neue Form von BDSM oder Folter von Kriegsgefangenen.

Einer meiner Schuhe klappert laut auf den Boden, und Cole lehnt sich zurück, um unter den Tisch zu schauen.

»Tut mir leid. Die bringen mich noch um, ich musste sie ausziehen.«

Er lacht in sich hinein. »Ich verstehe sowieso nicht, warum

ihr Frauen die Dinger tragt. Ich meine, ich bin dankbar, aber das muss doch höllisch weh tun.«

»Nur ein bisschen.« Ich ziehe eine Grimasse. Dann winkle ich mein Bein an, damit ich den Fuß erreichen kann und beginne, die schmerzende Stelle zu massieren.

»Komm, lass mich mal.« Cole macht mir ein Zeichen, die Beine auf die andere Seite der Sitzecke auszustrecken. Ich weiß nicht recht, was ich denken soll. Aber da meine Füße nach Erholung schreien, denke ich nicht lange nach. Ich lehne mich nach hinten an und strecke die Beine in Coles Schoß. Seine Hände tauchen unter die Tischkante und er nimmt sanft einen meiner Füße.

Er fängt an, meinen Fuß zu massieren, und o mein Gott, ich glaube, ich bekomme direkt hier und jetzt einen Orgasmus, so gut fühlt sich das an.

Ich lasse ein kleines, zufriedenes Stöhnen entschlüpfen und schließe kurz die Augen.

Cole kichert. »Dein Blick gerade erinnert mich an den, wenn du kommst.«

Ich reiße die Augen auf. »Wie bitte?«

Sein Daumen drückt eine himmlische Stelle in der Wölbung meines Fußes, und meine Augen schließen sich wieder von selbst. Er lacht noch einmal leise.

»Ich sagte, dein Gesichtsausdruck, als du gestöhnt hast, hat mich an den erinnert, wenn du kommst.«

Wenn man davon ausgeht, wie meine Nippel hart werden und ich feucht zwischen den Beinen werde, kann ich wohl mit einiger Sicherheit sagen, dass es heiß ist, Cole darüber reden zu hören, wie ich komme.

»W-woher weißt du das?«

Dieses schiefe Grinsen, das mich wahrscheinlich dazu bringen könnte, fast alles mit ihm zu tun – und soweit ich weiß, in der Nacht, als wir zusammen waren, auch tat – erscheint auf seinem Gesicht und er grinst mich einfach nur wortlos an.

»Das hast du doch bloß erfunden«, schnaube ich und verschränke die Arme.

Er zuckt nur die Achseln. »Okay.« Er setzt den Fuß ab, an dem er gearbeitet hat, und tauscht ihn gegen den anderen aus.

»Okay?«, sage ich so hoheitsvoll, wie ich kann.

»Okay, wenn du das sagst.« Er drückt mir die Finger tief in den Fußballen und verdammt noch mal, meine Augen schließen sich schon wieder von selbst.

Er lacht leise.

»Ernsthaft, Cole. Sag es mir!«

»Na, na, na. Du solltest besser nett zu mir sein, oder ich muss dir gar nichts sagen. Weißt du noch, unser Deal?«

»Da fällt mir etwas ein. Das letzte Mal, als wir zusammen unterwegs waren, hast du mir gar nichts erzählt, dabei war ich den ganzen Tag nett zu dir. Du schuldest mir was.«

»Hmm. Das stimmt, aber du bist jetzt nicht nett zu mir, also macht das alle vorherigen Interaktionen zunichte.«

Ich beiße die Zähne zusammen und sauge die Wangen ein, damit ich etwas zum Draufbeißen habe. In meinem schönsten Singsang fahre ich fort: »Cole, würdest du mir bitte erzählen, wovon du sprichst und ob du dir das nur ausgedacht hast?« Ich schenke ihm ein süßliches Lächeln.

»Das könnte reichen, glaube ich.«

Und dann sagt er nichts mehr.

»Also?«

»Dich kann man so leicht ärgern, weißt du das?« Er kichert.

Ich schnaube noch einmal frustriert auf. »Würdest. Du. Bitte. Einfach. Den. Mund. Aufmachen?«, presse ich hervor.

»Schon gut, schon gut.« Er schaut mir in die Augen und zuckt nicht mit der Wimper, als er mir sagt: »Du bist auf meine Hand gekommen.«

»Bin ich nicht.« Ich weiß nicht, warum ich es abstreite, denn es ist ja nicht so, als *wüsste* ich, was in dieser Nacht passiert ist.

»Bist du wohl.« Er lächelt schon wieder so selbstgefällig. »Soll ich dir davon erzählen?«

Der Stolz verlangt von mir, so zu tun, als sei mir egal, was er mir zu sagen hat, aber die Neugier und das Bedürfnis, genau zu erfahren, was wir zusammen getan haben, gewinnen die Oberhand. »Bitte«, sage ich leise.

Er beugt sich ein wenig über den Tisch und senkt die Stimme. »Na ja, als wir bei mir ankamen und du dich auf mich geworfen hast und mir sagtest, wie heiß du seist und wie feucht ich dich mache.«

Hitze steigt mir in die Wangen und ich werde starr und versuche, ihm meine Füße zu entziehen. Ganz kurz legt sich seine Stirn in Falten und er zieht sie zurück auf seinen Schoß und wechselt wieder zum ersten Fuß.

»Da habe ich einen Beweis dafür von dir verlangt, also habe ich dir zuerst die Schuhe ausgezogen. Dann habe ich dir langsam die Hose heruntergestreift und du bist herausgestiegen. Du standst da in deiner Spitzenunterwäsche und sahst aus wie der fleischgewordene feuchte Traum jedes Mannes, und ich konnte nicht widerstehen. Ich schob die Hand hinter den Bund deiner Wäsche, über deinen Hügel und zwischen die angeschwollenen Lippen deiner Muschi. Du warst klatschnass und es war so verdammt heiß, dass es mich wunderte, dass ich nicht auf der Stelle in meiner Hose kam. Ich habe dich mit den Fingern gevögelt, bis du auf meine Hand kamst. Seitdem bekomme ich deinen Gesichtsausdruck dabei nicht mehr aus dem Kopf. Und zwar so, dass ich mir auf dieses Bild fast jeden Tag einen runtergeholt habe.«

Er rückt auf seiner Bank herum und … ist es das, wofür ich es halte? Ja.

Er ist steinhart unter meinen Füßen und ich weiß, er weiß, dass ich es weiß.

Na super, Whit, das klingt wie aus einer Folge von *Friends.*

Sein Blick lässt meinen nicht los und er hört kurz auf, meine Füße zu massieren. Einen Augenblick lang sitzen wir da wie zwei Statuen, und ich kann nicht widerstehen. Ich schiebe vorsichtig meinen Fuß weiter hinunter, um ein besseres Gefühl dafür zu bekomme, was unter dem Jeansstoff liegt. Seine lange, harte Erektion unter meinem Fuß schreit nach mehr. Ich streiche mit dem Fuß an ihr auf und ab, und jetzt schließen sich seine Augen von selbst, während er scharf einatmet.

Dann öffnet er die Augen wieder und fixiert mich mit seinem Blick, die Augen voller Lust und Versprechungen. Versprechungen, von denen ich ehrlich will, dass er sie einlöst.

»Kann ich euch etwas zu trinken bringen?«

Die Stimme neben mir erschreckt mich und ich springe fast vom Sitz. Ich will die Füße von Coles Schoß ziehen, aber er packt meinen Knöchel und hält mich auf.

»Möchtest du etwas?«, fragt Cole, wahrscheinlich, weil ich immer noch dasitze, als wäre ich stumm. Anscheinend muss er sich ein Lachen verkneifen, aber nichts an dieser ganzen Sache ist lustig.

Ich bemerke, dass seine Hüfte unterm Tisch ist, also kann die Barfrau nichts sehen, aber trotzdem. Ich bin nicht Coles Freundin, ich bin überhaupt nichts, und die Vorstellung, dass jemand anderes mitbekommt, was hier los ist, ist furchtbar peinlich.

»Ich bleibe wahrscheinlich nicht lange, also nein, danke.«

Ihr Blick wandert ein paarmal zwischen uns hin und her, dann schenkt sie uns jeweils ein kurzes Lächeln und geht. Sie ist nicht direkt zickig zu mir, aber sie ist auch nicht besonders freundlich.

»Es ist vermutlich besser, wenn ich gehe.« Ich ziehe die Füße weg, und diesmal lässt Cole mich.

»Nein, warte.« Er legt auf dem Tisch die Hand auf meine. »Warum rennst du weg?« Aus irgendeinem Grund scheint er darüber wirklich verblüfft zu sein, auch wenn ich mir nicht vorstellen kann, warum.

»Das« – ich mache mit der freien Hand eine Geste zwischen uns beiden – »darf nicht passieren. Das hat gerade nur kurz überhandgenommen.«

Er legt den Kopf schief und grinst. »Du meinst überfuß?«

Ich verdrehe die Augen und rutsche zum Rand meiner Bank. »Ich meine es ernst. Ich hätte das nicht tun sollen.«

Cole zuckt mit den Schultern. »Ich beschwere mich nicht.«

»Und dieser Kuss neulich. Das darf auch nicht wieder passieren. Alles zwischen uns führt doch zu nichts, also …«

»Und warum das noch mal?«

Ich kann nicht sagen, was ich denke, und zwar, dass ich nicht glaube, dass ich jemals über den grundlegenden Groll gegen den Mann wegkommen werde, der entscheidend dazu beigetragen hat, dass mein Leben aus dem Ruder gelaufen ist. Auch wenn dieser Groll in letzter Zeit anscheinend in den Hintergrund tritt.

»Weil du du bist. Und ich bin ich.« Cole ist ein Frauenschwarm und ich wurde von den Männern in meinem Leben genug enttäuscht, um zu wissen, dass ich mich besser von Typen wie ihm fernhalte.

Er nimmt die Hand von meiner, als stünde meine Haut in Flammen. »Alles klar. Was auch immer das heißen soll.«

»Können wir uns einfach darauf konzentrieren, was wir für Tahlia und Chase zu tun haben und vergessen, dass das alles je passiert ist?«

»Willst du auch vergessen, was in der Nacht damals zwischen uns passiert ist?«

»Als Erstes muss ich wissen, was passiert ist, damit ich versuchen kann, es zu vergessen. Und du bist dabei nicht gerade hilfreich.«

»Wir haben eine Abmachung.«

»Das ist richtig. Ein Teil der Abmachung war, dass wir die Finger voneinander lassen und …«

»Stimmt, aber wir haben nichts von Füßen gesagt.«

»Ich meine es ernst, Cole.«

Er hebt beschwichtigend die Hände. »Okay. Sag mir, was du von mir willst.«

Eine sehr aufgeladene Frage, und das weiß er auch, so wie er grinst.

Ich verschränke die Arme vor der Brust und schiebe die Hüfte heraus. Coles Blick wandert zu meinem Ausschnitt hinunter und ich löse die Arme sofort wieder. »Ich will, dass du mich morgen um elf abholst, damit wir die letzten Locations anschauen können. Schaffst du das?«

»Geht klar«, sagt er und verneigt sich übertrieben.

»Hör auf, dich zu verbeugen. Ich bin keine Königin.«

Er schnaubt und schüttelt den Kopf, bevor er sich mit der Hand durch die Haare fährt. »Für den Richtigen bist du es.« Ohne ein weiteres Wort dreht er sich auf dem Absatz um, geht nach hinten und lässt mich verblüfft und sprachlos stehen.

Kapitel 19

Ich habe mich auf einen Sessel im Wohnzimmer gekuschelt und schreibe in mein Tagebuch. Sparky wirft mir vom Boden aus finstere Blicke zu und jault ab und zu. Irgendwann halte ich es nicht mehr aus.

»Also gut, komm rauf, du kleiner Affe.« Ich lege mein Tagebuch mit der beschriebenen Seite nach unten offen auf den Couchtisch und beuge mich vor. Ich hebe das kleine Fellknäuel hoch und setze es mir auf den Schoß. Dafür stemmt es mir die Vorderpfoten an die Brust und leckt mir zum Dank die Wange.

»Iih, Sparky. Eklig!« Ich wische mir mit dem Ärmel die Hundespucke vom Gesicht. Er scheint den Hinweis nicht zu verstehen, sondern steht nur da und hechelt fröhlich. Ich hebe ihn hoch und drehe ihn um, so dass er auf meinem Schoß sitzt. Als ich ihn hinter den Ohren kraule, legt er den Kopf zurück und schließt die Augen.

Daraufhin verdrehe ich meine, als mir klar wird, dass ich langsam, aber sicher zu seiner Sklavin werde. Als ich aufhöre und mein Tagebuch wieder hochnehme, winselt er kurz und legt den Kopf auf meinem Bein ab. Unwillkürlich denke ich, wie süß er aussieht. Dann rufe ich mir das Paar Schuhe in Erinnerung, das er letzte Woche zerkaut hat.

Kurze Zeit später kommen meine Großeltern herein. Ich blicke auf und sehe meinen Grandpa heranschlurfen. Ich habe schon bemerkt, dass er sich manchmal an Möbeln festhält, wenn er durchs Haus geht, fast, als bräuchte er sie zur Balance. Ich habe sie beide danach gefragt, aber sie bestehen darauf, es sei nichts – nur einfach das Älterwerden.

»Ich sehe, ihr beiden werdet richtig gute Freunde«, sagt meine Grandma.

Ich blicke kurz auf Sparky hinab. »Er zwingt einen ja dazu. Er gibt keine Ruhe, bis man ihm gibt, was er will.«

»Erinnert mich an jemand anderen«, sagt mein Grandpa und setzt sich auf einen der Sessel.

Meine Grandma setzt sich ebenfalls und schaut zu ihm hinüber. »Sie war ein stures Kind, nicht wahr?«

Sie lachen beide und es ist klar, dass sie sich an Geschichten aus meiner Kindheit erinnern.

»So schlimm war ich auch wieder nicht.«

Meine Grandma neigt den Kopf. »Süße, du wusstest schon immer, was du wolltest, und du hattest keine Scheu, es dir zu holen.«

Dem habe ich nicht viel entgegenzusetzen, also zucke ich nur mit den Schultern. Wenn deine beiden leiblichen Eltern dich im Stich lassen, lernst du schnell, dass der einzige Mensch, auf den du dich wirklich verlassen kannst, du selbst bist.

»Ich mache mir was zu trinken. Möchte sonst noch jemand was?«, frage ich.

»Kannst du Sparky ein Leckerli holen? Normalerweise gebe ich ihm kurz vor dem Mittagessen eins«, sagt meine Grandma.

»Klar. Wo sind sie?« Ich lege mein Tagebuch zur Seite.

»In der Schublade neben dem Besteck.«

»Okay.« Ich hebe Sparky hoch und stehe auf.

»Wenn du den Hund weiter so verhätschelst, Edna, will er nie wieder gehen«, sagt mein Grandpa.

Ich lache, als ich in die Küche gehe und ziehe dann die Schublade auf, die wir immer liebevoll die Müllschublade genannt haben, als ich hier groß wurde. Weil ich die Leckerli nicht sofort finde, wühle ich ein bisschen darin herum und ziehe schließlich ein paar Notizbücher, Tesafilm und verschiedene Stifte heraus. Ein Umschlag fällt mir ins Auge und ich nehme ihn in die Hand. In der Ecke trägt er das Logo einer Seniorenresidenz.

Mir ist klar, ich sollte nicht schnüffeln, aber ich bin neugierig und ich weiß, wenn ich meine Großeltern danach frage, bekomme ich keine klare Antwort. Statt also das Richtige zu tun und die Privatsphäre meiner Großeltern zu achten, ziehe ich die Papiere heraus, um sie zu studieren.

Es ist eine Bewerbung für die Seniorenresidenz und meine Großmutter hat sie ausgefüllt. Unten musste sie unterschreiben und das Datum ausfüllen, und mir wird bewusst, dass sie es an dem Tag ausgefüllt hat, bevor ich anrief und fragte, ob es okay wäre, wenn ich für eine Weile wieder bei ihnen einziehe.

Schuldgefühle fluten heiß durch meine Adern und kochen mich fast von innen heraus. Weder meine Grandma noch mein Grandpa haben mir gegenüber erwähnt, dass sie in ein Altenheim ziehen wollten. Natürlich nicht. Für sie stand ich immer an erster Stelle, egal, was es für ihr Leben bedeutete. Paradebeispiel: ein Kind aufziehen, für das sie nie hätten verantwortlich sein sollen.

Ich ringe mit mir, ob ich ihnen gegenüber etwas erwähnen soll, entscheide mich aber schnell dagegen. Sie würden mich nur hinhalten und sagen, es sei nicht so wichtig, sie seien froh, mich zu haben, bla, bla. Aber in Wahrheit habe ich sie davon abgehalten, die nächste Stufe ihres Lebens zu betreten, weil ich selbst nicht in der Lage war, in meinem eigenen Leben die nächste Stufe zu nehmen.

Krallen klicken auf dem Boden, und als ich mich umdrehe, sehe ich Sparky in die Küche trotten. Er spürt wohl, dass etwas nicht stimmt, denn er kommt zu mir herüber, stupst mich mit dem Kopf am Bein an und setzt sich neben mich.

»Findest du sie nicht?«, ruft meine Grandma aus dem Wohnzimmer.

»Hab sie gerade gefunden!« Ich versuche, leicht und locker zu klingen, obwohl mir genau nach dem Gegenteil zumute ist, während ich die Papiere in ihren Umschlag zurückstecke. Ich rühre noch ein paar andere Dinge herum, finde endlich eine kleine Packung Leckerli und hole eines heraus.

Sparky bleibt mir dicht auf den Fersen, als ich ins Wohnzimmer zurückgehe.

»Hier, bitte.« Ich halte es meiner Grandma hin.

»Ach, du kannst es ihm doch geben, Schätzchen. Dich mag er anscheinend sowieso am liebsten.«

Melancholie breitet sich in meiner Brust aus. Meine Grandma ist immer so lieb und stellt mich immer an die erste Stelle. Ich muss mich ihnen gegenüber anständig verhalten und Arbeit finden, damit ich wieder auf eigenen Beinen stehen und ihnen die Möglichkeit geben kann, ihre goldenen Jahre so zu verbringen, wie sie es möchten. Sie sind die einzigen beiden Menschen, auf die ich mich in meinem Leben je gestützt habe, und es wird Zeit, dass ich ihnen beweise, dass ich wirklich nur mich selbst brauche.

Dass ich den Nachrichten-Job bekomme ist jetzt noch wichtiger, aber wenn das nichts wird, nehme ich das Erstbeste, das ich finde. Das bin ich den beiden und mir selbst schuldig.

Kapitel 20

»Du wirkst anders als sonst. Alles okay?«, fragt Cole am Steuer seines Jeeps.

Wir sind auf dem Weg zu unserem zweiten Besichtigungsziel dieses Tages. Das erste war die totale Pleite. Die Bilder aus dem Internet, die mir Tahlia geschickt hatte, sahen ganz gut aus, deshalb verstehe ich, warum sie es in die engere Wahl genommen hat, aber es war alt, heruntergekommen und brauchte dringend eine Renovierung. Es passte auf keinen Fall zu der Vereinigung zweier der prominentesten Familien der Stadt.

»Mir geht nur gerade viel durch den Kopf, das ist alles.« Ich starre weiter in den grauen Herbsttag hinaus.

»Ich bin da, wenn du was loswerden willst.«

Ich werfe ihm einen Blick zu und wir schauen uns kurz in die Augen, dann verlangt es die Sicherheit, dass er wieder auf die Straße sieht. »Du hast sicher Besseres zu tun, als dir meine Beschwerden anzuhören.«

Er drückt mein Bein, kurz über dem Knie. Es ist kein bisschen sexuell, aber jedes Mal, wenn Cole mich berührt, frage ich mich unwillkürlich, wie es wohl wäre, ihn meinen Körper weiter erkunden zu lassen.

»Ich weiß nicht, ob du es bemerkt hast, aber wenn ich im Moment eines habe, dann Zeit.« Er deutet auf den Stau vor der Windschutzscheibe. »Wir rennen beide für eine Hochzeit herum, die nicht unsere ist, und wir stecken fest. Also tu dir keinen Zwang an.«

Ein kleines, trauriges Lächeln erscheint auf meinem Gesicht. »Ich habe herausgefunden, dass meine Großeltern genau als ich nach Hause zurückgekommen bin vorhatten, in ein Altenheim zu ziehen.«

»Okay …« Er setzt sich zurecht. »Warum bringt dich das so durcheinander?«

Ich lasse den Kopf gegen die Kopfstütze sinken und starre ans Wagendach. »Bevor ich nach Hause zurückgekommen bin, habe ich bei der Lokalzeitung in Sacramento gearbeitet. Ich war dort seit ich mit dem College fertig war, aber ich wurde gefeuert, gekündigt … es ist kompliziert. Jedenfalls habe ich versucht, einen anderen Job in der Stadt zu finden, aber es war ein Reinfall. Als mir das Geld ausging, musste ich wieder hier bei meinen Großeltern einziehen.«

»Warum klingt es so, als wäre deine Kündigung mehr als einfach betriebsbedingt gewesen?«, fragt er.

Wenn ich nicht aufpasse, wird das hier vom Frustablassen zu einer ausgewachsenen Therapiesitzung. »Ich habe den Riesenfehler gemacht, mit meinem Chef zu schlafen.« Beschämt halte ich mir die Hände vors Gesicht.

Das erdrückende Gewicht der Stille im Auto erstickt mich beinahe. Ich bringe es nicht über mich, zu Cole hinüberzuschauen.

»Und?«

Ich höre keinerlei Wertung in seiner Stimme, also lasse ich die Hände in den Schoß sinken und schiele zu ihm hinüber. »Wir hatten eine Weile Spaß zusammen und ich dachte, wir hätten eine Beziehung, aber offenbar hat er sich mit mehreren Frauen getroffen. Kurz gesagt fühlte sich seine neueste Flamme in meiner Gegenwart nicht wohl, also ließ er mich gehen.« Meine Beschreibung, so widerwärtig sie klingt, schmeichelt dem Charakter meines ehemaligen Chefs sogar noch. Aber Cole muss nicht die ganzen schmutzigen Einzelheiten kennen.

Cole steigt auf die Bremse und das Auto kommt ganz zum

Stillstand. Einen Moment später liegt seine große Hand auf meiner und drückt sie. »Whitney, verzeih mir, wenn ich das sage, aber dein Chef klingt wie ein Arschloch erster Güte. Es ist sein Verlust.«

»Es war dumm von mir, überhaupt etwas mit ihm anzufangen. Ich hatte Gerüchte darüber gehört, wie er war.«

Cole zuckt die Achseln. »Vielleicht, aber das macht es nicht besser, wie er dich behandelt hat. Du verdienst es, dass man dich behandelt wie einen Hauptgewinn, denn das bist du.«

Ich halte seinen Blick fest, und die Anziehungskraft zwischen uns wird intensiver, bis wir uns einander zuneigen. Wir bewegen uns beide langsam, und ich überlege, ob er sich diesen Moment genauso merken möchte wie ich. Meine Lippen kribbeln, als wir nur noch Zentimeter voneinander entfernt sind, und meine Augen schließen sich von selbst. Ich fühle, wie sein Atem langsam näherkommt, und mein Herz rast und wartet auf die Berührung seiner Lippen auf meinen.

Das laute Klingeln eines Telefons hallt durch den Wagen.

Abrupt öffne ich die Lider und wir schnellen mit großen Augen auseinander. Halb erwarte ich, das Gesicht meines Großvaters im Fenster zu sehen, wie damals, als er mich beim Knutschen mit Bobby Sinclair in seinem schrottreifen Honda erwischte.

Das Klingeln zerreißt noch einmal die Stille und weckt mich aus meinen Gedanken. Cole muss sein Smartphone mit dem Bluetooth des Wagens verbunden haben. Er drückt einen Knopf und das Klingeln hört auf.

»Ja?«, fragt er.

»Hey, Mann. Ich glaube, wir haben ein Problem mit einer Ladung Waren. Kannst du vielleicht mal vorbeikommen und dir das anschauen?«, sagt ein Mann am anderen Ende der Leitung.

Cole wirft einen Blick zu mir herüber und mir entgeht nicht, wie sein Griff am Lenkrad fester wird. »Na klar. Bin in einer

Viertelstunde da.« Er drückt noch einen Knopf und legt auf. »Macht es dir was aus, wenn wir einen kleinen Zwischenstopp einlegen, bevor wir uns den nächsten Laden anschauen?«

»Ich habe ja sonst nichts zu tun.« Ich zucke die Achseln.

»Danke.«

Er gibt keine weiteren Erklärungen ab, also frage ich nicht und denke mir, ich werde schon sehen, wohin wir fahren. Seine Laune hat sich um hundertachtzig Grad gedreht seit vorhin, als wir einander beinahe gegenseitig die Rachenmandeln untersucht hätten. Und ich habe keine Ahnung, warum, aber ich habe so ein Gefühl, dass ich gleich einen besseren Einblick bekommen werde, wer dieser Mann wirklich ist. Und ich bin nicht sicher, ob er glücklich darüber ist.

***

Kurze Zeit später fahren wir in ein Gewerbegebiet in den Außenbezirken der Stadt und parken vor einem mittelgroßen Fabrikgebäude.

»Ich glaube nicht, dass es sehr lange dauern wird. Möchtest du im Auto warten?«

Scheiße, nein, ich will nicht im Auto warten! Dafür bin ich viel zu neugierig. »Macht es dir was aus, wenn ich mitkomme?«

Er wirkt resigniert, als er antwortet: »Okay.«

»Und wo sind wir hier?«, frage ich, während wir einen Betonweg zu der Glastür des Gebäudes entlanggehen.

»Das ist Rock Hard Whiskey. Die Firma gehört mir.«

»Warte.« Ich ziehe an seinem Arm, damit er stehen bleibt. »Dir gehört eine Whiskeybrennerei?«

»Yep.«

»Warum hast du das nie erwähnt?«

»Es hat sich nie ergeben.« Er dreht sich um und geht weiter auf den Eingang zu.

Ich folge ihm in einen kleinen Empfangsbereich. Er ist ein bisschen in die Jahre gekommen, und die Möbel sehen so aus, als wären sie schon vorher da gewesen. Eine Frau mit langen, dunklen Haaren sitzt an dem einsamen Schreibtisch und arbeitet an einem Computer.

Sie blickt auf, als sie hört, wie die Tür aufgeht, und lächelte Cole an, als wir eintreten. »Hey, Chef. Hat Brady dich angerufen?«

»Yep. Ist er hinten?«

Sie lächelt und nickt.

»Ashley, das ist Whitney.« Cole macht eine Geste zwischen uns beiden.

»Freut mich, Whitney.«

»Mich auch«, erwidere ich. Ashley ist eine attraktive Frau, vermutlich Ende dreißig, wenn ich raten müsste. Sie scheint Cole ehrlich zu mögen, aber auf eine andere Art als die Barfrau im Thirsty Monk.

»Willst du hierbleiben, während ich das kläre?«, fragt mich Cole. »Wenn du möchtest, kann ich dich herumführen, wenn ich das Problem gelöst habe. Es ist nichts Großartiges, aber …«

»Sehr gerne.« Und ich meine es ernst. Ich habe in meinem Leben noch nie eine Brennerei gesehen. Um genau zu sein, habe ich keine Ahnung, wie Whiskey überhaupt hergestellt wird, also freue ich mich darauf, es zu erfahren.

Ich setze mich auf einen der drei Stühle in dem kleinen Foyer. Ich habe es im Gefühl, dass die Frage kommen wird, auch wenn Ashley länger braucht als ich dachte. Es dauert volle zwanzig Sekunden, bis sie zuschlägt.

»Also, was läuft da zwischen dir und Cole?«, flüstert sie verschwörerisch.

Ich lächle. »Wir sind nur Freunde. Sein Bruder heiratet meine Freundin und wir sind beide zur Hochzeit eingeladen. Wir helfen ihnen bei der Planung.«

Sie dreht den Kopf und schürzt die Lippen, bevor sie weiterspricht. »Aber du magst ihn.«

»Wie bitte?« Ich bemühe mich, mir nicht anmerken zu lassen, wie mich das schockt.

»Du kannst es mir sagen. Ich verrate ihm nichts.«

Ich habe das Gefühl, dass man weiter nicht von der Wahrheit entfernt sein könnte. »Wie ich schon sagte: Wir sind nur Freunde.« Ich lächle wieder und hoffe, sie lässt es gut sein. Sie ist überhaupt nicht zickig oder aggressiv in ihrer Befragung. Sie wirkt eher, als wäre sie ehrlich neugierig, und vielleicht will sie hauptsächlich Insiderinformationen.

»Verdammt. Ich wünschte, er würde sich endlich mal ein nettes Mädchen suchen.« Seufzend stützt sie das Kinn in die Hand. »Du siehst sehr nett aus.«

»Danke …?« Sie schweigt kurz, und ich beschließe, das Thema zu wechseln, solange ich noch kann. »Und wie lange hat er diese Brennerei schon?«

»Etwas über drei Jahre. Ich bin seit dem ersten Tag dabei.« Ashley setzt sich etwas aufrechter hin und streckt die Brust ein wenig vor. Offensichtlich ist sie stolz darauf.

»Geht es der Firma gut?« Sobald die Frage meinen Mund verlassen hat, wird mir klar, dass ich wie eine Goldgräberin klinge. »Also, ich meine, wie läuft es so?«

Meine Frage erschüttert Ashley kein bisschen. »Ziemlich gut. Wir konnten uns die letzten Jahre über Wasser halten und kommen langsam voran. Im Moment liefern wir nur an der Westküste und hauptsächlich in Kalifornien. Cole bemüht sich um ein Treffen mit einem großen Zwischenhändler. Wenn er das eintütet, haben wir eine landesweite Auslieferung.«

»Wow. Das ist aufregend!«

»Das ist es wirklich«, sagt sie, dann runzelt sie die Stirn.

»Alles in Ordnung?«

Sie winkt ab. »Ach, ich muss mir nur immer Sorgen machen, das ist alles. Das ist die Mutter in mir.«

»Was für einen Grund zur Sorge gibt es?« Ich stelle meine Handtasche auf den Stuhl neben mir. »Es klingt doch, als liefe alles gut.«

Sie wirft einen Blick in den Flur, in dem Cole verschwunden ist und wendet sich wieder mir zu. »Tut es auch. Ich … ich weiß nur, dass Cole gern mehr Zeit hier verbringen würde, und ich fürchte, er wird eine Entscheidung treffen müssen, die ihm nicht leichtfällt.«

»Zwischen dieser Firma und der seines Vaters?«, frage ich; ich habe es mir selbst zusammengereimt.

Ashley nickt.

»Ich bin mir sicher, wenn er es mit dieser Firma versuchen würde und es klappt nicht, dann würde ihn sein Vater doch mit offenen Armen wieder aufnehmen, oder nicht?«

Sie zuckt die Achseln. »Es ist kompliziert.«

Interessant. Mir scheint, ich bin vielleicht nicht die Einzige mit Vaterproblemen. Ich frage mich, ob Cole deshalb so stark reagiert hat, als ich ihm von der Beziehung zu meinen Eltern oder deren Nichtvorhandensein erzählt habe.

Ashley und ich plaudern noch zehn Minuten über unsere gemeinsame Liebe zu Filmklassikern, Baseball und Ryan Reynolds.

Schließlich kommt Cole wieder; jetzt sieht er viel entspannter aus als vorhin. »Tut mir leid, dass es so lange gedauert hat. Bereit für die große Tour?«

»Auf jeden Fall.« Ich greife nach meiner Tasche, stehe auf und wende mich noch einmal Ashley zu. »Danke für die Unterhaltung in der Wartezeit.«

»Das Vergnügen war ganz meinerseits.« Sie wendet sich an Cole. »Du wärst ein Dummkopf, wenn du dir die hier entgehen lassen würdest, Cole. Sei ein Mann, bevor dir jemand anderes zuvorkommt.«

Vielleicht mag ich Ashley doch nicht so gern wie ich dachte. Mein Gesicht wird heiß und ich kann Cole nicht in die Augen schauen, also drehe ich mich um, gehe zu seinem Jeep hinaus und ziehe dabei meinen Mantel enger um mich. Er kommt hinter mir herangetrabt.

»Möchtest du doch keine Werksführung mehr?«

Ich drehe mich nicht um, als ich antworte. »Wir sollten uns besser beeilen, damit wir alle Stationen schaffen, bevor sie zumachen.«

»Tut mir leid wegen Ashley«, ruft er hinter mir. »Sie übertreibt manchmal ein bisschen.«

Ich bleibe neben seinem Jeep stehen und überlege, ob es ihm leid tut, weil er glaubt, sie hätte mich in Verlegenheit gebracht, oder ob es ihm leid tut, weil die Vorstellung so absurd für ihn ist.

Ich beschließe, nicht zu fragen. Auf manche Fragen kennt man die Antwort besser nicht.

Kapitel 21

Irgendwann am Ende eines langen Tages sind wir auf dem Weg zu unserer letzten Station. Bisher hat nichts die Location von neulich übertroffen, und weil wir beide langsam nicht mehr können, halten wir kurz bei einem Starbucks, um aufzutanken. Wie sich herausstellt, ist Cole der Typ für Grande Americano. Den ganzen Nachmittag wollte ich das Gespräch wieder auf seine Whiskeyfirma lenken, aber ich bin zu feige. Und jetzt, wo sich unser Tag dem Ende zuneigt, habe ich das Gefühl, jetzt oder nie, also nehme ich meinen Mut zusammen und frage ihn, was mich beschäftigt: »Warum hast du nie von deiner Whiskeyfirma erzählt?« Nicht, dass er mir eine Erklärung schuldig wäre, aber irgendwie finde ich, er hätte es mal erwähnen können, so viel Zeit, wie wir in den vergangenen Wochen zusammen verbracht haben.

Cole seufzt und schaut kurz zu mir herüber. »Willst du deine Misserfolge normalerweise unbedingt allen erzählen?«

Ich runzle die Stirn. »Warum ist das ein Misserfolg? Für mich sah es wie ein ziemlich seriöses Geschäft aus.«

Er nimmt seinen Starbucks-Becher aus dem Halter und trinkt einen großen Schluck, bevor er antwortet. »Vielleicht ist es kein totaler Misserfolg. Aber in manchen Monaten bin ich kaum in den schwarzen Zahlen. Woran mich mein Vater immer wieder gern erinnert.« Bitterkeit hat sich in seine Stimme geschlichen.

»Er ist nicht einverstanden?«

Ich kann nur sein Profil sehen – trotzdem ist klar, dass er ein finsteres Gesicht macht. »Nein, mein Vater ist mit nichts einverstanden, was nicht dazu beiträgt, das Familienvermögen der Webbers zu vermehren. Was glaubst du, warum er und Chase so gut miteinander auskommen? In der Beziehung sind sie genau gleich.«

»Mir war nicht klar, dass du nicht so gut mit deinem Vater auskommst.« Ich drehe mich auf meinem Sitz zu ihm um, damit ich ihn besser sehen kann.

Cole zuckt die Achseln. »Ich habe mein ganzes Leben lang versucht, mich meinem Vater zu beweisen. Für ihn ist meine Brennerei ein niedliches kleines Nebenprojekt, an dem ich mich zum Spaß versuche.« Traurigkeit und Enttäuschung sind deutlich zu hören, und ich möchte ihn am liebsten umarmen oder so etwas. Nur, damit es ihm bessergeht.

»Aber für dich ist es nicht nur …«

Er schüttelt den Kopf. »Nein. Für mich ist es eine Leidenschaft. Eines Tages möchte ich es zu einer großen Firma aufbauen.« Er lacht kurz und klingt ein bisschen nervös dabei, als habe er schon zu viel gesagt.

»Ich bin mir sicher, das klappt.« Ich kann nicht anders. Ich drücke, bevor ich mich eines Besseren besinne, die Hand, an die ich herankomme. Erst als er seine Hand umdreht und meine auch drückt, ziehe ich sie zurück.

»Ich glaube, ich kann ein Treffen mit einem Zwischenhändler bekommen, mit dem ich schon geredet habe. Wenn ich ihn überzeugen kann, Rock Hard Whiskey mit aufzunehmen, muss ich mir nicht mehr jeden Monat Sorgen wegen roter Zahlen machen.«

»Das hat Ashley schon erwähnt, während ich auf dich gewartet habe. Das klingt nach einer ziemlich großen Sache.«

»Die größte«, sagt er und nimmt wieder seinen Kaffeebecher auf. »Das ist die größte Chance, die ich hatte, seit ich damit angefangen habe.« Er unterbricht sich, um zu trinken, dann schaut er kurz zu mir herüber. »Was hat sie noch gesagt?«

Ich werde schon wieder ein bisschen rot, als mir unser Gespräch wieder einfällt, von dem ich Cole ganz sicher *nichts* erzählen werde. »Nur so Sachen.«

Er gluckst. »Sachen. Mhm. Ich weiß, wie sie ist, also kann ich mir vorstellen, was das für *Sachen* waren.«

Cole hebt den Starbucks-Becher an die Lippen, wirft mir aber gleichzeitig einen Blick zu, von dem ich nicht loskomme. Er senkt den heißen Becher und ein kleines Lächeln erscheint in seinen Mundwinkeln. Gott, ich will diese Lippen wieder küssen!

Er richtet den Blick wieder auf die Straße und …

»Mist!« Cole steigt auf die Bremse und nimmt beide Hände ans Steuer, dabei lässt er den Kaffee auf seinen Schoß fallen. Der Becher fällt schräg, der Deckel trifft das Steuer, geht ab und der Kaffee verteilt sich auf Coles Schoß.

Nur Zentimeter vor der Stoßstange des Autos vor uns kommt der Jeep abrupt zum Stehen, und mein Sicherheitsgurt schneidet mir in die Brust. Instinktiv nehme ich die Hände nach vorn.

»Scheiße, ist das heiß!«, schreit Cole und wendet sich dann sofort mir zu. »Bei dir alles in Ordnung?«

Seine Hand liegt auf meinem Oberschenkel, als wollte er sich vergewissern, dass ich noch da bin, und obwohl Sex das Letzte ist, woran ich jetzt denken sollte, heizt sich die Haut unter meiner Jeans von seiner Berührung auf.

»Alles okay«, keuche ich, was vermutlich meine perversen Gedanken verrät. »Wie ist es bei dir?« Ich nicke zu seinem klatschnassen Hemd und der Jeans hinüber.

»Ich will nicht lügen, der Kaffee ist ein kleines bisschen heiß, aber ich glaube, es geht.«

»Bist du sicher?«

»Ja, aber macht es dir etwas aus, wenn ich bei mir zu Hause

anhalte, damit ich mich umziehen kann, bevor wir zur nächsten Station weiterfahren? Wir sind nicht allzu weit weg.«

»Natürlich, natürlich.«

Wir fahren zu Cole, und jede Straßenecke, die uns näher dorthin bringt, macht mich nervöser. Das einzige Mal, als ich bei ihm zu Hause war, war in der Nacht, als ich ihn kennenlernte.

Wird, wenn ich durch seine Wohnungstür gehe, die Erinnerung an alles, was damals war, über mich hereinbrechen, und wenn ja, kann ich damit umgehen? Wird es die ultimative Peinlichkeit, oder werde ich ihn dann nur noch mehr wollen? Ich kenne mich gut genug, um zu wissen, dass es mir nicht egal sein wird.

Er parkt den Jeep ein paar Meter von seinem Haus entfernt auf dem einzigen leeren Parkplatz in der Straße.

»Komm mit rauf, dann musst du nicht im Auto warten«, sagt er.

Ich schlucke an dem Kloß in meinem Hals. Jetzt muss ich ein großes Mädchen sein und es herausfinden.

Kapitel 22

Ich trete durch die Tür in Coles Wohnung und … nichts. Keine einzige Erinnerung stürmt auf mich ein. Sehr zu meiner Enttäuschung.

Cole führt mich ins gemütlich aussehende Wohnzimmer. »Mach es dir bequem. Ich brauche nur ein paar Minuten.«

»Okay, danke.«

Er geht in sein Schlafzimmer und ich betrete das Wohnzimmer. Ich setze mich nicht auf die bequem aussehende braune Ledercouch, weil ich zu hibbelig bin, um mich zu entspannen. Bei jeder Oberfläche, die mir ins Auge fällt, überlege ich, ob mich Cole gegen diese Wand gedrückt und geküsst hat oder ob es jenes Sofa war, auf dem er mich mit der Hand zum Höhepunkt gebracht hat.

Ich stehe da und presse die Schenkel zusammen, um mein wachsendes Verlangen zu lindern, während ich mir all die peinlichen Handlungen vorstelle, die hier vielleicht passiert sind oder auch nicht.

»Du hast mir noch nicht mehr über diese Nacht erzählt«, rufe ich, bevor ich mich zurückhalten kann. »Du schuldest mir noch was für heute.«

Coles schwere Schritte sind auf dem Parkett zu hören, und er kommt aus dem Flur, von dem ich weiß, dass er in sein Schlafzimmer führt, um die Ecke.

»Soll ich es dir erzählen oder *zeigen*?« Er zieht die Augenbraue hoch.

Mein Mund bleibt offen stehen, sowohl wegen dem, was er gesagt hat, als auch wegen des Bildes, das ich vor mir habe. Er hat seine nassen Klamotten ausgezogen, aber noch nichts wieder an, und so steht er nur in engen, schwarzen Boxershorts vor mir. Enge, schwarze Boxershorts, die in keinster Weise seine große Erektion verbergen, die die Baumwolle spannt. Ich habe keinerlei Zweifel, dass er mir lieber ganz genau zeigen will, was in dieser Nacht passiert ist.

Ich stehe immer noch da und betrachte ihn, während er näherkommt. »Also, was soll es sein?« In seiner Stimme liegt ein Timbre, das ich geradezu *spüren* kann.

»Hatten wir in der Nacht Sex?« Ich muss es wissen. Ich muss. Denn wenn ich mit diesem Mann geschlafen habe und mich nicht daran erinnere …

»Nein. Hatten wir nicht.« Er kommt weiter auf mich zu, und wenn ich die Hand nur ein paar Zentimeter vorstrecke, kann ich mit den Händen über seine definierten Bauchmuskeln streichen. Gott, ich will diese harten Wellen so unbedingt spüren. »Nicht, dass du es nicht versucht hättest.«

Ich neige ein wenig den Kopf zur Seite. »Was soll das heißen?«

»Es heißt, du warst betrunken, geil und wild entschlossen, mich dir gefügig zu machen. Du hattest die Hände an meinem Einhornschwanz – deine Worte, nicht meine –, aber als ich merkte, wie betrunken du warst, habe ich das Ganze beendet und dich ins Bett gesteckt. Das war verdammt noch mal das Schwierigste, was ich seit langer Zeit tun musste, glaube mir. Aber ich wollte nicht, dass du am Morgen aufwachst und irgendetwas bereust, das zwischen uns passiert ist.«

Das Mädchen in mir gerät in Verzückung, und die Frau ist kurz vor dem Siedepunkt.

Dieser Mann ist viel mehr, als ich mir je hätte ausmalen können. Nach dem, was vor Jahren passiert ist, hatte ich ihn als reichen Snob abgestempelt, der daran gewöhnt war, seinen Willen zu bekommen und mit allem schlief, was einen Rock anhatte. Jetzt wird mir klar, dass er hart arbeitet und sich nicht auf seinen Lorbeeren ausruht. Er hat Ziele, die er erreichen möchte und er hat Gefühle … und zwar tiefe, wenn der Schmerz, den ich in seinem Blick gesehen habe, als er über seinen Vater sprach, irgendetwas zu sagen hat.

Das Beunruhigendste an alledem ist, dass ich jede neue Facette mag, die ich an ihm entdecke.

Und zwar sehr.

Eigentlich mehr als sehr.

Das Einzige, was ich noch nicht von ihm weiß, ist, wie er als Liebhaber ist. Und ich bin entschlossen, diesen Fehler auf der Stelle zu korrigieren. Ich habe genug von meiner Angst vor meinen Gefühlen für ihn. »Ich bin froh, dass in der Nacht nichts zwischen uns passiert ist«, sage ich und streiche endlich mit den Fingerspitzen über seine Bauchmuskeln.

Cole atmet scharf ein und seine Muskeln spannen sich unter meinen Fingerkuppen.

»Es wäre ein Jammer gewesen, wenn ich mich nicht daran erinnern könnte.« Ich hebe den Blick zu seinen Augen und er beobachtet jede meiner Bewegungen wie ein zum Sprung bereites Raubtier. Nie habe ich es so genossen, die Beute zu sein.

»Ich hätte dir jedes Detail verdeutlichen können.« Er lässt die Hand in meine Haare gleiten und zieht mich an sich, bis sich meine Brüste an seine harte Brust drücken.

»So sehr ich deinen Dirty Talk genieße, ich glaube, mir ist es lieber, wenn du mir alles zeigst, was in der Nacht nicht passiert ist.

Cole knurrt und dann verschmelzen seine Lippen mit meinen. Ich wehre mich nicht. Unsere Zungen treffen sich wild, und ich lege die Arme um ihn, genieße das Spiel seiner Rückenmuskeln, während seine Hände meinen Körper erkunden.

Er knabbert auf meiner Unterlippe, sein Mund zeichnet

eine Linie an meinem Kiefer entlang und hinunter zu meinem Hals. Ich stöhne und lasse den Kopf nach hinten sinken, damit er besser herankommt. Als ich meine Hände in seinen Haaren vergrabe und daran ziehe, stöhnt er und beißt mir leicht ins Ohrläppchen.

»Als du das erste Mal hier warst, gab es eine Menge Dinge, die ich gern getan hätte«, sagt er mit dem Mund an meinem Hals, während er weiterhin mit der Zunge über meine Haut fährt und mich in den Wahnsinn treibt.

»Was zum Beispiel?«, keuche ich.

Er löst sich von mir, richtet sich zu voller Größe auf und seine Haselnussaugen betrachten mich, verschlingen mich. »Das hier hab ich nicht gemacht.« Er packt den Kragen meines dünnen Shirts und reißt es mir vom Körper.

Und damit meine ich, er reißt es in der Mitte durch, so dass es offen an mir hängt und meinen weißen Spitzen-Push-Up freilegt. Es ist eine Höhlenmenschengeste, die mein Höschen klatschnass macht.

Anscheinend ist Höhlenmensch genau mein Ding.

Eilig winde ich die Arme aus dem Stoff, greife nach hinten und hake meinen BH auf, lasse ihn an den Armen herabgleiten und zu meinen Füßen auf mein Shirt fallen.

Sein Blick schweift kurz zu meinen festen Nippeln und seine Hände bedecken je eine Brust – wo er zudrückt und mit den Daumen über meine Nippel streicht. »Das konnte ich auch nicht tun«, sagt er, beugt sich herunter, saugt einen von ihnen zwischen die Zähne und lässt seine Zunge darum kreisen. Meine Hand wandert unwillkürlich an seinen Hinterkopf und ich kralle mich in seine Haare.

Er geht zum anderen Nippel über, und diesmal hält er ihn mit den Zähnen fest, bis mir der Schmerz in die Brust sticht, nur um dann fortgespült zu werden, als er immer wieder mit der Zunge darüberstreicht.

Cole geht vor mir auf die Knie und fängt an, mir Schuhe

und Socken auszuziehen, dann öffnet er meine Jeans – er zieht sie an meinen Beinen herunter, bis ich fast nackt vor ihm stehe, nur noch in meinem hauchdünnen, klatschnassen Höschen.

»Ich habe viel zu lange darauf gewartet, dich wieder so zu sehen, Whit. Ich fühle mich wie ein Verhungernder vor einem Buffet.« Er schaut mir in die Augen. »Ich habe vor, es richtig zu genießen.« Seine Hand geht zu seiner dicken Erektion und er drückt sie durch seine Boxershorts.

Abgesehen davon, wie er gerade mein Shirt entzweigerissen hat, ist das vielleicht das Erotischste, was ich je in meinem Leben gesehen habe. Diesen Augenblick werde ich noch wochenlang in meiner Vorstellung wiederaufleben lassen.

Ich kann mich nicht zurückhalten, ich umfasse meine Brüste und knete sie. Coles Schlafzimmerblick verfolgt jede meiner Bewegungen, während er weiter seinen harten Schwanz reibt.

»Du bringst mich noch um.« Seine Hand taucht in seine Boxershorts und er streichelt sich schneller. »Berühr dich weiter, während ich dich verwöhne, bis du schreist.«

Es ist ein Versprechen, keine Drohung, und ich hätte es nicht für möglich gehalten, aber mein Höschen wird noch feuchter als vorher. Ich bin bereit für ihn, und ich glaube nicht, dass ich noch lange warten kann, bis ich ihn in mir spüre.

Ich streichle mich weiter selbst, und Cole reißt mir grob die Unterwäsche herunter, am Rande seiner Geduld und Selbstkontrolle. Seine Zunge zeichnet wieder einen Pfad hinauf zu meinem Hals, dann steht er vor mir, nimmt meine Hand und führt mich ins Schlafzimmer.

»Aufs Bett!«, sagt er und nickt in die Richtung.

Das muss er mir nicht zweimal sagen. Ich krabble übers Bett, wobei ich ihm eine kleine Show biete, indem ich ein bisschen mehr als nötig mit den Hüften wackle.

Als ich mich umdrehe und mich auf den Rücken lege, fährt er sich mit den Händen durch die Haare und sieht aus, als müsste er sich zusammenreißen.

Ich wünsche mir, er täte es nicht. Ich *will* ihn total animalisch sehen.

Ich liege mit den Händen über dem Kopf da und beobachte, wie er sich die Boxershorts über die Hüften zieht. Sie fallen auf den Boden und er tritt heraus, aber mir geht nur durch den Kopf, wie perfekt dieser Mann ist. Wie perfekt sein Schwanz ist. Lang und dick und fest, mit der perfekten Ader entlang der Unterseite. Wie ein Kunstwerk.

Das ist wirklich ein Einhornschwanz.

Während ich damit beschäftigt bin, ihn zu betrachten, tut er dasselbe mit mir und streichelt sich wieder selbst. Ich presse die Schenkel zusammen, um Druck abzubauen, denn verdammt noch mal, ich könnte schon kommen, wenn ich ihm nur zuschaue.

»Du hast keine Ahnung, wie oft ich mir genau diese Szene vorgestellt habe«, sagt er mit rauer Stimme und zieht meinen Blick zu seinen Augen. »Und es war nie so perfekt und einladend wie jetzt.« Er streichelt sich leicht und mein Blick senkt sich wieder zu seiner harten Erektion, während ich mir die Lippen lecke. Ich möchte ihn schmecken und genauso verrückt machen, wie er mich grade macht.

Aber ich bekomme nicht die Gelegenheit, denn bevor ich weiß, wie mir geschieht, krabbelt er über die Matratze, spreizt mit den Händen meine Beine und stützt sich mit den Schultern dazwischen.

»Das hier konnte ich neulich definitiv auch nicht machen.« Seine Daumen spreizen mich und er streicht mit der Zunge vom Eingang bis hinauf zu meiner Klitoris. Eine meiner Hände taucht in seine Haare und die andere umfasst die Eisenstange am Bettende über meinem Kopf.

Cole leckt mich wieder und wieder, bis ich mich nur noch winde.

»Ich hatte keine Ahnung, dass du so süß schmeckst, Whit.« Er schaut mir über meinen Hügel hinweg tief in die Augen, während seine Zunge träge Kreise auf meiner Klitoris beschreibt. Dann saugt er sie ein und ich wölbe den Rücken und stöhne; das Gefühl ist zu intensiv.

Seine große Hand drückt mich wieder auf die Matratze und mein Kopf zuckt hin und her. Ich weiß nicht, ob ich meinen Orgasmus noch länger hinauszögern kann. Ich bin kurz davor, als sich Cole zurückzieht und die Hand, die ich in seinen Haaren platziert hatte, auf die Matratze fällt.

Ich reiße die Augen auf und schaue ihn fragend an.

»Ich möchte, dass du dich auf mein Gesicht setzt. Wir tauschen die Plätze.«

Ich habe keine Sekunde Zeit, um zu verstehen, was er mir da sagt, bevor er meine Hand ergreift und mir beim Aufsetzen hilft. Er nimmt meinen Platz ein, legt sich rücklings auf die Matratze, eine Hand hinter dem Kopf. Mein Blick konzentriert sich auf seine riesige Erektion.

Ich könnte jetzt direkt aufspringen und mir nehmen, was ich wirklich brauche, was ich wirklich will. Als würde er meine Gedanken lesen, sagt er: »Dafür ist später noch genug Zeit, Süße.« Er streckt mir die Hand entgegen. »Und jetzt komm her.«

Ich nehme die Hand und rutsche nach oben, bis ich neben seinem Kopf sitze. Cole leckt sich die Lippen, als ich auf ihn hinabschaue. Einen Augenblick lang bin ich nervös, weil ich das noch nie gemacht habe, aber dann sehe ich Coles Gesichtsausdruck – die pure Lust, das Übermaß an Verlangen – und weiß, dass ich mir keine Sorgen machen muss.

»Jetzt setz dich rittlings auf mich, bis du auf meinem Gesicht bist.«

Ich tue, was er mir sagt, senke mich vorsichtig ab, ich will ihn nicht ersticken, aber Cole fackelt nicht lange. Mit beiden Händen umfasst er meine Hüften und zieht mich herunter, bis sich sein Gesicht in meine Muschi drückt.

Er schnalzt ein paarmal mit der Zunge über meine Klitoris,

fest genug, dass ich es spüren kann, aber leicht genug, dass ich mich winde und mehr will.

Ich umfasse das Kopfende des Bettes vor mir und stöhne, als er die Zunge anspannt und anfängt, mich damit zu ficken.

Oh. O Gott.

Warum habe ich das noch nie gemacht? Denn es ist verdammt gut!

Irgendwann widmet er sich wieder meiner Klitoris, saugt sie ein, während einer seiner Finger langsam in mich eindringt, und dann noch einer. Mit der anderen Hand dreht er meinen Nippel zwischen Daumen und Zeigefinger.

Ich lasse meine Hüften kreisen, als würde ich seinen Schwanz reiten.

Als er den Finger zu meinem G-Punkt krümmt, keuche ich, zittere ich, so kurz davor bin ich.

»Komm für mich, Whit. Kommt auf meinem Gesicht.« Er zieht meine Klitoris wieder in den Mund und saugt fest daran, während er den Druck auf meinen Nippel erhöht.

Seine Worte sind mein Verderben, und ich werfe den Kopf zurück, explodiere in tausend Stücke, komme mit einem lauten Schrei und zucke mit den Hüften vor und zurück, um meinen Orgasmus zu Ende zu reiten.

Cole ist unter mir genauso unersättlich, er leckt mich aus, bis mein Zittern nachlässt.

Ich setze mich ein Stück weiter nach hinten und neige den Kopf, um ihm in die Augen zu schauen.

»Das machen wir noch mal«, sagt er mit einem großspurigen Grinsen. »Aber erst muss ich dich ficken.«

Ich nicke nur, ich bin nach meinem Orgasmus immer noch im Lala-Land und nicht in der Lage, irgendetwas zu artikulieren. Er hilft mir von sich herunter, und ich liege satt auf dem Bett und beobachte, wie er sich zu seinem Nachttisch hinüberwälzt und ein Kondom aus der Schublade holt.

Er legt sich zurück und rollt es fachmännisch über seinen

harten Schwanz, dann stützt er sich auf der Matratze auf die Knie.

»Ich hoffe, du erwartest jetzt nichts Langsames und Sanftes, denn ich werde dich zum Schreien bringen, bis die Polizei die Tür eintritt.«

Ich nicke und hoffe, dass Cole ein Mann ist, der zu seinem Wort steht.

Kapitel 23

»Hände und Knie. Hintern raus«, befiehlt Cole. Ich tue, was er sagt, ich will – nein, ich *muss* – ihn in mir spüren. Meine Haut steht in Flammen und meine Muschi pocht vorfreudig.

Er streicht mir ein paarmal mit der Hand über die Arschbacken. »Du machst mir Lust auf böse, böse Dinge.« Er schiebt zwei Finger in mich und entlockt mir ein Stöhnen. Ich lasse den Kopf auf die Matratze sinken und schließe die Augen, aale mich in dem Gefühl des gleichmäßigen Rhythmus, den er vorgibt.

Irgendwann zieht Cole die Finger heraus und lässt sie zu meinem Hintern gleiten. Er umkreist mein gekräuseltes Loch ein paarmal, und mir stockt der Atem.

»Entspann dich, Schatz. Das heben wir uns für ein andermal auf. Im Moment will ich bis zum Anschlag in deine süße Muschi, bis du schreist.«

Mit einer Hand an meiner Hüfte richtet er sich zu meinem Eingang auf und schiebt sich langsam hinein. Ich lasse befreit alle Luft aus meinen Lungen strömen. Er bleibt dort, bis ich mich an seine Größe gewöhnt habe.

Ich wackle ein bisschen mit den Hüften, ich brauche die köstliche Reibung, die er mir geben kann. Er versteht den Wink und stöhnt, als er sich aus mir herauszieht. Der Laut ist tief und rau, und ich drehe den Kopf und schaue ihn an. Er hat in Ekstase seinen Kopf nach hinten geworfen und die Augen geschlossen. Jetzt schiebt er sich noch einmal langsam hinein und lässt damit jeden einzelnen Nerv in mir auflodern. Mein Kopf sinkt auf die Matratze, als er mich wieder verlässt, und dann, als hätte er alle Kontrolle verloren, rammt er erneut in mich.

Ich schreie auf, zu gleichen Teilen vor Lust und Überraschung, und er scheint dadurch nur noch mehr zu brennen. Er beugt sich über meinen Rücken und umfasst meine Brüste mit den Händen, hält sich an ihnen fest, während er in mich stößt.

Und ich mag es. Ich liebe es, dass Cole so heiß auf mich ist, dass er sich nicht unter Kontrolle hat.

Im Raum ist es still bis auf das Geräusch unserer verschwitzten Haut, die aufeinandertrifft, und das lustvolle Stöhnen, das von den Wänden widerhallt.

»Ich will dein Gesicht sehen, wenn du kommst«, presst Cole heraus.

Seine Brust erhebt sich von meinem Rücken, und eine seiner Hände taucht in die Haare an meinem Hinterkopf und zieht meinen Kopf nach hinten, bis ich ihn fast kopfüber anschaue.

»Das ist besser«, sagt er.

Der Anblick seiner gemeißelten, verschwitzten Brust und die Art, wie er mich ansieht, als wolle er mich fressen, macht es mir schwer, meinen Orgasmus hinauszuzögern.

Er stößt weiter seinen dicken Schwanz in mich und ich weiß, ich kann mich nicht mehr lange zurückhalten. Cole hat das wohl bemerkt, denn er verändert den Winkel seiner Hüften, und o mein Gott. Er trifft einen Punkt in mir, von dem ich nicht einmal wusste, dass er existiert, und es ist die pure Wonne.

Jeder Teil meines Körpers spannt sich in Erwartung des Höhepunktes, bis ich so angespannt bin, dass ich platze. Mein Orgasmus überspült mich hart und schnell und ich explodiere wie eine Konfettikanone. Ich schreie Coles Namen und eine ganze Menge Unsinn, den man sicher nicht im Wörterbuch findet.

»Ja, Baby. Komm!« Er bleibt eine Weile in mir, während ich mich um ihn herum zusammenziehe. Der Orgasmus zieht sich ewig in die Länge, und als ich langsam von meinem Höhepunkt herunterkomme, lässt Cole meine Haare los und mein Kopf sinkt aufs Bett.

Ich bin noch nie gekommen, ohne dass meine Klitoris beteiligt war. Nie. Cole und sein Einhornschwanz sind wie ein Geschenk der Götter. Er umfasst meine Hüften mit beiden Händen und stößt noch ein paarmal in mich, jetzt mit weniger Koordination, bis er sich ganz herauszieht. Er hat sich wohl das Kondom heruntergerissen, denn Sekunden später spüre ich seinen Schwanz in der Spalte zwischen meinen Hinterbacken und eine warme Flüssigkeit trifft auf den höchsten Punkt meines Hinterns.

Cole stöhnt und zuckt ein paarmal auf meiner Haut, bevor er hinter mir stillhält.

Er hat mich markiert, und es fühlt sich nicht schmutzig an, es fühlt sich richtig an. Das Ganze zwischen uns fühlt sich unausweichlich und schicksalshaft an. Die vertraute Angst, jemandem so viel Macht über mich zu geben, schleicht sich in meine Brust.

Nein. Das werde ich jetzt nicht tun.

Nicht jeder verlässt dich. Nicht jeder enttäuscht dich. Es ist ein Mantra, das ich oft wiederhole, wenn es mir zu viel wird und ich am liebsten fliehen möchte.

Die Sache ist, ich weiß nicht, ob ich mich an diesem Punkt noch zurückziehen könnte, selbst wenn ich wollte. Ich stecke zu tief drin.

Kapitel 24

Cole wirft den Waschlappen, den er geholt hat, um mir beim Saubermachen zu helfen, in den Wäschekorb und kommt zu mir ins Bett.

»Das war sogar noch besser als ich es mir vorgestellt hatte«, sagt er, legt sich auf den Rücken und zieht mich an sich. Seine harte Brust ist warm unter meiner Wange.

»Du hast es dir wirklich vorgestellt, oder?«, frage ich mit einem Kichern.

»Du nicht?«

Ich werfe einen Blick zu ihm hinauf, er hat die Augenbraue hochgezogen und sieht auf mich herab.

»Das sag ich nicht«, sage ich mit Singsangstimme.

Er drückt mich fester an sich und lacht.

»Um ganz ehrlich zu sein – ich habe mir seit dem Tag, als du mit mir nach Hause gekommen bist, jeden Abend vorgestellt, wie es wäre, in dir zu sein, und mir dabei einen von der Palme geschüttelt.«

Meine Wangen werden heiß und ich winde mich ein bisschen, denn die Vorstellung, wie er es sich selbst macht und dabei an mich denkt … verdammt. Ich bekomme sofort Lust, auf seinen Schoß zu springen und ihn zu reiten, bis wir beide total fertig sind.

»Wirst du etwa rot?«, fragt Cole belustigt. Er reckt ein wenig den Hals, um mich besser sehen zu können.

»Was? Nein!« Ich vergrabe mein Gesicht weiter in seiner

Brust. Sein natürlich männlicher Duft – getrockneter Schweiß und Sex – lässt mich tiefer einatmen.

»Wirst du wohl!« Er lacht noch mehr und versucht, mein Gesicht von sich zu lösen, indem er mich unter den Armen kitzelt. »Der Frau, die einen Vibrator in der Handtasche spazierenträgt, ist peinlich, dass sie weiß, dass ich beim Wichsen an sie denke?«

Jetzt will er mich nur zu einer Reaktion provozieren.

Irgendwie schafft er es, die Finger in meine Armbeuge zu schieben, obwohl ich die Arme an den Körper drücke, so fest ich kann. Ich drehe mich auf den Rücken, und schon ist er auf mir und kitzelt mich unaufhörlich, während ich schreie und zapple und um Gnade flehe.

Das Klingeln meines Telefons in meiner Handtasche im Wohnzimmer unterbricht unseren Spaß.

»Ich muss« – ich quieke und versuche, mich unter ihm herauszuwinden – »da rangehen. Das könnten meine Großeltern sein.«

Cole lässt die Hände sinken. »Ts. Glaub bloß nicht, dass du nächstes Mal wieder so viel Glück hast.« Er zwinkert und es ist charmant, nicht geschmacklos, denn es ist Cole.

Ich stehe auf und gehe nackt durch den Raum.

»Hübsche Aussicht.«

Als ich auf der Suche nach meiner Handtasche den Raum verlasse, lächle ich vor mich hin. Ich war noch nie besonders selbstbewusst. Wenigstens nicht so, dass ich vor meinen Exfreunden ungezwungen nackt herumgelaufen wäre. Aber bei Cole fühle ich mich so angenommen und begehrt, dass es sich ganz natürlich anfühlt.

Ich finde meine Handtasche auf dem Couchtisch, als es erneut klingelt. Ich laufe hin, ziehe eilig mein Handy heraus und nehme das Gespräch an, ohne zu schauen, wer es ist. »Hallo?«

»Hi! Es tut mir so leid, dass ich mich so lange nicht gemeldet habe!«

Es ist Tahlia, und auch wenn ich mich normalerweise total freue, von meiner besten Freundin zu hören, könnte ihr Timing nicht schlechter sein.

Ihre Stimme ist wie die Nadel für den Luftballon, der mein Glück enthält, die Luft ist raus und ich krache wieder auf den Boden der Tatsachen.

»Kein Problem. Ich weiß, dass du viel zu tun hast.«

»Das ist trotzdem keine Entschuldigung. Du warst so toll und bist mit einem Typen, den du nicht mal leiden kannst, herumgefahren und hast dir alles angeschaut, und ich kann mir nicht einmal zwei Sekunden Zeit nehmen, um mich bei dir zu melden. Wie läuft es überhaupt mit Cole? Habt ihr euch schon gegenseitig umgebracht?«

O nein. Ich bin noch nicht bereit, es ihr zu erzählen. Ich habe nicht einmal eine Ahnung, was Cole und ich sind. Wir haben miteinander geschlafen, ja, aber ich kann mir vorstellen, dass Cole mit vielen Leuten schläft. Bedeute ich ihm etwas, oder bin ich eine einmalige Sache und es wird nie wieder passieren?

Ich kneife und gebe ihr eine nichtssagende Routineantwort. »Wir kommen zurecht. Mach dir keine Sorgen um uns. Wie war überhaupt deine Reise?«

Tahlia erzählt ausschweifend, in was für eine Scheiße sie geraten ist, als sie in der anderen Fabrik ankam und dass sie länger bleiben musste, als erwartet, um alles zu sortieren. Aber sie weiß ja, wie man mit Fleisch umgeht.

Vielleicht sollte ich das erklären. Tahlias Familie gehört die größte Wurstfirma.

Yep. Wurst.

Und bevor ihr die naheliegenden Scherze macht, glaubt mir: Lennon hat sie im Lauf der Jahre sicher alle schon durch. Was wohl auch nicht überraschen wird.

Nachdem Tahl genug über ihren Job gelästert hat – sie hat ihn eigentlich noch nie gern gemacht, aber sie fühlte sich immer verpflichtet –, gehen wir zu den möglichen Locations für die Hochzeit über.

»Heute hätten wir eigentlich den letzten Punkt auf der Liste abgehakt«, sage ich mit Blick in den Flur, »aber es ist etwas dazwischengekommen.«

Coles Schwanz.

»Keine Sorge. Ich weiß auch so total zu schätzen, wie sehr du mir hilfst. Und ich glaube, du hast recht, nach dem, was du so erzählt hast, klingt das Bentley, als wäre es das Richtige. Ich mache einen Termin aus und schaue es mir selbst an.«

»Ich glaube, das wird dir wirklich gefallen.«

»Okay, ich muss los. Chase hat nicht auf meine Anrufe reagiert, als ich aus dem Flieger kam, und ich muss ihn finden, damit wir ein paar Sachen von der Liste entscheiden, die die Hochzeitsplanerin geschickt hat.«

»Klingt nach Spaß.«

»Diese Frau, ich schwöre dir, Whit! Ich würde ihren Job so viel besser machen als sie, aber ich habe im Moment k aum Zeit für meine Maniküre. Jedenfalls danke für deine Hilfe. Wir drei müssen bald mal wieder was trinken gehen, okay?«

Ich brauche einen Moment, bis ich verstehe, dass sie Lennon als Dritte meint und nicht Cole.

»Ähm … ja. Natürlich.«

»Okay, ich schaue mal, wann ich Zeit habe, dann kriegen wir das hin. Ciao erstmal.«

Das Freizeichen ertönt und ich lasse das Handy in die Handtasche zurückfallen. Einen Augenblick lang bleibe ich dort stehen, kaue auf der Innenseite meiner Wangen und fühle mich wie eine furchtbar schlechte Freundin. Ich hätte es ihr einfach sagen sollen, als sie anrief, aber wie kann ich das, wenn Cole im Nebenraum ist und wahrscheinlich jedes Wort hören kann?

Tahlia würde alle meine Gründe, ihn zu hassen von damals

geltend machen. Außer dass er mich bei unserem Blinddate sitzen gelassen hat, weiß er nicht, was in dieser Nacht noch passiert ist. Und ich will uns nicht von unser beider Hochgefühl herunterholen. Er würde mich entweder für irre halten, weil ich ihm die Schuld gebe, oder er würde sich wegen der Konsequenzen schlecht fühlen.

Nein. Ich kann es Tahlia nicht sagen, solange ich nicht sicher weiß, was das mit uns ist. Und dasselbe gilt für Cole.

Nach dieser Selbstaufmunterung gehe ich ins Schlafzimmer zurück.

Cole liegt auf dem Bett, die Arme hinterm Kopf verschränkt. Das Laken hat er über sich gezogen, aber es reicht bis ein paar Zentimeter unter dem Nabel und verbirgt die besten Stellen vor meinen Blicken.

»Ist das der Moment, wo die Realität in unsere Traumwelt eindringt?«, fragt er.

Ich atme aus und krieche zu ihm unter die Decke. »Das war Tahlia.«

»Das habe ich mir zusammengereimt, aus dem, was ich mithören konnte.«

Ich lächle, dann rücke ich mich neben ihm zurecht und stütze mich auf den Ellbogen. »Sie ist erst jetzt wieder zurück.«

Er nickt, sagt aber nichts. Ich habe das Gefühl, er überlässt mir die Gesprächsführung.

»Ich glaube, wir sollten mit niemandem darüber reden, was zwischen uns war.« Ich werfe einen Blick auf meine Hände, die mit seinen gestärkten, weißen Laken spielen, unsicher, ob er beleidigt ist oder nicht.

»Was ist.«

Ich hebe den Kopf und schaue ihn fragend an.

»Du hast gesagt ›was zwischen uns war‹, als wäre es eine einmalige Sache. Vergangenheitsform. Du hättest sagen sollen ›was zwischen uns ist‹, denn wir werden das auf jeden Fall wieder tun.«

Seine Worte elektrisieren mich – sowohl körperlich, als auch emotional. »Ach ja?«, necke ich ihn.

»Darauf kannst du dich verlassen.« Er zieht die gegenüberliegende Hand unter dem Kopf hervor und fährt mir mit der Fingerspitze am Hals entlang und übers Schulterblatt. Als Reaktion darauf werden meine Nippel unter dem Laken hart, was ihm nicht entgeht.

»Dann bist du also einverstanden? Wir sagen es ihnen nicht? Vermutlich hätten wir vorher darüber reden sollen, aber …«

»Du bist viel zu lecker.« Er wackelt mit den Augenbrauen und ich lache. »Egal. Na klar. Wenn du das für dich behalten willst, bin ich dabei.«

»Danke.« Und ich meine es ernst. Sowohl meinetwegen, weil ich feige bin und meiner Freundin nicht erzählen möchte, dass ich mit ihrem Beinahe-Schwager schlafe, als auch für Tahlia, die im Moment nicht noch mehr Stress gebrauchen kann.

»War sie zufrieden mit unserer Arbeit?« Er dreht sich zu mir herum und stützt ebenfalls den Kopf auf die Hand.

»Scheint so. Es klingt, als gefiele ihr das Bentley Reserve.«

»Das war auch ziemlich cool.« Er unterbricht sich kurz, als würde er sich an etwas erinnern, und lächelt in sich hinein. Das zwölfjährige Mädchen in mir hofft, dass es der Moment ist, als ich die Treppe herunterkam und wir uns in die Augen geschaut haben.

»Warum war Tahlia so lange weg? War es so schwierig, die Wurst herauszuziehen?«

Ich lache. »Sie hat es nicht genau erzählt. Erwähnte nur, dass es länger dauerte, als sie dachte, alles in Ordnung zu bringen.«

»Ich bin enttäuscht von Chase. Man könnte meinen, er würde seiner Frau beibringen, wie man Fleisch massiert.« Er grinst und ich kichere wie ein Schulmädchen, das nicht schon jeden Wurstwitz gehört hat. »Wo wir gerade von Wurst reden« – und noch ein geschmackloser Witz – »es gibt da eine spezielle, die ich dir gern zeigen würde.« Cole schlingt den Arm um mich und rollt herum, so dass er mit dem ganzen Körper auf mir liegt. Und was für ein wundervolles Gewicht das ist. Das dünne Laken verbirgt nicht wirklich seine eigene große … Wurst.

Sorry, ich konnte nicht anders.

Ich lache, als er mir absichtlich seine Erektion an den Schenkel drückt.

»Chase war sicher einsam, wenn Tahlia so lange weg war. Hast du ihn oft gesehen?«, frage ich im Versuch, dieses Gespräch nicht in Zweideutigkeiten abgleiten zu lassen.

»Nein, er war in letzter Zeit schwer zu erreichen.« Ein Schatten huscht über sein Gesicht, aber er ist weg, bevor ich ihn hinterfragen kann.

»Das hat Tahl auch gesagt. Sie musste das Gespräch beenden, weil sie versuchte, ihn zu finden.« Ich kichere, aber Coles Lippen bleiben fest geschlossen.

»Genug von den beiden. Ich bin viel mehr daran interessiert, dich wieder mit meiner eigenen Eins-A-Wurst vertraut zu machen.«

Ohne ein weiteres Wort beugt er sich vor und küsst mich, und damit verschwinden alle Warnzeichen, auf die ich hätte Acht geben sollen, im Rückspiegel. Vor mir sehe ich nur mich, Cole und unsere heiße, nackte Haut, die aneinanderreibt.

Ihr seht, Leute man kann alles irgendwie verdrängen.

Kapitel 25

Ein paar Wochen vergehen und der Herbst nimmt die Bay Area fester in seinen Griff. Ich ziehe den Reißverschluss meines Mantels bis unters Kinn hoch, um mich warm zu halten, während ich mit Cole durch den Golden Gate Park spaziere.

Sparky ist auch da. Es wäre auch schwierig, ihn nicht zu bemerken, so wie er an der Leine zieht und jeden Vogel ankläfft, der es wagt, sich uns auf mehr als hundert Meter zu nähern.

»Gute Neuigkeiten«, sagt Cole und drückt die Hand, die ich mit seiner verschränkt habe. »Ich habe endlich einen Termin mit dem Großhändler.«

»Ist nicht wahr!« Sparky bemerkt meine Begeisterung, dreht sich zu uns um und bellt. »Das ist toll! Wann trefft ihr euch?«

»Erst in ein paar Wochen, aber ich bin schon ganz aufgeregt. Ich glaube, das könnte mein großer Durchbruch werden.«

Stolz erfüllt mich. Cole hat so hart dafür gearbeitet. Er hat mich immer auf dem Laufenden gehalten, während ich fast jede Nacht bei ihm war.

»Bald wird es Rock Hard Whiskey in jeder Bar von hier bis New York geben.« Ich strahle begeistert.

»Es gibt Hoffnung.« Er atmet tief aus und ich bemerke erst jetzt, wie nervös er ist. Bisher habe ich nie mangelndes Selbstvertrauen an ihm erlebt. Es sieht süß aus.

Ich drücke seine Hand und wir gehen weiter. »Das wird schon.«

Eine Weile gehen wir in einvernehmlichem Schweigen, dann weicht Sparky vom Weg ab und stellt sich im Gras in Position. Ihr wisst schon, die Position, die euch sagt, ihr könnt schon mal den kleinen Plastikbeutel herausholen.

»Das ist bei Weitem das Schlimmste, wenn man einen Hund hat. Sogar noch nervtötender als die Tatsache, dass er letzte Woche schon wieder ein Paar Schuhe von mir zerstört hat.«

Cole lacht in sich hinein und wir bleiben stehen und warten, bis das kleine Fellknäuel sein Geschäft erledigt hat.

Mein Telefon klingelt in meiner Umhängetasche. Ich lasse Coles Hand los und gebe ihm die Leine. »Kannst du mal kurz halten?«

Er nimmt sie, während ich mein Telefon suche. Zuerst stoße ich jedoch auf den Plastikbeutel, also gebe ich ihn Cole mit bittendem Gesichtsausdruck. Er ergreift ihn widerstrebend.

»Dafür schuldest du mir was«, neckt er mich.

Ich klimpere mädchenhaft mit den Wimpern, und er schüttelt den Kopf. Endlich finde ich mein Telefon, tippe auf das grüne Feld und hebe es ans Ohr.

»Hallo?«, sage ich.

»Hi, ist da Whitney Knight?« Ich weiß nicht, wer es ist, aber die Frau hat so einen professionellen Tonfall, der mir sagt, dass es kein Telefonmarketinganruf ist.

»Die bin ich.«

»Hallo, Whitney, hier ist Marla von der Personalabteilung von WHFI.«

Ich wende mich von Cole und Sparky ab und fange an, in kleinen Kreisen auf dem Weg herumzugehen. »Hallo, Marla.«

»Was die Stelle angeht, für die Sie sich beworben haben, muss ich Ihnen leider sagen, dass die Produktion und Mr Jeffries sich für eine andere Bewerberin entschieden haben.«

Enttäuschung, prompt und schwer, macht sich in mir breit, und ich bleibe stehen. »Oh. Das ist schade.«

»Ich kann Ihnen versichern, wir behalten Ihren Lebenslauf hier, falls sich etwas anderes ergeben sollte.« Ihrem Tonfall nach ist klar, dass sie in ihrem Leben schon tausend von diesen Anrufen gemacht hat. Jeder weiß, dass »den Lebenslauf hierbehalten« bedeutet, dass er in irgendeiner Schachtel in einem Büro, das keiner mehr benutzt, vor sich hin sterben wird.

»Danke für Ihren Anruf«, sage ich und meine es eigentlich anders.

»Gerne. Ich wünsche Ihnen noch einen schönen Tag.«

»Ihnen auch.«

Sie legt auf und ich lasse die Hand mit dem Telefon sinken.

Ich stehe mit dem Rücken zu Cole und will mich nicht umdrehen. Ich weiß, ich werde nie die Enttäuschung und Verzweiflung verbergen können, die ich gerade spüre.

»Ist alles in Ordnung?«, fragt er mit echter Sorge in der Stimme.

Ich hole tief durch die Nase Luft, drehe mich um und blinzle die Tränen weg. »Das war die Frau vom Fernsehsender. Ich bekomme den Job nicht.«

Er tritt vor und zieht mich an seine Brust. Wir legen die Arme umeinander und er drückt mich fest. »Es tut mir so leid, Whit. Es wird schon noch etwas kommen. Du bist schön und intelligent. Du wirst etwas finden.«

Ich vergrabe das Gesicht an seiner Brust und lasse zu, dass ich seinen starken Körper genieße, den Duft seines Parfüms und seine tröstenden Worte.

Ich bin es nicht gewohnt, mich trösten zu lassen, und merke, so sehr ich das eigentlich nicht will, so sehr ich die unabhängige Frau sein will, die niemanden braucht, so schön und sicher und … richtig fühlt es sich an.

»Keine Sorge, Schatz. Das wird schon.« Er streicht mir mit der Hand den Rücken auf und ab.

»Danke«, sage ich leise, auch wenn ich nicht recht weiß, ob ich ihm glaube.

Nachdem ich mich eine Weile an seiner Brust selbst zerfleischt habe, löse ich mich von ihm. Cole umrahmt mein Gesicht mit den Händen. »Ich möchte richtig mit dir ausgehen.«

So gut sich das anhört, habe ich doch Bedenken. Seit wir sind, was auch immer wir sind, waren wir meistens einfach bei Cole zu Hause, weil ich nicht riskieren will, jemandem über den Weg zu laufen, den wir kennen. Hier im Park können wir auch nur sein, weil weder Coles Bruder noch meine beste Freundin große Outdoor-Typen sind.

»Ich weiß, was du denkst, aber mach dir keine Sorgen.« Er streicht mir über die Haare. »Ich gehe mit dir an einen Ort, an den sich Chase und Tahlia niemals trauen würden.«

»Das musst du nicht tun, Cole. Ich komm damit klar.« *Nach ein paar Bechern Ben & Jerrry's und einer Flasche Wein.*

»Ich weiß, dass ich das nicht muss, ich will es aber.«

So deprimiert ich bin, hätte ich jetzt nichts dagegen, ein bisschen umworben zu werden. »Also gut.«

Er beugt sich herunter und gibt mir einen züchtigen Kuss auf die Lippen. Sparky bellt und zerrt wieder an der Leine. Dieser Hund hat keinerlei Verständnis für öffentliche Zuneigungsbekundungen.

»Schon gut, Kleiner. Mach dich locker.«

Wir spazieren Hand in Hand weiter, und auch wenn die Enttäuschung, dass ich die Stelle nicht bekommen habe, an mir nagt, wird der Schmerz zumindest teilweise durch seine Gesellschaft gelindert.

***

Als wir am Pier angekommen sind, nimmt Cole mir das Versprechen ab, die Augen geschlossen zu halten und führt mich an der Hand zu unserem Ziel. Ich höre Menschen vorbeigehen, während er mir jetzt von hinten die Augen zuhält.

»Versprich mir, dass du nicht lachst«, sagt er, als er die Hände von meinen Augen nimmt.

Ich blinzle kurz, bis sich meine Augen auf die Szene vor mir scharfgestellt haben.

»Ein Spiegelkabinett …« Ich lächle.

»Ich dachte, du könntest zur Ablenkung ein bisschen Spaß gebrauchen.«

Der Job. Er meint den Job, denn abgesehen von Cole ist das das Einzige, auf das ich mich in den letzten Tagen konzentrieren konnte: die Tatsache, dass ich mir irgendwie meinen Traumjob entgleiten lassen habe.

»Darauf wäre ich nie gekommen.«

»Das war der Sinn der Sache.« Er beugt sich herunter und küsst mich, bevor er mich an der Hand in das Gebäude führt.

Im Inneren spielt laute Musik, irgendein neuerer Song, den ich ein paarmal im Radio gehört habe. Der Teppich auf dem Boden hat ein wildes Muster aus Schwarz, Blau, Rot und Gelb und eine Jugendliche mit frischem Gesicht steht hinter der Kasse und lächelt uns zu.

»Willkommen im Spiegelkabinett«, sagt sie, als wir auf sie zugehen.

»Hallo. Ich bin Cole Webber.«

»Oh, ja, Mr Webber. Wir haben Sie erwartet.« Die Art, wie sie Cole verträumt anlächelt, sagt mir, dass er heute Abend ein Schwerpunkt ihrer Tagebucheinträge sein wird. Ich unterdrücke ein Kichern, um sie nicht in Verlegenheit zu bringen.

»Es müsste schon bezahlt sein. Ich habe mit dem Geschäftsführer alles am Telefon geklärt.«

»Das ist richtig. Das Kabinett gehört ganz Ihnen.«

Ich werfe Cole einen fragenden Blick zu.

»Ich bin vielleicht nicht mein Bruder, aber ich weiß, wie ich mein Geld und meinen Einfluss einsetzen kann«, sagt er und beugt sich näher zu meinem Ohr, damit nur ich ihn über die Musik, die aus den Lautsprechern über uns plärrt, hören kann. »Und wenn das bedeutet, den Laden hier für uns zu mieten, damit ich mit dir allein bin und nicht von hundert kleinen Teenie-Scheißern umgeben, dann tue ich das.«

Er richtet sich wieder auf und mein hitziger Blick trifft auf seinen. Wir erkennen beide, was wir gerade am liebsten mit dem jeweils anderen tun würden.

»Die Schließfächer sind rechts, falls Sie Ihre Jacken einschließen möchten, Mr Webber.«

Wir wenden unsere Aufmerksamkeit beide wieder dem jungen Mädchen zu, und mir entschlüpft ein Kichern, weil sie ihn ständig Mr Webber nennt. Ich weiß nicht recht, warum ich das so lustig finde, aber es passt einfach nicht zu dem Mann, den ich kenne.

Er hilft mir aus meinem Mantel, hängt ihn in ein Schließfach, kommt zurück und nimmt meine Hand. Diese kleine Geste erfüllt mich mit einer Wärme und Sicherheit, die ich nicht allzu genau analysieren möchte.

»Was war die schnellste Zeit, in der es jemand aus dem Labyrinth geschafft hat?«, fragt Cole.

»Zwölf Minuten und siebenunddreißig Sekunden«, sagt sie. Sie hat das Kinn etwas erhoben und die Brust herausgestreckt, als sei sie sehr stolz, das zu wissen.

»Sollen wir versuchen, das zu schlagen?«, fragt mich Cole grinsend.

»Auf jeden Fall!«

Er führt mich zu der Tür, über der »Eingang« steht, und das Mädchen ruft hinter uns her: »Viel Spaß, Mr Webber!«

Diesmal fange ich richtig an zu lachen, während ich durch die Schwingtür gehe. Auf der anderen Seite ist die Musik genauso laut, aber es ist viel dunkler und ab und zu flackern Stroboskoplichter. Es sieht aus, als befänden sich vor uns Tausende von gewölbten Säulen mit Spiegeln dazwischen, und unsere Spiegelbilder erscheinen aus allen Winkeln in den Scheiben.

»Worüber lachst du?«, übertönt Cole die Musik.

»Über die Kleine da draußen, die ganz verzückt nach dir ist und dich Mr Webber nennt.«

Er zieht mich an sich, und mir wird vom Gefühl seines harten Körpers an meinen weichen Kurven sofort heiß.

»Das ist mein Name, oder nicht?«

Ich nicke. »Aber irgendwie passt es nicht ganz. Ich habe die Leute immer deinen Bruder Mr Webber nennen hören und mir nichts dabei gedacht, aber es klingt fast komisch, wenn dich jemand so nennt.«

Cole neigt den Kopf ein wenig zur Seite und legt mir den Daumen an die Unterlippe. »Ich nehme das mal als Kompliment.«

»Gut.« Ich stelle mich auf die Zehenspitzen und gebe ihm einen Kuss auf den Mund. »Es war auch so gemeint.«

Er grinst. »Solange wir uns da einig sind.«

»Also, gehen wir zum Angriff über? Wenn wir den Rekord brechen wollen, sollten wir besser loslegen.«

Beinahe widerstrebend löst er sich von mir, nimmt wieder meine Hand und wir machen uns auf den Weg in den Wahnsinn, um zu sehen, ob wir wieder herausfinden.

***

Wir halten uns nicht lange an den Händen. Man braucht beide Hände vor sich, wie Cole herausfindet, als er mit dem Kopf voraus gegen etwas rennt, was er für einen Durchgang zwischen zwei Pfeilern hält, das aber in Wirklichkeit ein Spiegel ist.

Das Labyrinth ist so verwirrend. Es ist schwer zu erkennen, was echt ist und was nicht, und es ist beinahe unmöglich, sich zu merken, woher man gekommen ist und wohin man geht. Es erinnert mich sehr an mein Leben in der letzten Zeit.

Wo man hinschaut, scheint es mehr als einen von uns zu

geben. Wir sehen uns aus so vielen verschiedenen Winkeln, und ich koste es voll aus – ich beobachte, wie sich Coles Gesichtsausdruck verändert, wie sich die Muskeln an seinen Armen unter dem Stoff seines dünnen, braunen Henley-Hemdes spannen und wie sich sein Hintern bewegt, wenn er einen Schritt macht. Das alles mehrmals und aus verschiedenen Perspektiven beobachten zu können, ohne dass er es merkt, ist super.

Tatsächlich macht es mir Lust, Dinge mit ihm zu tun, die mir eher Lennons Stil zu sein scheinen, aber etwas an diesem Mann lässt mich meine Hemmungen und den Teil von mir, dem Selbstschutz wichtig ist, vergessen.

»Schon wieder eine Sackgasse.« Cole lacht.

Statt umzukehren und den gleichen Weg zurückzugehen, rühre ich mich nicht, als sich Cole zu mir umdreht. Diesmal drücke ich ihn stattdessen mit den Schultern gegen die Spiegelwand.

Sein Gesichtsausdruck ist amüsiert, bis er das Lodern in meinem Blick erkennt. Ohne ein Wort lege ich ihm die Arme um den Hals und ziehe sein Gesicht zu meinem herunter.

Die Urinstinkte übernehmen die Führung, unsere Zungen treffen aufeinander, und nach einer Minute Leidenschaft fühlen sich meine Lippen wund an. Nicht schmerzhaft, aber so, dass ich weiß, ich werde mich noch tagelang an diesen Moment erinnern.

Dann lasse ich meine Hand an Coles Körper hinunterwandern, bis ich ihn in voller Länge unter seiner Jeans umfassen kann. Er stöhnt an meinen Mund und mir werden die Knie weich. Ich schließe unseren Kuss ab, denn ich weiß, wenn ich nicht aufhöre, entgeht mir die Gelegenheit, dann sinke ich vor ihm auf die Knie. Ich neige den Kopf nach hinten und schaue ihn durch meine Wimpern an. Seine Brust hebt und senkt sich unter schweren Atemzügen. »Was tust du?« Er spricht laut genug, dass ich ihn trotz der Musik hören kann.

Ich ziehe die Augenbraue hoch. »Genau was du gehofft hast.« Mein Blick lässt ihn nicht los, während ich seine Gürtelschnalle öffne, den Knopf seiner Jeans, dann den Reißverschluss. Sein großer Schwanz dehnt die Baumwolle seiner enganliegenden, weißen Boxershorts. Als ich den Gummizug ein Stück herunterziehe, springt sein Schwanz heraus und ich ziehe die Unterwäsche so zurecht, dass sie unter seinen Eiern bleibt.

Seit ich seinen Schwanz zum ersten Mal gesehen habe, frage ich mich, wie Cole wohl schmeckt. Ich habe mir vorgestellt, wie sich seine Hände in meine Haare schieben, wenn ich die Lippen um die Eichel schließe. Wie er stöhnt, wenn er hinten an meine Kehle stößt.

Ich bin dabei, seine Welt zu erschüttern und mich für immer in seine Erinnerung zu zementieren. Manchmal zahlt es sich aus, wenn man Freunde wie Lennon hat – man lernt immer etwas dabei, wenn man sich ihre absurden Geschichten anhört.

Während ich mich vorbeuge, lecke ich mir die Lippen. Meine Zunge zieht eine Spur über seine Spitze, wo ein Lusttropfen wartet. Er atmet scharf ein und hält die Luft kurz an, aber als meine Zunge wieder in meinem Mund verschwindet, höre ich ihn langsam ausatmen.

Als ich mich diesmal vorbeuge, fahre ich mit der Zunge von der Wurzel die ganze Länge bis zu Spitze und auf der anderen Seite wieder zurück. Cole schiebt mir die Hände in die Haare und ich hebe den Blick, um ihm in die Augen zu schauen. Hier drin ist es dunkel, aber ich kann trotzdem erkennen, dass seine braunen Augen lustvoll und halb geschlossen sind und sein Mund offensteht. Ich lecke ihn wieder und wieder auf ganzer Länge, bis sein Schwanz nass von meinem Speichel ist. Dann umfasse ich seinen Schaft mit einer Hand und senke den Kopf, um eines seiner Eier in den Mund einzusaugen. Coles Hände zucken in meinen Haaren und umklammern die

Strähnen fester. Er stöhnt, während ich sanft sauge und ihn mit der Hand die ganze Länge auf und ab streichle. Kurz vor der Spitze drehe ich jedes Mal die Hand. Er lässt den Kopf an die Spiegelwand sinken und kneift die Augen zu. Seine Brust hebt und senkt sich unregelmäßig, und ich war noch nie so high wie jetzt, nur weil ich diejenige bin, die ihn aus der Fassung bringt.

Die Macht, ihn in den Wahnsinn zu treiben, macht mich wild, scharf und geil. Meine Nippel könnten Granit schneiden und meine Klitoris pocht und fleht um Aufmerksamkeit.

Gerade, als Cole am Rand eines Orgasmus ist, lasse ich los und lege die Lippen um ihn, nehme ihn in den Mund, bis seine Spitze hinten in meiner Kehle anstößt.

»Oh, Fuck, Baby!«

Coles Hüften stoßen wieder und wieder nach vorn, er gibt selbst den Rhythmus vor. Ich werfe einen Blick zu ihm hinauf, aber er schaut nicht zu mir herunter. Nein, sein Blick wandert von einem Spiegel zum nächsten, betrachtet das Bild von mir, wie ich ihn lecke, aus jedem möglichen Winkel.

Ich rücke ein bisschen zur Seite, damit ich uns auch im Spiegel sehen kann.

Ich beobachte ihn, wie er in meinen Mund stößt und sich selbst in so einen Rausch versetzt, dass er, wie er meinen Mund vögelt, erotischer ist als der Pornofilm, den ich in diesem geheimen Ordner auf meiner Festplatte versteckt habe. Jetzt bin ich selbst der Star in meinem eigenen Porno. Ich schaue wie eine Außenstehende die Szene »Whitney und Cole treiben es im Spiegelkabinett«. Mir war nie bewusster, wie verrückt und wahnsinnig ich diesen Mann mache.

In mir kämpfen Stolz und Geilheit. Ich möchte zuschauen, wie er sich in mich leert und ich ihn schlucke. Ich möchte jeden noch so kleinen Ausdruck auf seinem Gesicht sehen, wenn er zerfließt. Ich will die Ekstase in seinen Augen sehen, wenn er mich anschaut, als sei ich die Einzige für ihn.

»Ich komme gleich«, keucht Cole als Warnung, damit ich auf Abstand gehen kann. Aber ich will nicht aufhören. Der Drang, zu wissen wie er schmeckt, ist wie ein brennendes Verlangen in mir.

Ich umfasse seine Eier mit der Hand und rücke vorsichtig zu, schiebe die Lippen bis ganz an seine Wurzel. Er zuckt in meinem Mund und stößt einen Laut aus, der klingt wie eine Mischung aus Knurren und Stöhnen. Heiße, salzige Flüssigkeit ergießt sich in meine Kehle, während er ein bisschen unrhytmisch mit den Hüften zuckt, bis er völlig leer ist.

Ich löse mich von ihm und wische mir das Kinn mit dem Handrücken ab. Cole streckt zitternd die Hand aus, um mir aufzuhelfen und verliert keine Zeit, er küsst mich sofort, als ich auf den Beinen bin.

Mit Zunge.

Ich liebe es, dass er mich mit Zunge küsst.

In der Vergangenheit haben einige meiner Exfreunde in so einer Situation den Kopf weggezogen und es hat mich immer gestört, denn nachdem ein Typ dich geleckt hat, erwartet er, dass du ihn küsst und deinen Geschmack gut findest. Das macht sie geil und ich verstehe das, aber man muss auch bereit sein, den Gefallen zu erwidern. Ich kann sexuelle Doppelmoral nicht ausstehen.

Nach unserem Kuss lehnt er die Stirn an meine, während er sich wieder einpackt und die Hose zumacht.

»Sie sind mir ja eine, Miss Knight.«

Ich grinse. »Oh, vielen Dank, Mr Webber.«

»Ich lasse Spiegel in meinem Schlafzimmer anbringen. An jeder Fläche.«

Ich lache.

»Wie süß, dass du das für einen Scherz hältst.« Er beugt sich vor und gibt mir einen leichten Kuss auf den Mund.

Mir kommt ein Gedanke. »Glaubst du, die haben hier drin Kameras?« Ich reiße die Augen auf.

»Ehrlich gesagt ist mir das total egal. Selbst wenn, war es das wert.«

»Wir haben das arme Mädchen vielleicht gerade fürs Leben geschädigt.«

Er kichert.

»Sollen wir uns jetzt den Weg nach draußen suchen? Ich bin neugierig, was du sonst noch für uns geplant hast.« Ich drücke mich an ihn, ich kann oder will mich nicht davon losreißen, ihn zu spüren.

»Ich glaube, was ich als nächstes geplant habe, wird dir gefallen.« Er schiebt die Hände in meine und verschränkt die Finger mit mir. »Da habe ich keinerlei Zweifel.«

Und mir wird klar, ich habe *wirklich* keine Zweifel. Zum ersten Mal überhaupt mache ich mich nicht deswegen verrückt, dass ich meine Unabhängigkeit wahren muss und einen Kerl nicht zu dicht an mich heranlassen darf. Ich lasse zu, was auch immer kommen mag. Und zu meiner Überraschung fühlt es sich viel besser an, als ich gedacht hätte.

Kapitel 26

Wir betreten die Ice Cream Bar und ich bin sofort verliebt in den Laden. Ich werfe Cole einen Blick zu. »Also, ich war ja schon beim Namen überzeugt, aber das sieht toll aus!«

Sein Lächeln wird breiter. Offensichtlich ist er zufrieden mit sich, weil er etwas Gutes ausgesucht hat. Aber ehrlich, dieser Laden ist wirklich der Hammer.

Er ist eine Zeitreise in einen Imbiss der 1930er Jahre. Die männlichen Bedienungen hinter den Zapfhähnen tragen alle gestärkte weiße Hemden mit schwarzer Fliege, weiße Schürzen und kleine weiße Hütchen, die an eine andere Ära erinnern.

Am Ende der Theke sind noch zwei Hocker frei, und Cole nickt hinüber. »Möchtest du dort drüben sitzen?«

»Auf jeden Fall!« Ich rutsche auf den Hocker, nehme Mantel und Handtasche ab und lege sie ganz auf die Ecke der Theke, damit sie nicht im Weg sind. Cole gibt mir seinen Mantel, und der Duft seines Parfums weht an mir vorbei, als ich ihn auf den Haufen lege.

Ich weiß nicht, ob ich je genug von diesem Geruch bekommen werde. Ich weiß nicht einmal, ob es nur dieses Parfum ist oder ob es sein natürlicher Eigengeruch ist, aber egal, was es ist, es macht mich feucht. Das sollte ein neues Parfum werden – Cole Webbers Orgasmuserzeuger.

Er zieht zwei Speisekarten aus dem Metallständer und gibt mir eine davon, dann öffnet er die andere.

»Was kannst du hier empfehlen?«, frage ich, und als er nicht sofort antwortet, schaue ich zu ihm hinüber.

Sein Blick wandert kurz über meinen Körper, bevor er wieder Augenkontakt mit mir aufnimmt. »Was ich gerade will, steht nicht auf der Karte.«

Ich presse die Lippen zusammen und werde rot. Dann gebe ich ihm mit der Karte einen Klaps auf den Arm. »Benimm dich!«, schelte ich ihn.

Er beugt sich vor und spricht mir direkt ins Ohr: »Hast du dich etwa benommen, als du auf die Knie gegangen bist, mit meinem Schwanz im Mund?«

Ich drücke die Oberschenkel fest zusammen. Er beobachtet, wie ich auf dem Vinylhocker herumrutsche und lacht in sich hinein, bevor er sich wieder aufrecht hinsetzt.

Ich zwinge mich, noch eine Weile die Speisekarte zu studieren, und entscheide mich schließlich für das PB&J, was vielleicht albern klingt, aber mal ernsthaft: Wo sonst kann man ein Sandwich mit Erdnussbutter und Marmelade in einem Restaurant bestellen? Ich muss es probieren.

»Was darf ich euch bringen, Kinder?« Der Kerl hinter dem Tresen kommt näher. Ich unterdrücke ein Kichern, denn ich bin mir ziemlich sicher, dass er ungefähr in unserem Alter ist. Das gehört wohl zum Vintage-Konzept.

»Ich hätte gern das PB&J.« Ich lächle strahlend und Cole schüttelt den Kopf.

»Ich nehme das Pulled Pork-Sandwich«, sagt er.

»Und zu trinken?«, fragt der Kellner, auf dessen Namensschild Ned steht, wie ich jetzt sehe.

»Das sieht alles so gut aus. Ich kann mich nicht entscheiden«, sage ich, denn ehrlich, auf dieser Karte steht so ein Haufen verschiedener Milchshakes, Eiscreme-Sodas und Limos, die alle miteinander absolut köstlich klingen.

»Was hältst du dann davon, wenn du den Too-Good-to-be-True-Milchshake probierst?«, schlägt Cole vor.

»Warum gerade den?«, frage ich und suche die Karte ab, um die Zutaten zu lesen.

Er zuckt die Achseln. »Ich find's passend.«

Ich blicke zu Ned auf und weiß, meine Wangen haben sich rosa verfärbt. »Okay, dann nehme ich den.«

Ned nickt. »Und für dich?«

»Ich nehme den O Canada. Den habe ich noch nicht probiert, und die Kanadier reden ja pausenlos davon, wie gut ihr Ahornsirup sei. Mal sehen, ob das stimmt.«

»Sehr gut. Die Milchshakes kommen gleich.«

Wir danken ihm und beginnen eine Unterhaltung, während wir fasziniert beobachten, wie er unsere Getränke zusammenbraut. Zumindest ich bin fasziniert.

Mir wird klar, dass einen Milchshake machen eine Kunst ist. Es ist fast, als würde er einen Zaubertrank mischen. Cole erklärt mir, dass alles von Hand und im Haus selbstgemacht wird. Sogar die Limos. Hier wird keine Flasche Cola in einen Soda-Milchshake geschüttet. Nein, sie benutzen hausgemachte Sirups und Tinkturen und was sie sonst noch brauchen – und für die Eiscreme schütteln sie Sahne mit einem Ei auf Eis.

Ich bin beeindruckt.

»Für die Dame.« Ned stellt meinen Milchshake vor mich hin und mir läuft beim bloßen Anblick das Wasser im Mund zusammen.

»Danke.« Ich verliere keine Zeit, beuge mich vor, lege die Lippen um den Strohhalm und sauge fest, um die Eiscreme durch den Strohhalm zu bekommen. Als die kalte, süße Flüssigkeit auf meine Zunge trifft, schließe ich die Augen und mir entschlüpft ein leises Stöhnen, dann schlürfe ich noch mehr.

Das ist wirklich der beste Milchshake, den ich je hatte. Als ich wieder zu mir komme und Cole einen verstohlenen Blick zuwerfe, sitzt er mit Schlafzimmerblick vor seinem unberührten Milchshake.

»Was ist?«, frage ich und setze mich ein bisschen verlegen aufrechter hin.

Er fährt sich mit der Hand durchs Haar. »Du.«

Ich blinzle zweimal. »Was, ich?«

»Wie du deinen Milchshake trinkst, mit diesen kleinen Lauten und den Lippen um den Strohhalm. Die Art, wie deine Wangen nach innen gesogen werden. Und habe ich deine Lippen schon erwähnt? Das lenkt alles ein bisschen ab.« Er rutscht auf seinem Hocker herum, und ich habe den Eindruck, er tut das, weil er etwas verbergen will. Einen Ständer zum Beispiel.

Ich kichere. »Sie scheinen gerade ein bisschen besessen von meinen Lippen zu sein, Mr. Webber.«

Er beugt sich vor und ich fange seinen Duft auf. »Miss Knight, Sie haben keine Ahnung, wie besessen ich bin.«

Ich spiele seine Bemerkung herunter, denn ich weiß nicht, ob er allgemein über mich spricht oder nur über meine Lippen als Folge des Killer-Blowjobs, den ich ihm vor einer Stunde gegeben habe. Ich will nicht zu viel hineininterpretieren, aber mir entgeht nicht, dass mein Magen einen Salto schlägt.

Cole saugt jetzt auch ein bisschen von seinem Milchshake durch den Strohhalm. »Mmm. Vielleicht haben die Kanadier recht. Das ist gut.« Er nimmt noch einen kurzen Schluck und schiebt ihn mir über den Tresen zu. »Möchtest du mal probieren?«

»Klar.« Ich beuge mich hinüber und Coles Blick liegt wieder einmal eindringlich auf meinen Lippen. Ein Lächeln zieht meine Mundwinkel nach oben, als ich seinen Milchshake probiere. »Wow. Der ist echt gut.«

Wir genießen beide schweigend unsere süßen Leckereien, dann schiebt Cole seine von sich und dreht sich auf seinem Hocker zu mir herum.

»Ich muss noch Platz für mein Essen lassen«, sagt er und tätschelt seinen Bauch.

»Gute Idee«, stimme ich ihm zu, nachdem ich noch einen schnellen Schluck genommen habe.

»Hast du Journalismus studiert, als du im College warst?« Damit erwischt mich Cole völlig unvorbereitet.

»Ich hatte Englische Literatur als Hauptfach, aber ich war bei der Campuszeitung.«

»Das muss doch gut sein für deinen Lebenslauf.«

»Wahrscheinlich.« Ich zucke die Achseln. Scheint mich bei meiner Jobsuche nicht sehr weit gebracht zu haben.

»Was hast du noch mal gesagt, auf welche Uni bist du gegangen?«

Eigentlich ist es eine unschuldige Frage, aber ich werde auf meinem Sitz ganz steif. Der Moment, der mir Sorgen gemacht hat, ist da. Ich kann nicht so tun, als wäre das, was zwischen uns passiert, nur vorübergehend, oder dass wir einfach nur Fickfreunde sind. Vielleicht weiß ich nicht genau, was es ist, aber ich weiß, was ich gern hätte. Und wenn wir irgendeine Chance haben wollen, werde ich ihm erzählen müssen, was vor all den Jahren in der Nacht passiert ist, in der er mich sitzenließ, und dass ich immer ihm die Schuld an der Flugkurve gegeben habe, die mein Leben dann nahm.

»Am Ende war ich in Berkeley, aber ich hätte eigentlich an die University of Nebraska gehen sollen.«

Auf seiner Stirn bildet sich eine Falte. »Nebraska ist eine sehr gute Uni. Was ist passiert?«

Er merkt wohl, dass es mir unangenehm ist, denn er nimmt meine Hand und reibt mit dem Daumen auf meinen Fingerknöcheln hin und her. Es ist beruhigend und nett.

Ich hole tief Luft und beschließe, das Klebeband einfach mit einem Ruck abzureißen. »Weißt du noch, der Abend, an dem wir das Blind Date hätten haben sollen?« Er nickt, die Falte auf seiner Stirn wird tiefer. »Nachdem ich mit dir telefoniert und das Restaurant verlassen hatte, war ich so sauer. Stinkwütend. Es wurde dunkel und statt mit dem Taxi nach Hause zu fahren, beschloss ich, zu Fuß zu gehen, um das Adrenalin loszuwerden, das durch meinen Organismus rauschte. Ich war so abgelenkt von meinen Grübeleien, dass ich nicht auf meine Umgebung geachtet habe.« Cole drückt meine Hand, und da ich auf den Tresen hinuntergestarrt habe, während ich ihm die Geschichte erzählte, blicke ich schließlich auf und schaue ihm in die Augen.

»Ungefähr auf halbem Weg nach Hause kam ein Mann auf mich zu. Er war schon dicht bei mir, bevor mir klarwurde, was gerade passierte.« Ich schlucke den Kloß in meinem Hals, als die Erinnerungen zurückkommen. »Gott sei Dank wollte er nur meine Handtasche, aber ich kämpfte instinktiv darum, ich weiß, das war dumm, aber in dem Moment … Ich weiß auch nicht. Ich habe wohl gar nicht nachgedacht. Wir kämpften, und am Ende schubste er mich zu Boden, dann rannte er weg. Ich landete falsch und verletzte mich an der Schulter. Konnte kaum aufstehen. Ich musste warten, bis jemand vorbeikam und den Krankenwagen rief.«

Cole lässt meinen Blick los und schaut auf den schwarzweißen Fliesenboden. »Scheiße, Whit. Ich weiß nicht, was ich sagen soll.« Mit finsterem Blick schüttelt er den Kopf. »Was hat das damit zu tun, dass du nicht nach Nebraska gegangen bist?« Er hebt den Kopf und der schmerzliche Ausdruck in seinem Gesicht lässt mich kurz innehalten.

»Ich hatte ein Vollstipendium für Volleyball in Nebraska. Die Schulterverletzung war so schlimm, dass ich nie wieder auf demselben Level hätte spielen können, deshalb haben sie mir das Stipendium entzogen. Am Ende bin ich mangels Alternative nach Berkeley gegangen, habe Studienkredite an Land gezogen und konnte nie auf Collegeniveau spielen.«

Meine Worte hängen zwischen uns in der Luft.

Ich bin mir sicher, es ist offensichtlich, aber für den Fall, dass nicht, muss ich alles herauslassen. Halbe Sachen nützen jetzt nichts.

»Cole, der Grund, warum ich dich so hasste, war, dass ich dir die Schuld daran gab, was passiert ist. Ich habe dir die Schuld gegeben, dass ich meinen Traum nie verfolgen konnte und dass ich bis über beide Ohren verschuldet aus dem Studium kam. Ich sagte mir, wenn du dich nicht so benommen hättest, wie du es an dem Abend getan hast, wäre ich zu der Uhrzeit nicht auf der Straße gewesen, oder dass ich, wenn doch, besser aufgepasst hätte, was um mich herum geschah, und den Kerl hätte kommen sehen. Ich habe dich für alles verantwortlich gemacht.«

Er lässt meine Hand los und beugt sich vor, lässt den Kopf in die Hände sinken, sagt kein Wort.

Ich weiß nicht recht, was ich sagen soll, also warte ich. Und warte.

Als er sich endlich auf seinem Hocker zu mir umdreht, nimmt er mein Gesicht in die Hände. In seinen Augen stehen Schuldgefühle und Kummer. »Kein Wunder, dass du mich gehasst hast. Es tut mir so unendlich leid.« Er presst die Lippen aufeinander und holt tief durch die Nase Luft. »Warum hast du nicht früher etwas gesagt?«

Ich lege die Hand auf seine. »Ich wusste nicht, was ich sagen sollte. Und dann, als ich dich besser kennenlernte, wurde mir etwas klar … es war nicht deine Schuld. Es war niemandes Schuld, nur die des Typs, der mich ausgeraubt hat.«

»Nein, Whit, wenn ich nicht …«

»Hör auf. Deshalb erzähle ich es dir jetzt. Weil ich dir sagen will, dass die Zeit mit dir mich etwas gelehrt hat.«

»Was soll ich dir beigebracht haben?« Er schaut mich an, als wäre meine Antwort das Wichtigste für ihn.

»Manchmal passieren Dinge – gute wie schlechte – einfach aus keinem anderen Grund, als dass sie eben passieren.«

Die harten Linien auf seinem Gesicht werden ein bisschen weicher, und ich habe Hoffnung, dass er sich verzeihen kann, wie ich ihm verziehen habe.

»Das ist schwer zu akzeptieren.« Ich sehe, dass er mir glauben möchte. Denn wenn er es nicht kann, wird das immer zwischen uns stehen. Ich weiß genau, wie Gefühle, die man unterdrückt, an einem nagen und wachsen können, bis man sich in Gedanken eine ganze Geschichte zusammengesponnen hat und sich kaum noch erinnern kann, warum man diese Gefühle überhaupt ursprünglich hatte.

»Du *musst* es akzeptieren. Wenn du willst, dass das mit uns weitergeht, musst du.« Ich lasse die Hand sinken und mache eine Bewegung zwischen uns.

Er nickt, wenn auch zögernd. »Ich werde nie wieder der Grund sein, dass du so verletzt wirst. Nie wieder.«

Er beugt sich vor, und seine Lippen berühren meine zu einem Kuss voller Entschlossenheit und Versprechen. Ich sinke an ihn und der Gedanke geht mir durch den Kopf, dass jetzt nichts mehr zwischen uns steht. Es fühlt sich an, als wäre ich ganz dabei, und statt Angst ist da nur riesige Freude, die mir fast die Brust sprengt.

Kapitel 27

Ich lasse mich auf die Bank fallen und rutsche weiter, um Platz für Tahlia zu machen. Lennon macht sich an den Barmann heran, mit dem sie das letzte Mal geflirtet hat, als wir hier waren; wahrscheinlich überlegen sie, ob sie die Abstellkammer nehmen oder die Gasse hinten raus.

»Wie geht es dir?«, frage ich, während ich die Jacke ausziehe und sie zwischen mich und die Wand lege. Tahlia zieht ihre ebenfalls aus und reicht sie mir herüber, damit ich sie dazulege.

»War es verrückt von mir zu glauben, dass meine Hochzeit zu planen mehr Spaß machen würde?«

Wir haben den Tag mit den Müttern von Tahlia und Chase auf der Suche nach einem Brautkleid verbracht. Es war von Anfang an klar, dass Mrs Santora genaue Vorstellungen hatte, was für eine Art Kleid für Tahlia angemessen wäre und für »die Hochzeit des Jahrzehnts«, wie ihre Mom es ausdrückte. Tahl und ihre Mom gerieten im Lauf des Tages mehr als einmal aneinander.

»Sie wollen alle nur, dass der Tag perfekt wird.« Ich streiche ihr über den Rücken, während sie sich nach vorne beugt und den Kopf in die Hände stützt, um sich die Schläfen zu massieren. »Ich bin mir sicher, wenn erst einmal die großen Entscheidungen getroffen sind, entspannen sich alle ein bisschen.«

Ich spreche Dinge aus, die ich selbst nicht glaube. Aber hey, wofür sind Freundinnen da, wenn nicht, um einem das Richtige zu sagen, wenn man es braucht?

»Ich würde sagen, nach dem Tag können wir alle ein bisschen hiervon gebrauchen.« Lennon schiebt ein Tablett vor uns und klettert uns gegenüber in die Sitzecke. Auf dem Tablett stehen ein Cocktail für jede von uns und sechs Shots.

Zu meiner Überraschung greift Tahl nach einem der Shots und schüttet ihn sich hinter die Binde, dann hustet und röchelt sie, während sie das leere Schnapsglas wieder aufs Tablett knallt.

»Das ist ja furchtbar! Was ist das?«, fragt sie.

»Rock Hard Whiskey«, antwortet Lennon mit einem boshaften Grinsen.

»Oh, das ist Coles kleines Lieblingsprojekt. Wusstest du das?«, fragt Tahl sie.

»Ich glaube, jemand hat es mal erwähnt. Kommt mir bekannt vor.«

Dieser Jemand war natürlich ich. Ich weiß, was Lennon vorhat. Ich habe ihr gesagt, ich würde Klartext mit Tahlia reden und ihr erzählen, dass ich was mit ihrem zukünftigen Schwager habe. Ich hatte vor, es nach dem Kleidershopping zu machen, denn ich wusste, wir würden danach noch was trinken gehen, aber so, wie der Tag lief, frage ich mich, ob das der richtige Moment ist.

»Ich glaube nicht, dass du die Zielgruppe bist, Tahl«, sage ich.

»Nein, vermutlich nicht.« Sie starrt auf das leere Schnapsglas und dreht es gedankenverloren immer wieder herum.

Lennon zieht die Jacke aus und dann den leichten, langärmligen Pulli, den sie darunter anhatte. »Es fühlt sich gut an, das auszuziehen. Ich habe im Brautmodenladen geschwitzt wie ein fetter Mann in der Sauna, aber ich wusste, deine Mutter würde einen hysterischen Anfall bekommen, wenn ich dort meine Tattoos herzeige.«

Mir fallen fast die Augen aus dem Kopf, als ich sehe, was auf ihrem T-Shirt abgebildet ist. Direkt über ihrer Brust steht: WANTED, und darunter ist das Bild eines Comic-Hahns, der sich mit einem zufriedenen Grinsen im Gesicht zurücklehnt, nur dass dieser Hahn ein Einhorn auf dem Kopf hat, einen rosa Pferdeschwanz und rosa Haare. Unter der Zeichnung steht: APPLY HERE.

Tahl blickt fragend drein. »Was zum Teufel soll das sein?«

»Ein unicorn cock. Wortspiel. Verstehst du?« Lennon lächelt strahlend. »Und ›Bewerbungen bitte hier‹ oder ›Bitte hier anwenden‹?« Sie zwinkert.

»Ich weiß nicht mal, was das ist«, sagt Tahlia.

»Das ist der Einhornschwanz, der dich für immer verdirbt, danach willst du keinen anderen mehr. Oder, Whit?« Sie bedeutet mir mit Blicken, dass jetzt der perfekte Zeitpunkt wäre, mein Geheimnis zu offenbaren. Ist sie verrückt? Ach ja, darauf kenne ich die Antwort ja schon.

»Ja, ist wohl so.« Ich schnappe mir auch ein Schnapsglas und kippe es in einem Zug. Der Geschmack erinnert mich an den Abend, als ich Cole kennengelernt habe, und jetzt fühle ich mich nur noch schuldiger, weil ich es Tahlia nicht erzählt habe.

»Oh«, sagt Tahl. »Das kann ich nicht wissen.« Sie schaut auf ihre Hände auf dem Tisch.

Lennon und ich tauschen besorgte Blicke, dann wenden wir uns unserer Freundin zu.

»Ist alles okay, Tahl?«, frage ich.

»Ja, du wirkst in letzter Zeit nicht direkt wie die glückliche Braut«, fügt Lennon hinzu.

Tahlia greift nach einem der Gläser und nippt daran. »Ich weiß nicht. Ich meine, ja, alles ist gut, es ist nur … Ich habe so viel Druck bei der Arbeit. Und für die Hochzeit müssen tausend Entscheidungen getroffen werden. Ich dachte, Chase würde aktiver mitmachen, aber jetzt bleibt alles an mir hängen. Meine Mutter … na ja, ihr kennt ja meine Mutter. Sie macht sich Sorgen, dass ich sie in Verlegenheit bringe, indem ich nicht das richtige Essen bestelle, den richtigen Kuchen oder die richtigen Einladungen. Und die Hochzeitsplanerin, die sie eingestellt hat, treibt mich noch in den Wahnsinn. Das alte Weib würde selbst dann keinen Stil erkennen, wenn du ihn ihr über die Rübe ziehen würdest. Ich meine, wer schlägt schon Pfirsich als Akzentfarbe für eine Hochzeit vor? Wir haben nicht 1986! Ich habe keine Ahnung, woher sie ihren guten Ruf hat. Es ist einfach viel los in letzter Zeit. Ich bin mir nicht so sicher, ob es mir bessergehen wird, wenn diese ganzen Entscheidungen endlich getroffen sind. Es ist einfach nicht, wie ich mir meine Hochzeitsplanung vorgestellt hatte.« Sie holt tief Luft und lehnt sich zurück, es scheint ihr gutzutun, ihren Frust abzulassen.

Lennon und ich schweigen eine Weile. Ich glaube, wir sind beide schockiert. Ich habe Tahlia nie so viel auf einmal sprechen hören.

»Vielleicht solltet ihr die Hochzeit verschieben«, schlage ich vor. »Damit ihr mehr Zeit für alles habt.«

Tahl lacht bitter auf. »Soll das ein Scherz sein? Jeder weiß, dass die Hochzeit dieses Frühjahr stattfinden soll. Meine Mutter würde das nie zulassen. Die Leute würden glauben, Chase und ich hätten Probleme.«

Ich werfe einen vielsagenden Blick zu Lennon hinüber, sie soll aussprechen, was wir beide denken. Sie versteht den Wink.

»*Habt* ihr Probleme?«

Tahlia hebt abrupt den Kopf und schaut sie mit schmalen Augen an.

Lennon hebt beschwichtigend die Hände. »Ich will nicht andeuten, es sei so! Ich frage nur, weil du in letzter Zeit so gestresst wirkst und den verträumten Blick verloren hast, den du sonst immer hattest, wenn du von Chase geredet hast.«

»Ich weiß nicht, was du meinst«, erwidert Tahl und hebt ihr Glas an, um noch einen Schluck zu trinken.

»Bitte. Wenn ich einen Cartoon von dir auf mein Shirt drucken lassen würde, dann wäre es ein schmales blondes Ding mit Herzen in den Augen und mit den Händen auf die Brust gepresst.«

Tahl lässt ein bisschen die Schultern hängen, bevor sie sich zurücklehnt und die Arme verschränkt.

»Du weißt, dass du mit uns reden kannst«, sage ich; jetzt mache ich mir ernsthafte Sorgen, dass Lennon einen Nerv getroffen hat.

»Zwischen uns ist alles gut. Wenn wir uns sehen. Was in letzter Zeit nicht oft vorkommt. Er ist meistens mit dem Familienbetrieb beschäftigt, und wenn nicht, dann bin ich es. Oder ich versuche, mit ihm gemeinsam Entscheidungen wegen der Hochzeit zu treffen, was ihn aber nicht besonders zu interessieren scheint. Aber das ist vermutlich normal, oder?« Sie schaut hoffnungsvoll zwischen Lennon und mir hin und her. »Ich meine, welcher Typ will wirklich bei der Farbwahl mitentscheiden oder bei der Frage, welches Format die Einladungen haben sollen?«

»Meiner Erfahrung nach nur die schwulen«, sagt Lennon.

Ein leichtes Lächeln umspielt Tahlias Lippen.

»Ihr zwei steht gerade nur sehr unter Druck. Ihr habt so viel um die Ohren. Ich bin mir sicher, wenn das vorbei ist, seid ihr wieder ganz ihr selbst.« Ich drücke ihre Hand.

»Ja, du hast recht. Heiraten ist bei allen stressig, aber mit den zwei Familien, aus denen wir kommen, ist es noch schlimmer. Wir müssen nur diese Planungsphase überstehen, dann ist alles gut.«

»Schön, dass wir das lösen konnten«, sagt Lennon, dann kippt sie ohne mit der Wimper zu zucken einen Shot. »Und jetzt wüsste ich zu gern, was ihr von meinem Tickled Pink haltet!«

Tahlia und ich tauschen Blicke.

Ich weiß nicht recht, was ich sagen soll, denn ich habe den

Vibrator nicht ausprobiert. Ich bekomme das Bild von Sparky mit dem Ding im Maul nicht aus dem Kopf. Diese Vorstellung ist der Erregung nicht gerade förderlich, aber ich kann vor Tahl nicht über das ganze Fiasko sprechen.

»Ihr habt sie doch ausprobiert, oder?« Lennon drückt die flachen Hände vor sich auf den Tisch.

»Ich noch nicht. Tut mir leid.« Ich verziehe das Gesicht, als sie in gespielter Enttäuschung den Kopf schüttelt. Es ist schwierig, sich an einem Vibrator mit Bissspuren von Hundezähnen aufzugeilen.

»Was ist mit dir, Tahl?« Lennon verschränkt die Arme vor der Brust.

»Ich bin viel herumgereist, und da werde ich bestimmt nicht so ein Ding mitnehmen. Was, wenn am Flughafen mein Gepäck durchsucht wird?«

Ich kichere, denn Tahlia sieht bei der Vorstellung ganz aufgelöst aus.

»Wie soll ich mein Design verbessern und mir mehr Investoren sichern, wenn ich den Leuten nicht erzählen kann, dass es sich bewährt hat?«

»Ich verspreche, ich probiere ihn diese Woche noch aus, okay?«, sagt Tahl.

Ich nicke zustimmend. Ich werde Lennon heimlich anrufen müssen, um ihr vom Schicksal des pinken Sexspielzeugs zu erzählen, das sie mir geschenkt hat.

»Ich möchte, dass ihr mir beide berichtet.« Sie hebt die Hand, um den Barmann auf sich aufmerksam zu machen. Als er zu uns herüberschaut, hebt sie das leere Schnapsglas in die Luft und winkt damit. Als guter Barmann versteht er das nonverbale Signal und zwinkert ihr zu, bevor er ein paar leere Schnapsgläser aus dem Regal hinter sich nimmt.

»Hast du an dem Abend eigentlich mit ihm geschlafen?«, frage ich.

»Was für ein Abend?«, fragt Tahlia.

»Als du unterwegs warst, waren wir hier was trinken und Lennon war wild entschlossen, den Barmann mit nach Hause zu nehmen.«

Tahl nickt ungerührt, denn das ist bei unserer Freundin keine Seltenheit.

»Natürlich habe ich das.« Lennon nimmt einen Schluck von ihrem Cocktail und stellt ihn wieder hin. »Dann habe ich ihm das großartige Tattoo verpasst, das ihr auf seinem Unterarm seht.«

Wir werfen beide einen Blick hinüber und entdecken das fragliche Tattoo, als er flüssiges Feuer in ein Schnapsglas gießt.

»Hübsch«, sage ich. Nicht weil wir Freundinnen sind, sondern weil Lennon großartig ist in dem, was sie tut.

»Und wie war's?«, fragt Tahlia.

Lennon zuckt mit den Schultern. »Nicht schlecht. Acht von zehn. Eine Wiederholung wert.«

»Ich schätze mal, dann werden wir beide allein dafür sorgen müssen, dass wir gut nach Hause kommen«, sage ich zu Tahlia. »Klingt, als wäre Lennon später beschäftigt.«

»Auf die Hoffnung.« Lennon hebt ihr Glas und wir schließen uns ihr an. »Mögen wir bekommen, was wir wollen. Mögen wir bekommen, was wir brauchen. Aber mögen wir niemals bekommen, was wir verdienen.«

Lachend stoßen wir an.

Es ist schön, zu dritt Zeit zu verbringen. Auch wenn die Schuldgefühle an mir nagen, weil ich einer meiner besten Freundinnen etwas verschweige.

Nachdem wir alle einen Schluck von unseren Cocktails getrunken haben und sie absetzen, steht Tahl auf. »Ich muss mal.«

Sie ist kaum außer Hörweite, als sich Lennon auf mich stürzt. »Willst du ihr das mit Cole noch erzählen?«

Mein Blick schießt kurz zu dem Durchgang, in dem Tahlia gerade verschwindet, um sicherzugehen, dass sie nicht zurückkommt. »Ich weiß nicht recht, ob ich das machen kann. Du hast sie doch vorhin gehört. Und den ganzen Tag gesehen. Ich glaube, sie steht kurz vor dem Nervenzusammenbruch. Was meinst du?«

Lennon fährt sich mit den Händen durch die kinnlangen schwarzen Haare und schüttelt sie ein bisschen auf. »Ich finde es schrecklich, dass wir etwas wissen, was sie nicht weiß, aber bei ihrem momentanen Zustand weiß ich ehrlich nicht, wie sie reagieren würde.«

Ich trinke einen großen Schluck. »Ich will nicht schuld sein, wenn ich ihr die Zeit versaue, die doch eigentlich zu den glücklichsten in ihrem Leben zählen sollte.«

»Sieht sowieso nicht so aus, als wäre das der Fall.«

»Ich weiß. Darauf will ich hinaus. Ich mache mir Sorgen um sie.« Ich beiße mir auf die Unterlippe.

Lennon blickt konzentriert auf das Glas, das sie zwischen den Händen dreht, bevor sie antwortet: »Ich auch.«

»Ich glaube, ich sollte warten. Sie hat sehr feste Ansichten über Cole. Es würde mich überraschen, wenn sie sich über die Neuigkeit freuen würde.«

»Also gut. Aber du kannst nicht zu lange warten. Früher oder später kommt es heraus, und es ist tausendmal schlimmer, wenn sie es von jemand anderem erfährt als von dir.«

Ich nicke, ich weiß, sie hat recht, aber es ist trotzdem eine Scheißsituation.

Kapitel 28

Ich liege in Coles Bettzeug gewickelt und mit einem Bein über seinem, die Vorderseite an ihn gedrückt, während wir faul *Game of Thrones* schauen. So etwas machen wir oft nach dem Sex.

Fast, als wollten wir den Schauplatz des Verbrechens – oder in diesem Fall des Orgasmus – nicht verlassen. Na ja, der Orgasmen, Plural.

»Wie geht es dir wegen deinem großen Meeting?«, frage ich.

»Gut«, antwortet er und bewegt sich unter mir.

Wir haben die Tage bis zu Coles Treffen mit dem landesweiten Großhändler heruntergezählt, und je näher es rückt, desto nervöser scheint er zu werden, wenn ich davon anfange.

»Glaubst du, du bist bereit?«

Seine Fingerspitzen streichen ein paarmal meinen Oberarm auf und ab. »So gut ich kann. Ich habe alle Zahlen und Prognosen zusammen. Wir haben einen Plan entworfen, wie wir genug produzieren können, falls wir erfolgreich sind und Bars und Restaurants im ganzen Land beliefern müssen.«

»Na ja, ich für meinen Teil glaube, du wirst dein Meeting bravourös meistern.« Ich drehe den Kopf und drücke ihm einen Kuss auf die Brust, um ihm viel Glück zu wünschen. Ich glaube nicht, dass es das schon gibt – eine nackte Brust küssen, um das Glück zu beschwören –, aber ich finde, das sollte es geben. Ich ergreife jede Gelegenheit, um mit den Lippen an diesen Mann herankommen zu dürfen.

»Danke. Ich hoffe, du hast recht.«

»Natürlich habe ich recht. Ich habe immer recht.«

»Ach ja?« Er lacht, und der tiefe, volle Klang hallt durch seine Brust in mein Ohr. Ich lächle.

Coles Hand gleitet an meinem Arm herab auf meine Hüfte und taucht dann zwischen meine Beine. Ich atme scharf ein, als seine Finger auf meiner Klitoris hin- und hergleiten.

»Hmmm, schon so feucht und bereit für mich.«

Wann bin ich das nicht? Ich schwöre, ich bin ununterbrochen feucht und bereit für diesen Mann.

Ich spreize die Beine noch ein bisschen mehr, damit er besser herankommt und schließe die Augen. Er gleitet mit den Fingern auf und ab, auf und ab, bis einer von ihnen eindringt. Mir stockt kurz der Atem und ich bewege die Hüften, damit er weitermacht.

Das Vibrieren seines Telefons unterbricht meine glücklichen Gedanken, und Cole seufzt und zieht die Hand weg.

»Fortsetzung folgt«, sagt er, gibt mir einen Kuss auf den Scheitel und rollt sich herum, um aufzustehen. Ich schaue ihm nach, als er zur Kommode geht, auf der sein Telefon liegt, fasziniert davon, wie sich die Muskeln an seinem perfekten Hintern zusammenziehen, wenn er geht.

Er hebt sein Telefon an und schaut aufs Display, dann bildet sich eine steile Falte zwischen seinen Augenbrauen. Er tippt aufs Display, um den Anruf anzunehmen.

»Hi Steph. Was liegt an?«

Ich weiß, Steph ist die Blonde, die für ihn im Thirsty Monk arbeitet. Die eine Frau, die bei mir, wenn es um Cole geht, immer diese Raubtier-Vibes auslöst.

Er hört ihr kurz zu, bevor er antwortet. »Ganz ruhig. Ich bin mir sicher, es ist gar nichts. Du schon? Aha. Okay. Bleib ruhig und warte ab. Keine Sorge. Nein, ist schon okay. Ich hatte sowieso nichts vor.«

Sein Blick schießt zu mir herüber, und ich verberge den

stechenden Schmerz, der sich wegen dieser Bemerkung in meiner Brust ausbreitet. Sie ist offensichtlich wegen irgendetwas aufgebracht – vielleicht will er ihr nur nicht auch noch ein schlechtes Gewissen machen.

»Yep. Ich bin da, so schnell ich kann.« Er beendet das Gespräch und atmet lange aus, bevor er sich zu mir auf die Bettkante setzt. »Ich muss weg.«

»Ja, so viel habe ich mitbekommen. Probleme in der Bar?« Vielleicht frage ich aus Höflichkeit, denn das scheint mir die naheliegende Frage zu sein, aber tief in mir weiß ich, dass ich frage, weil ich unsicher bin. Was mir komplett gegen den Strich geht.

»Nicht direkt.«

Okay. Ich will ehrlich sein. Diese Antwort weckt nicht besonders viel Vertrauen in mir.

»Es dürfte nicht so lange dauern. Wie wäre es, wenn du solange hierbleibst und ich mache uns was zum Abendessen, wenn ich wiederkomme?«

»Macht es dir nichts aus, wenn ich allein in deiner Wohnung bin?«

»Natürlich nicht.«

Das lindert meine innere Unruhe ein wenig.

Er beugt sich vor und gibt mir einen züchtigen Kuss auf den Mund, dann steht er auf, um sich anzuziehen.

»Ich muss sowieso kurz online gehen und die Stellenangebote anschauen. Dann mache ich das, während du weg bist.«

Er nickt, als er die Jeans zu den Hüften hochzieht. Irgendwie sieht er jetzt besorgt aus. Bis er ganz angezogen ist und zu mir herüberkommt, vergehen noch ein paar Minuten.

»Ich bin so schnell wieder da, du wirst gar nicht merken, dass ich weg war.« Wir küssen uns, und kurz darauf höre ich, wie sich die Wohnungstür schließt. Plötzlich sitze ich allein mitten auf seinem großen Bett und fühle nichts von der üblichen Wärme in mir.

***

Stunden später habe ich alle Online-Jobseiten durchsucht, die es gibt, mich auf ein paar Stellen beworben, für die ich überqualifiziert bin, und schaue Sonntagnachmittagsfernsehen auf dem Sofa im Wohnzimmer. Was im Klartext heißt, ich schaue meine dritte Folge *Storage Wars*. Ich habe ganz kurz auf diesen Sender geschaltet, nur um zu schauen, was läuft, und irgendwie blinzle ich und es ist drei Folgen später.

Als ich etwas höre, schalte ich den Fernseher lautlos. Es klingt wie ein vibrierendes Telefon, also eile ich in Coles Schlafzimmer, denn ich denke, es wäre meins. Dort merke ich, dass es Coles ist, das da auf der Kommode klingelt. Er muss es vergessen haben, als er so eilig gegangen ist. Ich nehme es nicht hoch, aber ich gehe hin und sehe den Namen Nadia auf dem Bildschirm aufblitzen. Irgendwie ist der Anblick des Namens einer anderen Frau auf dem Telefon meines … Scheiße, ich weiß nicht einmal, wie ich ihn nennen soll – mein Freund, mein Fickbuddy, mein Kumpel mit Extras? Was auch immer er ist, der Name einer anderen Frau auf seinem Display lässt ein Feuer in meinen Eingeweiden lodern.

Ich kenne den Namen nicht und ja, sie könnte eine seiner Angestellten sein, die ich nie kennengelernt habe, aber irgendetwas fühlt sich komisch an. Zuerst wird Cole mitten am Tag von Steph weggerufen, aus einem Grund, den er mir nicht so wirklich nennen wollte, und jetzt taucht eine andere Frau, von der ich noch nie gehört habe, auf seinem Telefon auf.

Das Vibrieren hört auf und eine Weile später erscheint eine Nachricht auf dem Bildschirm, was heißt, sie hat auf die Mailbox gesprochen.

Bevor ich mir überlegen kann, wie ich damit umgehen will, höre ich die Wohnungstür aufgehen und Coles schwere Schritte.

»Whit? Bist du noch da?«

Ich komme mit einem wie ich hoffe echt aussehenden Lächeln aus dem Schlafzimmer. »Hier bin ich.«

»Tut mir leid, dass es so lange gedauert hat.« Seine unbeschwerte Stimmung von vorhin ist weg und er wirkt angespannt und reizbar. Er hat Falten zwischen den Augenbrauen und das Strahlen seiner Augen ist ein klein wenig gedämpft.

»Alles okay?«

»Ja.« Er zieht mich zu sich und legt die Arme um mich.

Ich lehne mich an ihn und genieße den Takt seines Herzens, das weiche Gefühl seines Hemdes an meiner Wange. »Vielleicht sollte ich gehen. Du hast morgen früh dein großes Meeting. Ich will dir nicht im Weg sein.«

Er löst sich von mir und schaut auf mich herunter. »Nein. Ich möchte, dass du bleibst. Bitte?«

Ich mustere ihn kurz. Irgendetwas ist passiert, während er weg war. Keine Ahnung, was. Aber das ist nicht derselbe Mann, der vor sechs Stunden gegangen ist. »Bist du sicher?«

Er nickt und streicht mir eine Haarsträhne hinters Ohr. »Ganz sicher.«

»Okay«, flüstere ich beinahe.

Ich beschließe, ihn nicht zu drängen und würde gern behaupten, es läge daran, dass ich überzeugt bin, dass er es mir sagen wird, wenn er so weit ist, aber in Wahrheit will es ein Teil von mir einfach nicht wissen.

Wir haben hier etwas Gutes am Laufen, und ich will es nicht verderben. Das klingt doch logisch, oder?

***

Das Geräusch eines vibrierenden Telefons auf dem Nachttisch neben mir weckt mich. Zuerst stöhne ich und drehe mich um, genieße den Halbschlaf zu sehr, um vollends aufzuwachen.

Aber es fängt fast sofort wieder an zu vibrieren. Diesmal öffne ich die Augen, zumindest so weit es geht. Das Zimmer ist von sanftem Morgenlicht erfüllt. Offensichtlich ist es noch früh, wahrscheinlich kurz vor Sonnenaufgang.

Wer zum Henker ruft um diese Zeit an?

Ich strecke die Hand nach dem Telefon aus und neige den Bildschirm in meine Richtung. Es dauert einen Moment, bis meine Augen scharfgestellt haben. Der Anblick der Kontaktinfo meiner Großeltern durchfährt mich wie ein Angstspeer. Sofort geht mein Puls schneller, ich sitze aufrecht im Bett und wische mit dem Finger, um ranzugehen.

»Hallo?« Obwohl sich mein Kopf jetzt hellwach anfühlt, ist meine Stimme noch nicht hinterhergekommen und klingt kratzig.

»Whitney? O, mein Schätzchen.« Die Stimme meiner Grandma klingt ängstlich und panisch, und mir dämmert auf diese seltsame Art, wie das in Krisensituationen gerne mal passiert, dass ich sie nie so ängstlich gehört habe, auch nicht, als Sparky den Zeugen Jehovas, der an unserer Tür geklopft hatte, die Straße entlangjagte.

»Grandma, was ist los?«

»Ich fahre gleich ins Krankenhaus. Ich musste einen Krankenwagen rufen.« Sie bricht in Schluchzen aus und ich stelle mir vor, wie sie allein mitten in der Küche steht und das Telefon umklammert.

»Ist alles okay?«

»Ich weiß nicht. Ich weiß nicht. Dein Grandpa muss mitten in der Nacht aufgestanden sein. Ich habe ihn bewusstlos im Flur gefunden und er blutete am Kopf.«

Meine Hand fliegt an meinen Mund, während ich zuhöre, und die Tränen drohen überzufließen.

»Wartest du immer noch auf den Krankenwagen?«, frage ich, als ich die Hand wieder weggenommen habe.

»Sie laden ihn gerade in den Krankenwagen, dann fahren wir in die Notaufnahme.«

»Ich komme, Grandma. Bleib ganz ruhig. Ich bin bald da.«

»Gut, Liebes. Gut.«

Ich trenne die Verbindung und springe aus dem Bett auf.

»Hey«, höre ich Coles kratzige Stimme hinter mir, während ich überlege, wo meine Kleider sind. »Was ist los?«

»Mein Grandpa wurde vom Notarzt abgeholt. Ich weiß nicht viel mehr, aber ich muss dorthin.«

Ich ziehe meine Unterhose hoch und drehe mich zu ihm um. Er ist schon aus dem Bett und geht zur Kommode. »Ich fahre dich hin.«

»Nein, nein, du musst nicht mitkommen. Bleib du hier. Ich kann ein Taxi nehmen oder so.« Ich beuge mich hinunter, hebe meine Jeans vom Boden auf und schüttle sie aus, damit ich hineinsteigen kann.

»Whit, ich lasse dich kein Taxi nehmen. Keine Widerrede.«

Ich spare mir die Mühe, mich zu beschweren, denn in Wahrheit bin ich froh, dass er mich hinfährt. Das geht schneller und ihn in meiner Nähe zu haben fühlt sich beruhigend an – und das kann ich gerade wirklich brauchen. Alle möglichen Szenarien gehen mir durch den Kopf. Es ist erstaunlich, dass das Gehirn nur den Bruchteil einer Sekunde braucht, um sich eine Million schreckliche Möglichkeiten auszudenken, und trotzdem können wir immer wieder an die guten Dinge glauben.

Als wir beide angezogen sind und ich es geschafft habe, meinen dunklen Bob zum kleinsten Pferdeschwanz der Welt zusammenzubinden, rennen wir aus Coles Wohnung, finden seinen Jeep und rasen los.

Kapitel 29

Wir fahren schweigend ins Krankenhaus, aber ich kann nicht stillsitzen. Irgendwann legt mir Cole die Hand auf den Oberschenkel und drückt zu, ein Zeichen der Unterstützung, das mich ein klein wenig ruhiger macht.

Alles zieht wie in einem Nebel an mir vorbei, aber wir parken den Wagen, und als ich durch die Eingangstür in die Notaufnahme stürme, entdecke ich sofort meine Grandma auf einem dieser unbequem aussehenden Stühle im Wartezimmer, die Arme um sich geschlungen.

Ich werde langsamer und gehe zu ihr hinüber, während der sterile Krankenhausgeruch in meinem Gehirn ankommt.

»Grandma.« Meine Stimme bricht.

Sie hebt den Kopf und schaut mich an, dann steht sie auf. Auf ihren Wangen sind nasse Flecken zu erkennen. Wir umarmen uns und ich merke, dass sie versucht, mich mit aller Kraft zu drücken, aber ihr zerbrechlicher Körper hat einfach nicht mehr dieselbe Stärke wie früher.

Wir lösen uns voneinander, aber ich behalte die Hände auf ihren Schultern. »Hast du etwas von den Ärzten gehört?«

Sie schüttelt den Kopf. »Nein. Nein. Das Einzige, was ich bisher weiß, ist, dass sie noch ein paar Tests machen.«

»Was ist passiert?«

»Ich habe keine Ahnung. Deinem Grandpa ging es gestern nicht so gut, aber es wirkte nicht, als wäre es etwas Ernstes.«

Ich drücke ihre Hand. »Es geht im sicher bald besser«, sage ich und hoffe, dass es die Wahrheit ist.

Eine einzelne Träne rinnt über ihre runzlige Wange und sie wischt sie weg. »Ich hoffe es. Ich weiß nicht, was ich ohne diesen großen Tölpel machen würde.« Sie lächelt traurig, dann geht ihr Blick über meine Schulter. »Oh, hallo Cole. Ich habe Sie gar nicht gesehen.«

»Hi, Mrs Knight. Tut mir leid, dass wir uns unter solchen Umständen wiedersehen.«

»Hören Sie mir auf mit Mrs Knight. Nennen Sie mich bitte Edna.«

Er schiebt die Hände in die Hosentaschen und nickt. »Kann ich den Damen etwas zu trinken bringen? Ich gehe in die Cafeteria hinunter und besorge mir Koffein.«

»Ein Kaffee wäre toll«, sage ich.

»Ich brauche nichts, danke«, sagt meine Grandma.

Er nickt. »Okay. Ich lasse euch ein bisschen Privatsphäre und bin gleich wieder da.« Er beugt sich vor und küsst mich auf die Stirn. Dankbar, dass er da ist, schließe ich kurz die Augen.

»Sieht so aus, als würdet ihr beide gut miteinander auskommen«, sagt meine Grandma, während sie sich wieder hinsetzt.

Ich setze mich neben sie und nehme wieder ihre Hand. »Das ist jetzt nicht so wichtig. Hat dich jemand informiert, wie lang es dauern wird, bis sie dir mehr sagen können?«

Sie tätschelt meine Hand und schüttelt den Kopf. »Sie meinten nur, sie wollten noch ein paar Tests machen, um herauszufinden, warum er ohnmächtig geworden ist. Sie machten sich Sorgen wegen des Sturzes und ob er so hart mit dem Kopf aufgeschlagen ist, dass er womöglich eine Gehirnerschütterung oder etwas noch Ernsteres hat.« Sie presst die Lippen zusammen, und ich habe das Gefühl, sie versucht, nicht zu weinen.

»Er wird schon wieder, Grandma.« Ich drücke ihre Hand. »Er ist hart im Nehmen.«

»Das hoffe ich sehr, Schätzchen. Ich hoffe es sehr.«

Diesmal bricht sie doch in Tränen aus und ich nehme sie in den Arm und wiege sie, versuche, sie zu trösten, wie sie es mit mir getan hat, als ich noch ein Kind war.

***

Als Cole zurückkommt, tigere ich ruhelos vor meiner Grandma hin und her. Es fühlt sich an, als warteten wir schon seit Ewigkeiten, ohne irgendein Wort zu hören, und ich habe es keine Sekunde mehr auf diesem Stuhl ausgehalten.

»Hier, bitte.« Er reicht mir einen Becher dampfenden Kaffee. »Edna, ich habe eine Flasche Wasser für Sie geholt. Ich weiß, Sie wollten nichts, aber ich dachte mir, Sie würden es sich vielleicht anders überlegen.« Er geht zu ihr und ich sehe, dass sie von der kleinen Geste gerührt ist.

»Danke. Das ist sehr aufmerksam von Ihnen.« Sie tätschelt ihm die Wange, und mein Herz schmilzt noch ein bisschen mehr.

Ich trinke meinen Kaffee und genieße es, wie die heiße Flüssigkeit brennt, als sie durch meine Kehle rinnt. Es ist eine Ablenkung. Aber es dauert nicht lange, bis mir wieder in den Sinn kommt, was alles auf dem Spiel steht.

»Wie hast du ihn gefunden?«, frage ich meine Grandma.

»Sparky. Das kleine Ding stand am Fußende und wollte nicht aufhören zu bellen, also bin ich irgendwann doch aufgestanden, weil ich dachte, er will vielleicht hinaus, weil er mal muss.«

»Gott sei Dank hat er dich geweckt.« Ich habe diesen kleinen Köter nie mehr geliebt als jetzt gerade. Dieses Fellknäuel hat vielleicht meinem Grandpa das Leben gerettet.

Meine Grandma nickt, aber ihr Gesichtsausdruck wechselt zu Entsetzen.

»Was ist los?«

»Ich habe Sparky ganz vergessen! Er ist bei uns zu Hause und wurde weder gefüttert noch rausgelassen, um sein Geschäft zu machen!« Sie hebt die zitternde Hand zur Brust.

»Ich kümmere mich darum«, bietet Cole an. Wir drehen uns beide zu ihm um. »Das heißt, wenn es Ihnen nicht unangenehm ist, dass ich in Ihr Haus gehe, während Sie nicht da sind.«

»Ist das auch wirklich nicht zu viel Mühe?«, fragt meine Grandma.

Er schüttelt den Kopf. »Überhaupt nicht. Ich könnte ihn auch ein paar Tage nehmen, bis Sie wissen, womit Sie es zu tun haben. Dann haben Sie einen Grund weniger zur Sorge.«

»Ach, Sie sind ein Engel. Danke.« Sie winkt ihn zu sich her, und als er in ihre Nähe kommt, steht sie auf und umarmt ihn. »Vielen, vielen Dank.«

»Edna, ich freue mich, wenn ich helfen kann. Sie haben hier genug zu tun.«

Ich lächle traurig. Seine Geste rührt mich so, aber es ist schrecklich, dass wir hier sind und dass die Geste überhaupt nötig ist.

»Ich gebe dir meinen Schlüssel.« Ich gehe zu dem Stuhl, auf dem ich meine Handtasche abgestellt habe, und wühle sie durch, bis ich meinen Schlüsselbund finde. Als ich den Haustürschlüssel von dem Ding abgepult habe, drehe ich mich um und lege ihn Cole in die Hand. »Ich bringe dich noch raus«, sage ich. »Grandma, ich bin gleich wieder da.«

Sie nickt gedankenversunken.

Cole schiebt den Schlüssel in die vordere Hosentasche und ergreift meine Hand. Als wir draußen bei seinem Jeep ankommen, nimmt er mich schützend in den Arm. »Versuch, dir nicht zu große Sorgen um deinen Grandpa zu machen. Ich bin mir sicher, ihm geht es bald wieder gut.« Er küsst mich auf den Scheitel, und so dumm das ist, durch seine Beschwichtigung geht es mir wirklich ein bisschen besser.

»Ich hoffe, du hast recht.«

»Habe ich.« Er klingt so überzeugt. Ich wünschte, ich hätte dieses Vertrauen.

»Vielen Dank, dass du dich um Sparky kümmerst. Dann müssen wir uns um eine Sache weniger …« Ich unterbreche mich abrupt, als mir wieder einfällt, was für ein Tag heute ist, und ich schlage die Hände vor den Mund. »O mein Gott! Heute Morgen sollte dein wichtiges Meeting sein!«

Er nimmt meine Hände und zieht sie von meinem Mund. »Ich habe mich schon darum gekümmert. Mach dir keine Sorgen.«

Mir dreht sich der Magen um. »Was soll das heißen?«

»Entspann dich.« Er legt mir beide Hände auf die Schultern. »Ich habe einen Anruf getätigt und das Treffen verschoben. Wir treffen uns nächsten Monat.«

»Ich fühle mich schrecklich! Ich habe deine große Chance versaut!« Ich lasse die Schultern hängen, und er hat es wohl gespürt, denn er drückt sie beide, dann beugt er sich herab, damit wir auf Augenhöhe sind.

»Du hast überhaupt nichts versaut.«

»Wie kannst du das sagen? Das war deine große Chance!«

»Es wird auch in Zukunft noch Chancen geben. Jetzt mach dir keine Sorgen um mich. Denk nur an deine Großeltern, okay? Deine Grandma braucht dich jetzt.«

Ich nicke, weil er recht hat. Ich muss jetzt stark sein, damit ich eine Stütze für sie bin, egal, was passieren wird.

»Okay.« Ich weiß nicht recht, was ich sagen soll – welche Wortkombination meine Dankbarkeit in diesem Moment angemessen ausdrücken kann. »Ich kann nicht fassen, dass du das gemacht hast, aber danke.«

»Sag das nicht ständig, ja? Du würdest dasselbe für mich tun.«

Er beugt sich vor und küsst mich, und ich klammere mich vorne an seinem Shirt fest, denn er hat recht. Die Tiefe meiner Gefühle für ihn ist beunruhigend, aber ich glaube nicht, dass ich damit allein bin. Warum würde er das sonst alles machen?

Als er die Umarmung löst, streicht er mir eine Haarsträhne aus dem Gesicht. »Ich sorge dafür, dass Sparky zu fressen bekommt und gehe mit ihm spazieren, dann bringe ich ihn zu mir. Und danach komme ich wieder her. Soll ich dir irgendetwas mitbringen?«

Ich schüttle den Kopf. »Nur dich.«

Er lächelt. »Versprochen. Jetzt geh dich um deine Grandma kümmern.«

Ich drehe mich um und will mich auf den Weg machen, dann überlege ich es mir anders und schaue ihm nach, wie er wegfährt. Ich lächle vor mich hin, obwohl es im Moment nicht viel zu lächeln gibt.

***

Eine Stunde später kommt die Ärztin heraus und sagt uns, mein Grandpa habe eine atypische Lungenentzündung und dass er wahrscheinlich durch das Fieber das Bewusstsein verloren habe. Er hat eine Gehirnerschütterung erlitten und sie wollen ihn über Nacht im Krankenhaus behalten, aber sie glauben nicht, dass es Grund zur Sorge wegen bleibender Schäden gibt.

Ich ziehe mein Telefon heraus, um Cole zu schreiben, während ich mir mit meiner Grandma den Weg durch das Labyrinth der Krankenhausflure zum Zimmer meines Grandpas suche. Coles hat mir ein paarmal geschrieben und gefragt, wo er Sparkys Leine und Futter findet. Ich musste unwillkürlich lachen, als er mir ein Foto von Sparky schickte, der versuchte, sein Bein zu bespringen, sobald er zur Tür hereinkam.

Als wir das Zimmer erreichen, bin ich mit meinem Text fertig und stecke das Telefon in die Handtasche. Meine Grandma geht voraus und ich folge ihr hinein und sehe meinen Grandpa mit einem dicken Verband um den Kopf im Bett sitzen. Anscheinend musste er mit einigen Stichen genäht werden. Er hat die Augen geschlossen und ist ein bisschen grau im Gesicht, aber davon abgesehen sieht er ganz okay aus.

»Er schläft anscheinend«, sagt meine Grandma zu mir.

Nicht lange. Mein Grandpa öffnet flatternd die Augenlider und schenkt ihr ein schwaches Lächeln. »Edna, du bist da.«

Meine Grandma verschwendet keine Zeit und zieht sich einen der Stühle im Raum zu seinem Bett hinüber. Ich tue es ihr gleich und setze mich auf die andere Seite, während sich die beiden umarmen.

»Du hast uns fast zu Tode erschreckt«, schelte ich ihn gespielt.

Mein Grandpa tätschelt mir die Hand. Er setzt ein tapferes Gesicht auf, aber ich kann erkennen, dass er schwach ist.

»Nichts, was ein bisschen Medizin nicht heilen könnte.«

»Wie geht es dir?«, fragt meine Grandma.

»Macht ihr beiden reizenden Damen euch mal keine Sorgen um mich. In mir ist noch sehr viel Leben.«

»Jetzt mal ernsthaft, Grandpa. Wie fühlst du dich?« Ich starre ihn unverwandt an, um ihm klarzumachen, dass ich mich nicht zufriedengeben werde, solange ich keine klare Antwort bekomme.

»Mir ist ein bisschen schwummrig und von dem Sturz tut mir der Kopf weh. Durch das Fieber geht es mir ziemlich dreckig, aber das, was sie mir da geben, scheint ein bisschen dagegen zu helfen.«

Ich umfasse mit beiden Händen seine Hand. »Ich bin so erleichtert, dass es nichts Schlimmeres ist!«

»Ich auch«, schließt sich meine Grandma an. »Ich weiß nicht, was ich ohne dich tun würde, Lawrence.«

Er schüttelt ärgerlich den Kopf. »Hört endlich auf, ihr beiden! Mir geht es gut.«

»Dir geht es nicht gut! Du hättest sterben können, wenn du auf der Treppe ohnmächtig geworden wärst oder wenn du dort lange blutend gelegen hättest. Nächstes Mal, wenn du dich nicht wohlfühlst, Lawrence, schleife ich dich zum Arzt, darauf kannst du wetten!«

Mein Grandpa schüttelt nur den Kopf und verdreht die Augen; er weiß, dass er besser nicht mit meiner Grandma diskutieren sollte, wenn sie es ernst meint.

Mein Telefon summt in meiner Handtasche, also ziehe ich es heraus und sehe, dass Cole mit Sparky bei sich zu Hause angekommen ist. Er hat ein Foto von dem kleinen Kerl auf seinem Bett geschickt – auf der Seite, auf der ich normalerweise schlafe –, und darunter steht: *Sieht aus, als hätte es da jemand auf deinen Platz abgesehen.*

Ich lache kurz auf.

»Was ist so lustig, Schatz?«, fragt meine Grandma.

»Ach, nichts. Cole hat mir nur gesagt, dass er und Sparky bei ihm angekommen sind.«

»Den solltest du dir warmhalten«, sagt meine Grandma und zwinkert mir zu. Sie fuhrwerkt an den Laken des Krankenhausbettes herum, während mein Grandpa versucht, sie davon abzuhalten. »Was genau ist das eigentlich mit euch beiden?«

»Ich wünschte, ich wüsste es«, erwidere ich ehrlich.

Mein Grandpa gibt es auf, meine Grandma davon abhalten zu wollen, so ein Aufheben um ihn zu machen, lehnt den Kopf ans Kissen und schließt die Augen.

»Ihr werdet es schon noch herausfinden«, sagt sie. »Ich habe gesehen, wie er dich anschaut.«

Ich stecke das Telefon wieder in die Handtasche. »Wie denn?«

Ihr Blick geht zu meinem Grandpa und ein andächtiges Lächeln erscheint auf ihren Lippen. »So wie mich dein Grandpa angeschaut hat, als er sich verliebt hat.«

Mein Gesicht wird heiß. Ich weiß nicht recht, was ich sagen soll, denn ich will nicht, dass sie bemerkt, wie glücklich mich ihre Worte machen. Ich wage nicht zu hoffen, dass sie recht hat.

Kapitel 30

Ich war in der letzten Woche so damit beschäftigt, meinen Grandpa wieder aufzupäppeln und dafür zu sorgen, dass meine Grandma nicht übertreibt, dass ich Cole kaum gesehen habe.

Jetzt, wo er auf dem Weg der Besserung ist, drehen sich meine Gedanken wieder mehr um meine Jobsuche und um Cole. Heute Abend liegt mein Fokus aber ganz auf Cole, denn wer findet schon am Freitagabend einen Job?

Er hat geplant, mit seinem Bruder auszugehen, aber trotzdem … als Lennon anrief, um mich zu fragen, ob ich mich mit ihr und Tahlia treffen wolle, erfand ich eine Ausrede. Ich möchte auf Cole warten, wenn er heute Abend nach Hause kommt.

Er hat mir einen Schlüssel gegeben, damit ich in seine Wohnung kann, wenn wir dort verabredet sind, und ich denke, heute Abend ist genauso gut wie jeder andere, um ihn einzusetzen.

> Ich: Was glaubst du, wann du zu Hause sein wirst?
>
> Cole: Nicht zu spät. Wahrscheinlich ca. um Mitternacht …
>
> Ich: Macht es dir was aus, wenn ich bei dir auf dich warte? Ich habe eine Überraschung für dich.

Cole: Sag's mir! :-)

Ich: Auf keinen Fall. Du kannst es auspacken, wenn wir uns sehen. ;-)

In ein paar Tagen ist Halloween und ich habe ein nuttiges Teufelskostüm ausgesucht, um ihn zu überraschen. Ich will ihm dafür danken, dass er mir bei der Sache mit meinem Grandpa so geholfen hat. Sparky ist wieder zu Hause und das Leben wird langsam wieder normal. Ich kann mir keinen Wochenendtrip oder so etwas leisten, aber als ich gestern an einem Dessousgeschäft vorbeikam, als ich die Medikamente für meinen Grandpa abholte, hatte ich die Idee, dass Cole etwas anderes sowieso besser fände.

Mir würde es jedenfalls so gehen.

Als ich bei ihm ankomme, lasse ich mich mit dem Schlüssel selbst hinein. Es ist erst gegen elf, aber ich will sichergehen, dass ich rechtzeitig da bin und genug Zeit habe, mich umzuziehen und vorzubereiten.

Um halb zwölf trage ich rote halterlose Strümpfe, ein Bustier aus Spitze und Latex, den dazu passenden String und High Heels. Ein Haarband mit kleinen Teufelshörnern komplettiert das Ganze. Das leuchtende Rot hebt sich hübsch von meiner blassen Haut und den dunklen Haaren ab, wenn ich das so sagen darf.

Ich drapiere mich auf die Couch, im richtigen Winkel, um alle Vorzüge zu präsentieren, und warte.

Und warte.

Und warte.

Um ein Uhr ziehe ich schließlich mein Telefon heraus, um zu schauen, ob er mir geschrieben hat. Nichts.

Sollte ich mich fragen, wo er ist? Er macht einen Männerabend mit seinem Bruder und wem auch immer sonst noch. Ich bin mir sicher, sie amüsieren sich einfach nur gut, und vielleicht hat er die Zeit vergessen. Ich beschließe, ihm einen Text zu schicken, der nicht fordernd ist, aber vielleicht als freundliche Erinnerung dient, dass ich immer noch hier bin und warte.

Ich: Kann es nicht erwarten, dass du deine Überraschung auspackst! ;-)

Es ist kurz vor zwei Uhr nachts, als ich eindöse und er immer noch nicht wieder da ist oder auch nur meine Nachricht gelesen hat.

***

Ich wache von einem großen Händepaar auf, das mir über den Hintern streicht und zwischen meine Schenkel taucht. Meine Wange ist an den Sofabezug gedrückt und ich brauche einen Moment, um meine Sinne zu sammeln, bis ich wieder weiß, wo ich bin.

»Mmm, ich mag meine Überraschung.« Coles Stimme heizt mein Blut augenblicklich auf und ich schüttle die letzten Schlafreste ab.

»Wieviel Uhr ist es?«, frage ich.

Entweder er ignoriert meine Frage, oder er hat sie nicht gehört. »Tut mir leid, ich wurde aufgehalten.« Er drückt meine beiden Arschbacken und stößt einen Laut aus, der eine Mischung aus Stöhnen und Knurren ist. Als Antwort darauf werden meine Nippel hinter der roten Spitze hart.

Ich liege immer noch auf dem Bauch, während Coles Hände meinen Körper erkunden, und werfe einen raschen Blick zum Receiver hinüber, um zu sehen, dass es kurz nach fünf Uhr morgens ist.

»Ist alles okay?«, frage ich.

»Jetzt schon.« Er beugt sich vor und küsst meine Halsbeuge, und ich schließe die Augen und lasse den Kopf zur Seite fallen, damit er besser herankommt.

Ich kann den Alkohol an ihm riechen. Er und seine Freunde müssen einen guten Abend gehabt haben. Ohne Vorwarnung hebt Cole mich an der Taille hoch und schiebt mich nach vorn, bis ich über der Armlehne hänge, die Ellbogen auf dem Beistelltisch.

Ich jaule auf, doch dann bewege ich die Hüften hin und her, als er mit den Fingern den String über meine Beine und die Heels streift, bevor er mich mit den Händen spreizt. Jetzt kann er mich ganz sehen.

»Deine Muschi ist genauso hübsch wie der Rest von dir.«

Ich überlege kurz, warum er mir nicht gesagt hat, dass er so spät kommt und warum er mir nicht geantwortet hat. Ich spreche meine Bedenken aber nicht aus. Zum Teil, weil ich nicht ganz sicher bin, ob ich die Antwort wirklich wissen will und zum Teil, weil Coles Zunge in diesem Moment längs an meiner Muschi entlangfährt. Er taucht in meine Höhle ein. Wie soll ich dabei klar denken?

Dann hält er kurz inne. »Ich hoffe, du bist in der Stimmung für was Härteres, Schatz.«

Ich nicke meine Zustimmung; Worte kann ich gerade nicht bilden. Im Moment bin ich in der Stimmung für alles, egal, was er mir geben will. Sämtliche Nerven meines Körpers spielen Feuerwerk, wenn ich seine Zunge spüre.

Er konzentriert sich auf meine Klitoris, zieht und leckt, dann schiebt er zwei Finger in mich und spreizt sie, so dass er mich innerlich auf köstliche Weise dehnt. Ich drücke gegen seine Finger, ich bin kurz davor zu kommen.

Cole nimmt den Mund von mir und kniet sich hinter mich. Ich gehe davon aus, dass er mich vögeln will, aber stattdessen legt er eine Hand über meinen Hügel und fickt mich mit den Fingern der anderen rhythmisch und schnell. Ich bekomme keine Gelegenheit, wieder zu Atem zu kommen, und die Intensität erwischt mich unvorbereitet. Ich bin wie eine Dynamitstange, und das Streichholz ist ganz in der Nähe. Als er meiner Klitoris mit der Hand einen Klaps versetzt, bäume ich mich an seine Brust auf und schreie, während das Streichholz die Zündschnur entflammt und ich explodiere. Ich schwimme in einem Meer aus Ekstase und will nicht, dass mir jemand einen Rettungsring zuwirft, denn es fühlt sich viel zu gut an.

Er verlangsamt seine Bewegungen und begleitet mich von meinem Höhepunkt herab, um mich schließlich loszulassen. Das Sofakissen bewegt sich und ich weiß, er steht jetzt daneben.

»In was seid ihr Jungs heute Abend hineingeraten?« Ich keuche und setze mich auf die Hacken zurück, um ihn ansehen zu können. »Du bist ein wilder Mann.« Meine Bemerkung ist spielerisch gemeint, aber ich sehe sofort, dass ich eine empfindliche Stelle getroffen habe.

Sein Blick ist eindringlich wie nie und er ballt die Fäuste. Coles übliche ruhige Art ist verschwunden und jetzt tobt ein Sturm in ihm, ich habe nur keine Ahnung, warum.

»Was ist los?«, frage ich.

»Ich brauche dich. Das ist alles.«

Er zieht mich hoch an seine Brust, meine Weichheit trifft auf seine Härte und seine Lippen finden meine in wilder Raserei. Seine Zunge schiebt sich in meinen Mund und ich erwidere seine Leidenschaft. Er will mich verschlingen und ich bin absolut bereit dafür. Es macht süchtig, von diesem Mann gewollt zu werden.

Coles Lippen ziehen eine Spur an meinem Hals hinunter und entfachen ein Feuer in meinen Adern.

»Ich brauche dich gerade so sehr, mein kleiner Teufel«, murmelt er mit den Lippen an meiner Haut. Durch den Spitzenstoff packt er grob meine Brust, und auch wenn ich langsam das Gefühl habe, dass er mich benutzt, um etwas anderes wegzuschieben, ist es mir egal. Dieser Mann ist zum Mittelpunkt meiner Welt geworden, und ich gebe ihm mit Freuden alles, was er braucht.

Er küsst mein Schlüsselbein und greift dann nach der Spitze, die meine Brust bedeckt. Er zieht den Stoff herunter, um die Titten zu entblößen, aber meine Mitte ist immer noch vom Latexteil des Bustiers bedeckt.

Cole blickt hungrig auf meine Brust und nimmt je eine in die Hände, streicht mit den Daumen über meine Nippel – die von Sekunde zu Sekunde härter und empfindlicher werden.

»Deine Titten sind so perfekt. Ich kann nicht fassen, dass ich die noch nicht gevögelt habe.«

»Was du heute kannst besorgen …« Und plötzlich ist das alles, was ich will. Dass er mich auf die Knie drückt, meine Titten zusammendrückt und seinen perfekten Einhornschwanz dazwischenstößt, während ich zuschaue, wie er die Kontrolle verliert.

Also tue ich genau das. Ich sinke auf die Knie, doch dann hämmert es laut gegen die Tür.

»Cole! Wir müssen reden!«

Ich erkenne die Stimme als die von Chase und frage mich, was zum Geier er so früh am Morgen hier will.

»Mist.« Cole hilft mir eilig auf die Beine. »Geh dich im Schlafzimmer verstecken, bis ich ihn losgeworden bin.«

Verblüfft von der plötzlichen Wende der Ereignisse bleibe ich stehen, während er zur Tür läuft.

Chase hämmert wieder dagegen. »Mach auf! Ich weiß, dass du da bist! Hör auf mit dem Scheiß!«

Cole schaut mich über die Schulter an. »Versteck dich!«, flüstert er zischend.

Ich finde meine Sinne wieder, eile ins Schlafzimmer und schließe die Tür. Als ich dort bin, ziehe ich so schnell wie möglich meine normalen Klamotten an, falls ich entdeckt werde. Das Einzige, was schlimmer wäre, als erwischt zu werden, wäre in einem nuttigen Teufelskostüm erwischt zu werden.

Ich höre Cole die Tür öffnen und seinen Bruder begrüßen. Okay, vielleicht habe ich dabei das Ohr an die Tür gepresst, na und? Die Wohnung wurde vor mehr als einem Jahrhundert gebaut, hat dünne Wände und ist schlecht isoliert, also ist es nicht so, als könnte ich ihr Gespräch nicht auch hören, ohne mir solche Mühe zu geben. Ich will wissen, was Chase so in Aufregung versetzt hat. Vielleicht sind bei Neiman Marcus seine Lieblings-Anzugssocken ausgegangen.

Ich halte mir den Mund zu, um ein Lachen zu unterdrücken.

»Das ist kein guter Zeitpunkt.« Ich höre den scharfen Unterton in Coles Stimme. Warum ist er so verärgert über seinen Bruder?

»Das ist mir scheißegal. Nimm dir Zeit, oder Dad erfährt von deinem kleinen Geheimnis.«

Was zum Henker soll das heißen?

Cole murmelt etwas, das ich nicht verstehe.

»Warum bist du einfach so gegangen, Scheiße noch mal? Die Party wurde gerade erst richtig gut«, sagt Chase.

»Ich habe dir schon mal gesagt, ich will damit nichts zu tun haben. Du musst reinen Tisch machen.«

»Und mir von ein paar Bettgeschichten die Zukunft versauen lassen, die ich so sorgfältig geplant habe? Vergiss es.«

Ich schnappe nach Luft und halte mir den Mund zu.

»Vielleicht hättest du vorher darüber nachdenken sollen«, sagt Cole und klingt jetzt ziemlich angepisst.

»Komm schon, Mann. Du weißt doch, wie es ist.« Chase muss sich bewegt haben, denn er klingt jetzt näher. »Das ist nur Spaß. Diese Mädchen bedeuten gar nichts. Ich liebe Tahlia, aber der Gedanke, auf ewig dasselbe Mädchen zu vögeln, klingt nicht gerade nach dem Himmel.«

O Gott. Arme Tahlia.

Ich schlinge die Arme um meine Körpermitte und drücke das Ohr fester an die Tür, ich will nichts verpassen.

»Ich weiß nicht, was ich dazu sagen soll.«

»Ich will, dass du mir sagst, dass du mein Geheimnis weiterhin für dich behältst und dich aus meinen Angelegenheiten heraushältst.«

»Sie wird es herausfinden. Das weißt du, oder?«

Ich höre Schritte auf dem Parkett. »Nicht, wenn du den Mund hältst.«

»Nimm die Finger von mir. Ich weiß nicht einmal, wie du dich selbst erträgst«, sagt Cole.

»Komm mir nicht mit diesem Unschuldslamm-Scheiß.« Chases Stimme ist jetzt lauter und klingt wütender. »Du hast früher jede Nacht eine andere Frau gefickt. Wahrscheinlich hast du deine halbe Belegschaft gefickt.« Chase lacht und ich gebe mir die größte Mühe, die Erinnerung an Cole, wie er im Thirsty Monk ins Gespräch mit Steph vertieft ist, zurückzudrängen. »Du glaubst, irgendeine von diesen Tussen wusste, sie würde nicht bleiben? Glaubst du, die wussten, dass sie nichts weiter als Webber-Schlampen waren?«

Ich presse die Lippen zusammen und reiße unwillkürlich die Augen auf.

»Was hast du da gerade gesagt, verdammt?«, fragt Cole mit leiser Stimme, aus der das Gift tropft.

Chase lacht, aber es klingt bitter. »So nennen Tahlia und alle ihre Freundinnen die Mädchen, die du knallst. Webber-Schlampen. Ist ganz passend.«

Erst höre ich nichts, dann Knurren, dann knallt etwas gegen die Schlafzimmertür. Mit hämmerndem Herzen springe ich zurück.

»Ich hab dir gesagt, du sollst aufräumen. Ich hab genug von dem Scheiß. Entweder du sagst es ihr, oder ich tu's.«

Ich glaube, Cole muss Chase an die Tür gedrückt haben.

»Fick dich! Du hast deine eigenen Geheimnisse, Bruder. Und wenn du nicht den Mund hältst, wird Dad von den Frauen erfahren.«

Cole hat Chase wohl losgelassen, denn ich höre ihn davonstapfen, und ein paar Sekunden später knallt die Wohnungstür zu.

Da dämmert es mir: Das alles ist für Cole keine Überraschung. Er wusste es. Er *wusste*, dass Chase Tahlia betrügt und hat nichts gesagt. Er hat mich angelogen. Ich weiß nicht, wie lange schon.

Galle brennt in meiner Kehle. Ich hole tief Luft und zwinge mich, nicht zu weinen, obwohl meine Augen brennen und ich merke, dass ich zittere.

Als ich die Schlafzimmertür öffne, steht Cole mit dem Rücken zu mir und mit hängendem Kopf da. Er fährt sich mit der Hand durch die Haare und dreht sich zu mir um. In seinem Gesicht steht die reine Niedergeschlagenheit. Alles, was ich gerade gehört habe, sammelt sich in meiner Brust und es fühlt sich an, als würden meine Lungen schrumpfen, bis ich keine Luft mehr bekomme.

Der Verlobte meiner besten Freundin betrügt sie und ich muss diejenige sein, die es ihr sagt. Ich kneife kurz die Augen zusammen, ich weiß, welche Schmerzen ich ihr bereiten werde. Der Mann, in den sie verliebt ist, hat sie wer weiß wie lange schon belogen. Und der Mann, den ich liebe, mich anscheinend auch.

»Whit, lass es mich erklären.« Er macht ein paar Schritte auf mich zu, aber ich hebe die Hand, um ihn aufzuhalten. Ich will ihn nicht in meiner Nähe haben.

»Wie lange weißt du es schon?« Es ist komisch, meine Stimme klingt tot und frei von all den Emotionen, die mich gerade zu ersticken drohen.

»Es ist nicht so, wie du denkst.«

»Wie. Lange?« Langsam tut mir der Kiefer weh, so fest beiße ich die Zähne zusammen.

»Ungefähr einen Monat.«

»Ich bin so blöd.« Ich rausche an ihm vorbei ins Wohnzimmer, wo meine Tasche liegt. Gott sei Dank hat Chase sie nicht bemerkt. Als ich sie habe, wende ich mich zum Gehen, aber Cole steht schon an der Tür und versperrt mir den Weg.

»Wo willst du hin?« In seiner Stimme schwingt Verzweiflung mit.

»Was glaubst du wohl? Ich gehe meiner Freundin das Herz brechen!«, schreie ich. Ich will auch deshalb schreien und wüten, weil er meins gebrochen hat, aber daran kann ich im Moment nicht denken.

Tahlia ist mit Chase verlobt. Sie wollen im Frühjahr heiraten. Mein Problem ist winzig im Vergleich zu ihrem.

»Wir müssen reden«, fleht er, und als ich seinen Gesichtsausdruck sehe, möchte ich beinahe die jämmerliche Ausrede hören, warum er nicht ehrlich zu mir war, aber ich gebe dem nicht nach. Was würde es bringen? Noch mehr Lügen? Noch mehr Unwahrheiten?

Ich weiß schließlich, dass man von jedem irgendwann enttäuscht wird. Bei Cole habe ich mich hinreißen lassen, aber diesen Weckruf brauchte ich wohl.

»Bitte geh einfach von der Tür weg.« Ich starre auf den Boden vor seinen Füßen. Ich ertrage es nicht einmal, ihn anzusehen.

»Whit, das kannst du nicht machen. Bitte. Nicht so.«

Ich erwidere seinen Blick. »Ich kann nicht fassen, dass du die Eier hast, so etwas zu mir zu sagen, nachdem du mich so lange angelogen hast. Geh weg.«

Mit einem langen Seufzen lässt er die Schultern hängen und tritt zur Seite, um mich vorbeizulassen.

Ich schaue ihn nicht an, als ich mit zittriger Hand den Türknauf drehe. Bevor ich die Tür öffnen kann, packt seine Hand meinen Arm über dem Ellbogen.

Gott, ich hasse es, dass das Gefühl seiner Hand an meinem Arm meine Haut immer noch zum Singen bringen kann. Wie jämmerlich bin ich eigentlich?

Ich schaue ihn an und sehe solche Pein in seinen Haselnussaugen, dass mir der Atem stockt. »Das hier ist noch nicht vorbei.«

Eine einsame Träne rinnt über meine Wange und meine Unterlippe zittert kurz, bevor ich es schaffe, den schmerzhaften Kloß in meinem Hals zu schlucken. »Es war schon vorbei, bevor es anfing. Ich wusste es nur nicht.«

Er lässt die Hand sinken und ich ziehe die Tür auf und marschiere in den Flur hinaus. Mein gebrochenes Herz lasse ich auf seiner Schwelle zurück.

Kapitel 31

Sobald ich Coles Haus verlassen habe, rufe ich Lennon an, egal, wie früh es ist, und erzähle ihr alles, was passiert ist.

»Dieses Arschloch«, sagt sie. »Ich reiße ihm höchstpersönlich die Eier ab und stopfe sie ihm in den Hals.«

»Einverstanden.« Ich entferne mich so schnell ich kann von Coles Wohnung, die Richtung ist mir egal. Alles, nur möglichst weit weg. »Wir müssen sofort zu Tahl und ihr sagen, was los ist.«

Lennon seufzt tief. »Okay, wo bist du? Ich hole dich unterwegs ab.«

Ich schaue mich in der Wohnstraße um, in der ich gelandet bin. »Keine Ahnung. Ich schreibe dir, wo ich bin, wenn ich irgendwo lande, wo ich mich wieder auskenne.«

»Klingt gut. Gibt mir nen Moment zum Anziehen, dann fahre ich los.«

»Okay.«

»Whit … wie geht es dir mit alledem?«

Als ich das Mitgefühl in ihrer Stimme höre, muss ich ein Schluchzen unterdrücken. »Um mich geht es jetzt nicht. Ich mache mir Sorgen, wie Tahlia damit klarkommt.«

Sie schweigt kurz, und weil ich sie sehr gut kenne, weiß ich, sie will etwas sagen, lässt es aber in einem seltenen Moment der Zurückhaltung bleiben. Sie sagt stattdessen nur: »Wir sehen uns gleich«, und legt auf.

Alles in mir will zusammenbrechen und wegen Coles Verrat wüten, aber dafür wird noch Zeit genug sein, nachdem ich meine beste Freundin mit dem, was ich weiß, vernichtet habe.

***

Tahlia sitzt nur da und starrt mich an, sie wirkt fast teilnahmslos nach allem, was ich ihr gerade erzählt habe. Als ich erst einmal angefangen hatte, sprudelte alles einfach aus mir heraus, und sie weiß jetzt alles. Dass ich etwas mit Cole angefangen hatte, bevor ich wusste, dass er es war, dass ich damit weitergemacht habe, *nachdem* ich wusste, dass er es war, und das mit Chase – ihrem betrügerischen Arsch von einem Verlobten.

Wir sitzen in Tahlias Wohnzimmer, und Lennon und ich schauen abwechselnd einander und dann wieder Tahl an und warten, dass sie irgendetwas sagt.

Dass sie reagiert.

Irgendwas.

Nach mindestens zwei Minuten Schweigen halte ich es nicht mehr aus. »Tahl? Sag was.«

Sie blinzelt ein paarmal und dreht dann den Kopf in meine Richtung. »Bist du sicher? Es gibt keine Chance, dass es nur irgendein Fehler oder Missverständnis ist?« Ihre Stimme bricht mehrmals.

Ich schüttle den Kopf. »Nein. Ich habe alles selbst gehört.«

»Weil du bei Cole zu Hause warst … weil ihr beide …«

Ich lasse die Schultern hängen; die Schuld, dass ich es ihr nicht früher gesagt habe, drückt mich nieder. »Ich habe es nicht geplant. Das musst du mir glauben. Du weißt, was ich vor alledem von ihm gehalten habe. Er ist der letzte Mensch, von dem ich geglaubt hätte, dass wir eine Verbindung haben.«

»Am Anfang habe ich ihr gesagt, sie soll es dir nicht sagen.« Lennon hebt die Hand, als säße sie in der fünften Klasse in der Mathestunde. Daran, wie sie ihre Mundwinkel nach unten ziehen, sehe ich, dass sie die Entscheidung genauso bereut wie ich. »Wir dachten einfach, du hättest schon genug um die Ohren, und eine Sorge weniger wäre hilfreich.«

»Ich dachte nicht, dass irgendwas daraus werden würde«, gebe ich zu und senke den Blick auf meinen Schoß. Das Stechen in meiner Brust straft meine Gedanken Lügen.

»Und … liebst du ihn?«, fragt Tahlia mit leiser Stimme.

»Ich möchte es nicht«, gebe ich zu.

Sie nickt, als verstünde sie das Gefühl vollkommen, und im Moment ist es vermutlich auch so.

»Verzeihst du mir?«, frage ich.

»Und mir?«, fügt Lennon hinzu.

Sie schaut von mir zu Lennon und wieder zurück. »Leute, natürlich verzeihe ich euch. Ich verstehe es. Ehrlich. Ich war in letzter Zeit so gestresst und ihr habt recht. Ich weiß nicht, wie ich reagiert hätte.«

Auch wenn ich mich immer noch schlecht fühle, verschwindet ein Teil der Last meiner Schuldgefühle. »Du machst mir Sorgen, Tahl. Ich habe Tränen erwartet und dass du vielleicht ein paar Gegenstände wirfst.«

»Ich … ich glaube, ich stehe unter Schock.« Sie erhebt sich, holt ihre Handtasche vom Küchentresen und geht zur Wohnungstür.

»Wo willst du hin?« Ich folge ihr.

»Ich muss Chase sprechen.« Sie wirkt unheimlich ruhig und gefasst, für das, was ich ihr gerade erzählt habe. Ich mache mir mehr als nur ein bisschen Sorgen.

»Du hast noch deinen Schlafanzug an«, sage ich.

Sie blickt kurz an sich herab, dann zuckt sie abwesend die Schultern.

»Willst du, dass wir mitkommen?«, fragt Lennon.

Sie schüttelt den Kopf. »Nein. Das muss ich selbst machen.«

»Dann lass mich dich hinfahren«, bietet Lennon an.

»Ja, Tahl.« Ich halte ihre Hand fest, die sich nach ihrem Schuh ausstreckt. »Du musst das nicht allein machen.«

Sie blickt von mir zu Lennon und zurück, jetzt stehen Tränen in ihren Augenwinkeln. »Doch, das muss ich. Danke, dass ihr es mir gesagt habt. Das hätte nicht jeder getan.«

Nie hat sich ein Dank schlimmer angefühlt als dieser.

»Ruf uns an, sobald du bei ihm zur Tür raus bist«, sagt Lennon.

»Wir warten hier auf dich.«

Sie nickt mit leerem Blick, dreht sich um und geht. Lennon und ich bleiben allein in ihrer Wohnung zurück, keine von uns sagt etwas, denn ehrlich gesagt gibt es keine Worte, die uns jetzt helfen könnten.

Allerdings gibt es Wein. Ich gehe in die Küche zurück, um in Tahlias Weinkühlschrank zu schauen.

Wen interessiert, dass es gerade einmal acht Uhr morgens ist?

***

Ich lege den Stift zwischen die Seiten, die ich gerade beschrieben habe, und klappe mein Tagebuch zu, als es an meiner Zimmertür klopft. »Herein.« Man hört meiner Stimme die Niedergeschlagenheit an, aber das ist mir egal.

Ich konnte, als ich vor ein paar Tagen von Tahlia nach Hause kam, nicht verbergen, wie schlecht es mir ging. Und wie betrunken ich war. Als meine Grandma beim Abendessen wissen wollte, warum ich so betrunken wäre, brach ich in ihren Armen zusammen und gestand ihr alles, was passiert war.

Meine Grandma streckt den Kopf durch die Tür, kommt aber nicht herein. »Hallo, Schatz.« Der Kosename wirkt wie ein Dolchstoß in die Brust, denn so hat Cole mich immer genannt. »Hi«, bringe ich krächzend heraus.

»Cole ist hier. Er möchte mit dir sprechen.«

Plötzlich sitze ich kerzengerade auf meiner Matratze. »Was will er hier?«

Ich kenne die Antwort, also weiß ich nicht so recht, warum ich frage. Er ist langsam verzweifelt. Ich habe keinen seiner hundert Anrufe angenommen oder auf seine Nachrichten reagiert. Tatsächlich bin ich sogar so weit gegangen, ihn komplett zu blockieren, damit ich seinen Namen nicht mehr auf meinem Display sehen muss.

»Er sagt, er muss dir alles erklären.«

»Pfft. Er kann sich seine Erklärungen in den …« Meine Grandma schaut mich tadelnd an und ich presse die Lippen zusammen. »Entschuldigung. Er kann sie sich dorthin schieben, wo die Sonne nicht scheint.«

Meine Grandma kommt herein und schließt die Tür leise hinter sich, dann setzt sie sich neben mich aufs Bett. »Weißt du was? Es könnte sein, dass es dir bessergeht, wenn du dir anhörst, was er zu sagen hat. Dann kannst du damit abschließen.«

»Ich habe schon damit abgeschlossen.« *Lüge.* »Ich vermisse ihn fast gar nicht.« *Noch größere Lüge.* »Ich habe kein bisschen Lust, ihn zu sehen.« *Ich wünschte, das wäre wahr.*

Meine Grandma legt mir den Arm um die Schultern. »Bist du sicher? Er sieht sehr aufgewühlt aus.«

Das freut mich sehr. Ich bin froh, dass er auch leidet. Er hat es verdient. »Willst du ihn verteidigen?« Ich löse mich aus ihrer Umarmung und stehe auf.

»Natürlich nicht. Was er getan hat, war falsch. Aber die Leute tun manchmal dumme Dinge, wenn sie Angst haben, Whitney. Vielleicht solltest du ihn anhören.« Ihr Gesichtsausdruck ist bittend, aber sie wird mich nicht erweichen.

Ich habe schon bewiesen, dass ich schwach bin, indem ich mich überhaupt erst mit ihm eingelassen habe. Warum lerne ich nie dazu? Meine Erfahrung mit meinem Chef hätte mich lehren sollen, was passiert, wenn ich mit jemandem herummache, von dem ich weiß, dass ich es bleiben lassen sollte.

Schmerz.

Verzweiflung.

Gebrochene Herzen.

Ich bin eine Idiotin, weil ich mir das zum zweiten Mal angetan habe.

Ich dachte, Cole sei anders … einen kurzen Moment lang dachte ich, er könnte vielleicht … der Richtige sein.

Ich bin so blöd.

Ich verschränke die Arme vor der Brust. »Du kannst Cole sagen, er soll gehen und es sich sparen, noch mal vorbeizukommen. Ich werde nicht mit ihm sprechen – nicht heute und auch sonst nicht.«

Sie runzelt die Stirn und steht auf. »Wenn du das wirklich willst.«

»Will ich.«

Ohne ein weiteres Wort geht sie und schließt die Tür hinter sich.

Als ich höre, wie sie die Treppe hinuntergeht, lasse ich mich auf mein Bett fallen und breche in Tränen aus. Wir haben als Feinde angefangen, wurden Liebende und sind jetzt wieder Feinde. Lustig, ich dachte, wenn sich der Kreis schließt, bedeutet das immer etwas Gutes.

Kapitel 32

Ich setze mich in Mr Jeffries' Büro auf den Stuhl, und statt unwahrscheinlich nervös wie beim ersten Mal, bin ich jetzt hauptsächlich neugierig. Ich habe keine Ahnung, warum ich heute hierhergerufen wurde, aber selbst wenn er mir einen Job anbieten würde, bei dem es meine Aufgabe wäre, ihm Kaugummi von den Schuhen zu kratzen – ich würde ihn annehmen, wenn die Bezahlung stimmt.

Die letzten Wochen war ich ganz unten und habe langsam genug von der Aussicht dort. Ich bin bereit, jede noch so winzige Verbesserung meiner Lage anzunehmen.

Als ich Schritte höre, drehe ich mich um und sehe ihn mit einem Lächeln hereinkommen; er sieht nicht aus, als hätte er es besonders eilig, obwohl ich hier schon mehr als fünf Minuten warte.

»Whitney! Es tut mir leid, dass Sie warten mussten.«

»Das ist kein Problem.« *Ich hab ja schließlich auch sonst nichts vor*, denke ich.

Ich stehe auf, um ihm die Hand zu schütteln, bevor er sich an seinen Schreibtisch setzt. Ich setze mich ebenfalls wieder, vorn auf die Stuhlkante, ich bin gespannt, worum es bei diesem kurzfristigen Treffen geht. Haben sie herausgefunden, dass ich mir ein zusätzliches Minzbonbon aus dem Korb an der Rezeption genommen habe, als ich das letzte Mal hier war?

»Sie fragen sich sicher, warum ich Sie gebeten habe, heute vorbeizukommen.« Ich nicke und beiße mir auf die Wangen, damit ich nicht herausplatze, er solle zum Punkt kommen. »Wie Sie wissen, haben wir uns bei der Stelle, für die Sie sich ursprünglich beworben haben, anders entschieden.«

Gott, ich hasse diesen Ausdruck. Sag es doch einfach, wie es ist: Ihr fandet jemand anderen besser als mich. Ist schließlich nicht so, als wäre ich das nicht gewöhnt.

»Diese Entscheidung erwies sich als Fehler. Sie sind heute hier, weil ich Ihnen die Stelle anbieten möchte, für die Sie sich beworben hatten. Wenn Sie noch interessiert sind?«

Mein Adrenalinspiegel steigt auf den Höchststand und mein ganzer Körper summt. Hat er gerade gesagt, was ich gehört zu haben glaube?

»Sind Sie noch interessiert?«, fragt er, weil ich immer noch dasitze, als fehlten mir die Hirnzellen, um eine intelligente Antwort zu bilden.

»Ja. Ja! Ja!« Ich klinge wie eins dieser Hühner in den romantischen Komödien, das einen Heiratsantrag annimmt.

Ich springe auf, und bevor ich mich bremsen kann, bin ich um den Tisch herumgerannt und falle ihm um den Hals. »Ja! Ich freue mich so. Scheiße, ich werde die beste investigative Reporterin, die Sie je gesehen haben!«

Ich löse mich von ihm. Er hat die Augen aufgerissen und wirkt leicht panisch ob meiner Reaktion.

Ich ducke mich und weiche zurück. »Es tut mir so leid. Das war total unprofessionell von mir.«

Er lehnt sich auf seinem Stuhl nach hinten und glättet sich die jetzt zerknitterte Krawatte auf der Brust. O mein Gott. Ich bin gerade mehr oder weniger über meinen neuen Chef hergefallen. Über meinen neuen *schwulen* Chef. Er fand es vermutlich nicht einmal gut.

»Moment, ich mach das.« Ich strecke die Hand aus und glätte seine Krawatte, bis mir dämmert, dass auch das vollkommen unangemessen ist. Mit erhobenen Händen gehe ich um den Schreibtisch herum auf meine Seite.

»Ich fasse Sie einfach nicht noch mal an, okay?«

Er lacht in sich hinein und macht eine Geste zu dem Stuhl ihm gegenüber, also setze ich mich wieder. »Mir gefällt Ihre Begeisterungsfähigkeit, Whitney. Ehrlich. Aber behalten wir einfach unsere Hände bei uns, ja?«

»Can't keep my hands to myself«, singe ich den Song von Selena Gomez. Dann kneife ich mir in den Nasenrücken.

O mein Gott, Whitney, halt die Klappe, bevor du es noch versaust!

»Natürlich«, bringe ich schließlich heraus.

»Also gut. Ich schicke Sie runter in die Personalabteilung. Dort hat man schon einen Vertragsentwurf für Sie vorbereitet, den können Sie sich durchlesen und unterschreiben, dann können Sie sofort anfangen. Die Person, die die Stelle ursprünglich hatte, musste plötzlich gehen.«

»Darf ich fragen, warum es mit ihr nicht funktioniert hat? Es könnte mir helfen, meine Arbeit besser zu machen, wenn ich weiß, was Ihnen nicht gefällt.«

Mein Boss ordnet ein paar Papiere auf seinem Schreibtisch symmetrisch an, bevor er antwortet. »Na ja, wenn Sie nicht jeden Abend auf Sauftour gehen und voll wie eine Haubitze bei der Arbeit auftauchen, dürfte alles in Ordnung sein.«

Ich beiße mir auf die Lippe und nicke. »Ich denke, das schaffe ich. Auch wenn Sie es vielleicht aufgrund meiner Reaktion heute nicht glauben, bin ich tatsächlich nicht auf Drogen.«

»Schön zu hören.«

Ich höre jemanden am Büro vorbeigehen und Mr Jeffries' Blick huscht kurz zur Tür. »Kelsey.« Die Schritte halten inne und kommen zurück. Eine Sekunde später streckt die Frau, die ich beim Vorstellungsgespräch kennengelernt habe, den Kopf durch die Tür. »Kelsey, Whitney hier wird ab sofort bei uns arbeiten. Würden Sie mir bitte einen Gefallen tun und sie in die Personalabteilung begleiten? Man erwartet sie dort.«

Sie schaut mich lächelnd an. »Natürlich.«

Ich stehe auf und beuge mich über den Tisch, um meinem neuen Chef die Hand zu schütteln. »Vielen Dank für diese Möglichkeit. Ich verspreche, ich werde Sie nicht enttäuschen.«

»Das glaube ich Ihnen. Willkommen bei WHFI.«

Ein ehrliches Lächeln breitet sich auf meinem Gesicht aus. Es fühlt sich fremd an, denn ich habe nicht mehr so gelächelt, seit … außer mit Cole kann ich mich überhaupt nicht daran erinnern.

Kelsey wartet, bis wir außer Hörweite von Mr Jeffries' Büro sind, dann quiekt sie kurz auf und umfasst meinen Arm. »Ich freue mich so, dass wir zusammenarbeiten!«

»Ich auch!«, sage ich leise. »Ich habe mal reingeschaut, du machst deine Sache super.«

Sie lächelt und drückt meinen Arm. »Danke. Ich glaube, es wird dir hier wirklich gefallen. Im Großen und Ganzen sind alle ziemlich cool.«

»Das kann ich gerade mehr gebrauchen, als du ahnst. Also, was ist mit der anderen passiert?«

»Treena? Sie war total verkorkst, glaub mir.«

Ich nicke. »Wie waren die Kollegen, als du an Bord gekommen bist?«

Sie geht ein bisschen langsamer und ich passe mich ihr an. »Ich glaube, ein paar Leute hatten vielleicht ein Problem damit. Sie waren nicht offen unfreundlich, aber auch nicht direkt überschwänglich, wenn du weißt, was ich meine. Jetzt, wo ein bisschen Zeit vergangen ist und sie sehen, dass ich nicht so dumm bin wie ich aussehe« – sie macht eine kurze Geste zu ihren blonden Locken und ihrer ausladenden Brust – »ist es viel besser. Die meisten Menschen mögen keine Veränderungen, und ich glaube nicht, dass sie begeistert waren, dass eine junge Frau den Job macht, vor allem in der Position der Sportkommentatorin.«

»Okay. Gut zu wissen.« Nervöse Energie breitet sich in mir aus und ersetzt das Adrenalin in meinem System.

Kurz darauf kommen wir am anderen Ende des Gebäudes an und Kelsey zeigt auf eines der Büros. »Da musst du hin. Wenn du fertig bist, kannst du ja vielleicht bei mir vorbeikommen, dann könnten wir gemeinsam in die Mittagspause gehen.«

»Das wäre super«, sage ich aufrichtig.

Vielleicht wird jetzt doch endlich alles besser.

Den Gedanken verbiete ich mir, sobald er in meinem Kopf auftaucht. Diese Art von Denken endet bei mir nie gut.

Kapitel 33

Lennon versucht zum dritten Mal, seit sie bei mir aufgetaucht ist, um mich abzuholen, meine Frisur zu ordnen. »Hörst du vielleicht mal auf? Was ist denn los?«

»Ich will, dass du perfekt aussiehst.« Sie zieht mein Shirt vorn ein bisschen herunter, damit ich mehr Ausschnitt zeige.

»Warum? Wir gehen nur was trinken. Was ist schon dabei?«

»Nichts. Gar nichts«, sagt sie, während sie den Zündschlüssel dreht und ihren alten Van startet, dann den Sicherheitsgurt über die Brust zieht und einrasten lässt.

Ich mustere sie kurz, sie ist zappelig, und das bedeutet … sie lügt. »Lennon, was ist los?«

»Was meinst du?«, fragt sie mit ihrer unschuldigen Stimme, die ich nur zu gut kenne.

»Warum nur habe ich das Gefühl, du verbirgst etwas vor mir?« Ich drehe mich auf meinem Sitz zu ihr herum.

Sie zuckt die Achseln, sagt aber nichts und biegt dann rechts ab.

»Warum fährst du da lang?«, frage ich. »Ich dachte, wir gehen in unsere Stammkneipe.«

Wir gehen jetzt regelmäßig in die Bar, wo Lennon den Barmann abgeschleppt hat. Anscheinend mag sie die Atmosphäre dort, und da er keine Klette ist, hat sie kein Problem damit, dort abzuhängen. Und wenn es ihr in den Sinn kommt, nimmt sie ihn mit nach Hause.

Ich rede vielleicht nicht mehr mit meinem Barmann, sie

aber schon noch mit ihrem. Trauer schleicht sich in meine Brust, aber ich schiebe sie weg. Ich kann das jetzt nicht zulassen. Der Gedanke an Cole treibt mir fast jedes Mal die Tränen in die Augen, und ich bin entschlossen, heute Abend Spaß zu haben. Und das heißt: keine Gedanken an Verlorenes.

»Ich fahre eine andere Strecke. In letzter Zeit wird echt überall gebaut.«

»Mhm.« Ich lehne mich zurück und verschränke die Arme. *Irgendetwas* führt sie im Schilde. Da bin ich mir sicher. Ich werde wohl wachsam sein müssen und abwarten, was es ist. Wenn sie nicht versucht, mich mit jemandem zu verkuppeln, dürfte es kein Problem sein.

Während sich ihr Einhorn-Van durch den Stadtverkehr schlängelt, schaue ich aus dem Fenster und bin zufrieden, dass ich hier schweigend sitzen kann und die Gegend an mir vorbeizieht. Meine Gedanken wandern wieder zu Cole, wie immer, und die Last der Enttäuschung und des Verlusts legt sich auf meine Schultern. Diese Schwere ist jetzt so sehr Teil von mir, dass es sich in den seltenen Momenten, in denen sie nicht da ist, anfühlt, als würde etwas fehlen.

Erst als Lennon den Wagen auf den Parkplatz von Rock Hard Whiskey fährt, wird mir klar, wo wir sind, und ich schaue abrupt zu ihr hinüber. »Scheiße, was wollen wir hier?«

Sie presst die Lippen zusammen, sagt aber nichts, während sie einen freien Parkplatz sucht und parkt. Mir wird bewusst, dass der Parkplatz rappelvoll ist. Wem gehören all diese Autos?

Angst flammt in mir auf, und ich versuche, ruhiger zu atmen, aber es fühlt sich an, als läge ein schwerer Stein auf meiner Brust.

Lennon zieht den Schlüssel ab und wirft ihn in ihre Handtasche. Ich kann nicht fassen, dass ich so dumm war. Wenn ich mir anschaue, was sie trägt, hätte mir klar sein müssen, dass sie etwas plant. Nichts ist mit den bedruckten Shirts und Jeans, die sie normalerweise bevorzugt; stattdessen trägt sie eine schmale schwarze Hose und ein schickes, cremefarbenes Tanktop mit einer schwarzen Lederjacke darüber. Mann, bin ich blind, oder was?

»Also ... bevor du jetzt völlig ausflippst, lass mich einfach etwas sagen. Du brauchst einen Abschluss. Egal, wie das mit dir und Cole endet, du musst mit ihm reden, ihn erklären lassen und dann weitersehen.«

Defensiv verschränke ich die Arme. »Ich muss vor allem weg von hier.«

»Whit, du konntest nichts zu Cole sagen, als er dich vor all den Jahren in dem Restaurant versetzt hat, und schau, wohin es dich gebracht hat. Du hast ihn als Mensch falsch beurteilt und am Ende hast du dich in ihn verliebt. Was glaubst du, wie die Chancen stehen, dass es auch jetzt anders ist als es aussieht?«

Während ich darüber nachgrüble, wartet sie geduldig. Lennon hat nichts gesagt, das mir in den Wochen seit unserem großen Knall nicht auch schon durch den Kopf gegangen wäre. Trotzdem ... ich wollte es nicht, weil einmal verletzt zu werden genügt, vielen Dank auch. Ich werde bestimmt nicht noch mal freiwillig in die Falle gehen. Weshalb ich mich auch jedes Mal, wenn Cole angerufen hat oder bei meinen Großeltern zu Hause aufgetaucht ist, geweigert habe, ihn zu sehen. Nichts kann die Tatsache ändern, dass er mich bewusst angelogen hat.

»Und wenn ich mit ihm rede, können wir dann wieder gehen?«

Sie drückt meinen Arm. »Ja! Du hörst ihn an und wenn du dich danach an der Bar abschießen willst, bin ich dabei. Ich halte dir sogar die Haare aus dem Gesicht, wenn du kotzen musst.« Sie zwinkert.

Ich hole tief Luft. Jetzt kommt's darauf an.

Ich denke, ich wusste, es würde irgendwann dazu kommen, aber jetzt, wo es so weit ist, springt mein Fluchtreflex an. Ich kaue kurz auf der Unterlippe und versichere mir, dass es schon gehen wird. Ich bin ein großes Mädchen und habe schon Schlimmeres überlebt. Ich stehe das durch. Ich schaffe das.

Wortlos öffne ich die Wagentür und steige aus. Lennon geht neben mir auf das Gebäude zu, eine schweigende Stütze. Leise Musik dringt aus dem Inneren.

»Was ist hier heute Abend los?«, frage ich.

»Ich lasse es Cole erklären.«

Als ich sie das sagen höre, kommt es mir vor, als würde eine winzige Faust in meine Brust greifen und mein Herz quetschen. Nicht, weil ich eifersüchtig bin, sondern weil ich diejenige sein sollte, die weiß, was in Coles Leben los ist. Ich sollte diejenige sein, der er es erzählt – nicht sie.

»Warte.« Meine Hand erstarrt auf der Türklinke. »Was ist mit Tahl? Weiß sie davon?« Unwillkürlich fühle ich mich wie eine Verräterin, wenn ich die Tür auch nur einen Spalt öffne und Cole die Möglichkeit gebe, sich zu erklären. Was, wenn er den Fuß in den Spalt klemmt, und ehe ich es mich versehe, steht die Tür weit offen?

»Sie weiß, dass wir hier sind und sie will, dass du glücklich bist. Wenn das bedeutet, dass du mit Cole zusammen bist, ist das okay für sie, solange sie Chase nicht sehen muss. Ist klar.«

Ich nicke und ziehe die Tür auf, atme noch einmal tief durch, um meine Nerven zu beruhigen.

Es ist offensichtlich, dass hier heute Abend irgendeine Veranstaltung stattfindet. Musik und Stimmengewirr wehen durch die Tür, die zum Hauptteil der Brennerei führt. Ich gehe voraus am Empfangsbereich vorbei, durch die Tür und mitten hinein in eine Party, die in vollem Gange ist.

Nicht nur, dass hier eine Party stattfindet, wo einmal eine leere Lagerhalle war, auch der ganze Raum hat sich verändert. Weit oben an der Decke hängen jetzt kreuz und quer Kabel mit Lampen, die dem Ganzen ein warmes Leuchten verleihen. Leute sitzen an im Raum verteilten runden Tischen und andere stehen an einer Fläche, die wohl die Tanzfläche sein muss. Ein Soundsystem wurde diskret an den Außenwänden aufgebaut und die Dekoration auf den Tischen passt zum Stil der vielen Whiskeyfässer, die an der hinteren Wand gestapelt sind – eine Art Country Chic.

Mir fällt wieder ein, wie wir Räume für Tahlia und Chase angeschaut haben und dass Cole der Frau im Weinkeller in der Bluxome Street tausend Fragen gestellt hat. Jetzt ergibt es Sinn.

»Los, wir holen uns was zu trinken.« Lennon zeigt zur Bar, die am anderen Ende des Raums aufgebaut ist.

Ich folge ihr und wir schlängeln uns durch die Menge, in der ich aber niemanden kenne. Ich meine, vielleicht Ashley und Brady hinten in der Ecke gesehen zu haben. Noch keine Spur von Cole. Mein Puls hämmert mir in den Ohren, während ich in der Schlange an der Bar stehe und darauf warte, mir etwas zu bestellen. Und darauf, Cole zum ersten Mal seit Wochen zu sehen, zu hören, was er zu sagen hat. Und das alles jetzt irgendwann.

Ich spüre ihn, bevor ich ihn rieche.

Ich rieche ihn, bevor ich ihn höre.

Ich höre ihn, bevor ich ihn sehe.

»Ladies, schön, euch hier zu sehen.« Sein tiefes Timbre ertönt hinter mir wie in einem Vakuum. Außer ihm höre ich nichts. Der Geräuschteppich der Menschenmenge um mich herum und der Bass der Musik lösen sich auf. Ich wappne mich, als ich mich zu ihm umdrehe.

Eines ist mir bei alledem klargeworden – nur weil dich jemand verletzt hat, heißt das nicht, dass du aufhörst, ihn zu lieben. Im Gegenteil, es tut nur weh, weil du denjenigen immer noch so sehr liebst. Liebe ist kein Schalter, den man nach Gutdünken ein- oder ausschalten kann. Weshalb mein Herz Salti schlägt, als Cole in einem maßgeschneiderten anthrazitgrauen Anzug und weißem Hemd mit offenem Kragen vor mir steht und mich ansieht. Denn auch wenn ich mir geschworen habe, dass ich ihn nie wiedersehen will, löst sein Anblick trotzdem eine körperliche Reaktion bei mir aus.

Mir stocken Atem und Stimme.

»Whit, du siehst umwerfend aus.« Er beugt sich vor und gibt mir einen Kuss auf die Wange. Er ist kurz, aber er hat die beabsichtigte Wirkung – er erinnert mich an die Zeiten, als es normal war, ihm nahe zu sein, und weckt gleichzeitig die Sehnsucht danach. »Lennon, danke, dass du sie hergebracht hast.«

»Tja, du bist jetzt auf dich gestellt. Meine Arbeit hier ist getan.« Sie dreht sich um und nimmt das Getränk, das der Barmann gerade vor ihr abgestellt hat. »Ich mische mich unters Volk. Mal sehen, was sich so ergibt.« Sie wendet sich an mich: »Whit, sag Bescheid, wenn du gehen willst.«

»Okay«, antworte ich, ohne den Blick von Cole zu lösen.

Dann wendet sie sich Cole zu, ihr Gesichtsausdruck ist stahlhart. »Wenn einer von euch Webber-Jungs noch mal einer meiner Freundinnen weh tut, schnalle ich euch fest und tätowiere euch die Hoden, ist das klar?« Sie zieht die Augenbraue hoch. Sein Kiefer zuckt, aber er nickt. »Guter Junge.« Sie tätschelt ihm die Brust, dann verschwindet sie in der Menge.

Seine Aufmerksamkeit landet wieder bei mir, und ich verlagere das Gewicht auf die Hacken. »Sie ist eine gute Freundin.«

»Die beste«, gebe ich ihm recht.

»Als ich sie angerufen habe, ließ sie mich durch eine ganze Menge Reifen springen, bis sie bereit war, dich heute Abend herzulocken.«

»Gut.« Ich verschränke die Arme vor der Brust, wodurch mein Dekolleté in dem tiefen V-Ausschnitt hochrutscht, das Lennon mir für heute Abend aufgezwungen hat. Coles Blick taucht kurz ab und meine Nippel reagieren.

Mann, haben meine Nippel das Memo nicht bekommen? Wir werden nie wieder Sex mit diesem Mann haben!

»Können wir irgendwo hingehen, wo es ruhiger ist, und reden?«

Ich weiß, ruhig heißt zwangsläufig allein, und allein ist nicht gut. Allein heißt, die Möglichkeit besteht, dass wir beide in Versuchung kommen, körperlich zu werden, und ich fühle mich im Moment wie eine verhungernde Frau vor dem größten Buffet der Welt und Cole ist das kilometerlange Tablett mit Eclairs, Kuchen und Eiscreme.

»Lass uns hier reden. Sag, was du zu sagen hast, damit ich gehen kann.«

»Schatz …« Er legt mir die Hand an die Wange, und mehr braucht es nicht. Eine Berührung von ihm und ich bin Wachs in seinen Händen.

»Na gut. Bringen wir es hinter uns.« Ich entziehe mich seiner Berührung. Es ist auch so schon schwer genug.

Er beißt die Zähne zusammen, sagt aber nichts, stattdessen bedeutet er mir, ihm zu folgen. Was ich tue. Er führt mich zu einer Tür in der hinteren Ecke des Raums, die er aufhält und mich durchgehen lässt. Dahinter ist eine schmale Treppe, die wohl zum Dach hinaufführt.

»Hast du vor, mich vom Dach zu werfen?«, frage ich trocken, als ich die ersten Stufen nehme.

»Wohl kaum. Ich lege mein eigenes Leben in deine Hände, indem ich dich dort hinaufführe«, sagt er hinter mir. »Ich dachte mir nur, das ist der einzige Ort, wo keine laute Musik ist und wir ungestört sind.«

Ich erreiche das obere Ende der langen Treppe und drücke die Tür auf. Wir befinden uns hier tatsächlich auf dem Flachdach, und nicht weit vor mir liegt eine Felldecke, die jemand mit noch ein paar anderen Decken nebendran dort hingelegt hat. Darum herum steht eine Handvoll Kerzen in Einmachgläsern. Es ist Vollmond, so dass ich auch ohne das zusätzliche Licht ziemlich viel sehen kann. Das ganze Arrangement schreit förmlich Romantik, und ich drehe mich mit fragendem Blick zu Cole um.

»Als ich es mir ausgedacht habe, schien es mir eine gute Idee zu sein, aber wenn ich es mir jetzt anschaue, sehe ich, dass du es vielleicht falsch verstehen könntest.« Er sieht nervös aus, geht hin und bläst ein paar von den Kerzen aus, bevor ich ihn aufhalte.

»Es ist okay, Cole. Lass sie einfach.«

Er dreht sich zu mir um und greift sich angespannt in die Haare. »Ich schwöre, ich habe nicht vor, dich zu verführen. Ich wollte nur, dass du es warm und bequem hast. Ich will dir nur alles erklären.«

Ich nicke und bebe ein bisschen, als Bilder von Coles Verführung vor meinem inneren Auge auftauchen. Er missversteht es und glaubt, mir sei kalt.

»Komm, setz dich. Nimm eine Decke und wärm dich auf.« Er beugt sich zu einer der beigen Felldecken vor und hält sie mir hin.

Es ist Spätherbst, aber heute Abend ist es mild. Es sind bestimmt fast fünfzehn Grad, aber ich widerspreche nicht, trete vor und nehme die Gabe an. Dann streife ich die High Heels ab und trete auf die Decke; das weiche Fell fühlt sich unter meinen Füßen leicht kühl an. Als ich sitze, lege ich die Decke um mich und schaue zu, wie Cole es mir gleichtut, die Schuhe auszieht und sich dann direkt mir gegenüber hinsetzt.

Mein Herz hämmert wie eine Basstrommel in meiner Brust, und jeder Schlag hallt von meinem Brustbein wider.

»Ich weiß nicht, wo ich anfangen soll.«

»Die Wahrheit wäre ein guter Anfang.«

Auf seiner Stirn bildet sich eine Falte. Ich sehe, dass es nicht leicht für ihn ist, aber ich will nicht, dass es mir etwas ausmacht. Ich weigere mich.

Einen Moment lang zupft er an der Decke, dann holt er

Luft und fängt an. »Damals im College habe ich mich mit einem Typ namens Stefan angefreundet. Wir haben uns auf einer Verbindungsparty kennengelernt und uns gut verstanden. Hauptsächlich, weil er kein aufgeblasenes Arschloch war wie die anderen Kids, die mit dem Silberlöffel im Mund geboren waren – mich selbst eingeschlossen. Sein Dad machte irgendwas mit Finanzen an der Wall Street, und als Stefan den Abschluss in der Tasche hatte, kam er an einen Teil seines Treuhandfonds heran. Statt in die Fußstapfen seines Vaters zu treten, beschloss er, mit dem Geld etwas Gutes zu tun.«

Er blickt von der Decke auf, um zu sehen, ob ich ihm folgen kann.

Was nicht der Fall ist.

Ich meine, ich verstehe alles, was er sagt, aber ich habe keine Ahnung, worauf er hinauswill. Trotzdem nicke ich, damit er fortfahren kann.

»Stefan zog nach Florida und gründete ein Wohnheim für misshandelte Frauen. Seit dem College hilft er Frauen, aus Missbrauchsbeziehungen herauszukommen und ein neues Leben anzufangen. Dazu gehört, diesen Frauen einen Neustart zu ermöglichen. Dabei helfen ihm ein paar andere Kollege-Kumpels und ich, wir verschaffen ihnen einen Job und helfen ihnen, in einer neuen Stadt weit weg von den Tätern Fuß zu fassen.«

Meine Gedanken wandern zu allen Frauen, die ich in Coles verschiedenen Firmen kennengelernt habe, und ich frage mich, welche von ihnen in die Opferkategorie fällt.

»Das meinte Chase, als er drohte, deinem Dad von den Frauen zu erzählen …« Ich wollte es eigentlich nur denken, aber bevor ich mich bremsen kann, haben die Worte meinen Mund verlassen.

Cole nickt. »Chase hat eines Tages eines meiner Telefonate mit Stefan mitgehört und zwei und zwei zusammengezählt. Er hat mir ein paarmal gedroht, meinem Dad mein Geheimnis zu verraten. Er hat keine Ahnung davon, und wenn du meinen Dad kennen würdest, wüsstest du, dass er mit so etwas nichts zu tun haben will. Mein Dad gehört zu der Sorte Mensch, die mit Geld oder Spenden um sich wirft, wenn es ein Problem gibt. Er ist nicht der Typ, der selbst anpackt.«

Ein paar Dinge, die mich seit unserer Trennung gequält haben, klingen jetzt plötzlich verständlich. »Der Anruf, den du bekommen hast, als du so plötzlich weg musstest …«

»Eine der Frauen hatte Angst. Sie dachte, sie hätte jemanden vor ihrer Wohnung gehört. Es war nichts, aber ich brauchte eine Weile, um sie zu beruhigen.«

Ich krümme die Schultern, als ein Teil meiner Empörung meinen Körper verlässt. Mein größtes Problem war, dass Cole mir nicht sagte, was Chase im Schilde führte, aber ich müsste lügen, wenn ich behaupten würde, die kleinen Vorfälle mit den Frauen hätten mich nicht gestört. Ich hatte mich mehr als nur einmal, während wir zusammen waren, gefragt, ob zwischen Cole und einer anderen etwas gelaufen war.

Ich ziehe die Decke fester um mich. »Warum hast du es mir nicht einfach erzählt?«

»Ich durfte ihr Vertrauen nicht missbrauchen. Sie sind hier, um ihre Vergangenheit hinter sich zu lassen. Vor allem sind es nicht meine Geschichten und es steht mir nicht zu, darüber zu reden. Wenn du es wüsstest, würdest du sie sicher anders betrachten, und das würden sie nicht wollen.«

Das klingt irgendwie logisch. »Trotzdem ändert das nichts daran, dass du mich wegen Chase belogen hast. Du wusstest, dass der Verlobte meiner besten Freundin sie betrügt und hast nichts gesagt.« Mein Tonfall wird hitzig.

»Whit, ich konnte es dir nicht sagen. Chase drohte, mich bei meinem Dad zu verraten, was bedeutet hätte, alle diese Frauen könnten ihre Jobs verlieren, mit denen sie sich über Wasser halten. Rechtlich gehören alle Firmen, in denen ich ihnen Jobs gegeben habe, meinem Dad. Nicht nur das, sondern in der Woche darauf sollte auch eine neue Frau kommen, und wenn Chase mich bloßgestellt hätte, hätte sie nirgendwo hingekonnt.«

»Also was? Hattest du vor, als Trauzeuge neben deinem Bruder zu stehen, obwohl du wusstest, dass er herumvögelt?« Ich bin jetzt noch wütender.

»Nein!« Er rutscht nach vorn und umfasst meine Schultern über der Decke. »Ich habe versucht, ihn dazu zu bringen, das Richtige zu tun und Tahlia zu erzählen, was passiert ist. Deshalb kam er in der Nacht hereingeplatzt, weil wir gerade darüber gestritten hatten und ich ihm Zeit bis Ende der Woche gegeben hatte.«

Ich weiß nicht, was ich denken soll. Ehrlichkeit und Verzweiflung stehen ihm ins Gesicht geschrieben. Aber ich weiß nicht genau, ob ich darüber wegkommen kann, dass er mich bewusst angelogen hat. Immer wieder.

»Cole, ich finde es ehrenwert, was du für diese Frauen tust, und ich verstehe, warum du es mir nicht sagen wolltest … warte. Warum kannst du es mir jetzt sagen?«

»Ich habe mit allen Beteiligten gesprochen, ihnen erzählt, was passiert ist, und sie waren alle einverstanden, dass ich es dir anvertraue. Ich glaube, sie haben mich den letzten Monat Trübsal blasen sehen und hatten die Schnauze voll davon.«

Sehr zu meinem Ärger entschlüpft mir ein kurzes Lachen.

»Ich wollte es dir so oft sagen … Ich konnte … Es ging nur einfach nicht nur uns beide etwas an. Sonst wäre ich von Anfang an ehrlich zu dir gewesen.« Er beugt sich vor und küsst mich auf die Stirn. Ich lasse es zu. Ich kann nicht zurückweichen. Wieder einmal habe ich Cole in meinem Kopf zu einem Monster gemacht, obwohl er keines ist.

Wann werde ich es endlich lernen? Wann werde ich jemandem vertrauen und so lange bleiben, bis er die Chance hat, sich in guten und in schlechten Zeiten zu beweisen?

Ich atme aus und fühle mich, als würde ich all die giftigen

Gefühle, die ich angesammelt habe, seit ich den Mann vor mir weggeworfen habe, loslassen.

Er richtet sich wieder auf und sucht mein Gesicht ab. Die Decke rutscht von meinen Schultern und ich lege ihm die Arme um den Hals.

Er zieht mich auf seinen Schoß.

»Ich weiß, du hast keine Geschwister, Whit, aber er ist mein Bruder. Ich fühlte mich dir und ihm gegenüber verpflichtet. Wir mögen nicht das engste Verhältnis haben, aber ich wollte glauben, dass er das Richtige tun würde – irgendwann. Ich weiß, er liebt Tahlia. Ich dachte, vielleicht … vielleicht hatte er nur kalte Füße wegen der Hochzeit und würde seine Scheiße in Ordnung bringen. Chase war immer ein bisschen arrogant und egozentrisch, aber es ist schwer zu akzeptieren, dass er ein Mensch ist, der die Frau, die er gebeten hat, ihn zu heiraten, bewusst verletzen würde.«

Cole hat recht. Ich habe keine Geschwister, aber ich weiß, wie es ist, wenn einem klar wird, dass ein Familienmitglied vielleicht nicht der Mensch ist, für den man es gehalten hat. Ich musste mich mit der Tatsache abfinden, dass meine eigenen Eltern mich beide nicht haben wollten.

»Noch etwas solltest du wissen.« Seine Stimme ist leise und ernst. Es macht mich nervös, darauf zu warten, was er jetzt noch sagen wird.

»Ich möchte, dass du mich ansiehst, wenn ich es dir sage.« Er drückt meine Schulter nach hinten und umfasst mein Gesicht. »Schatz, ich bin so in dich verliebt. Es war die Hölle ohne dich, und ich will das nicht mehr. Ich brauche dich in meinem Leben und ich akzeptiere kein Nein. Vielleicht wirst du mir heute nicht verzeihen oder morgen auch noch nicht. Aber ich werde darauf warten und dann da sein.«

Er beugt sich vor, legt die Lippen auf meine, und ich öffne mich ihm sofort. Nichts hat sich je so richtig angefühlt, wie wenn dieser Mann mich küsst. Unser langsamer und sinnlicher Kuss wird sofort hitzig, und ehe ich weiß, wie mir geschieht, drehe ich mich und sitze rittlings auf seinem Schoß.

Sein harter Schwanz drückt von unten gegen mich und ich würde jetzt alles geben, um den Stoff zwischen uns loszuwerden. Ich bewege mich auf ihm, um so viel Reibung zu bekommen wie ich kann – ich habe es so vermisst.

»Ich kann nicht mehr ohne dich sein, Whit.« Er streicht mit den Lippen an meinem Hals entlang nach unten, seine Hände suchen den Saum meines Shirts und ziehen es mir mit einer flüssigen Bewegung über den Kopf.

»Ich kann es auch nicht. Sogar als ich sauer auf dich war, habe ich dich trotzdem geliebt.«

Er erstarrt unter mir, lehnt sich zurück, um mir in die Augen zu schauen. »Du fühlst dasselbe?«, fragt er beinahe flüsternd.

Ich beiße mir auf die Unterlippe und nicke, meine Mundwinkel schummeln sich nach oben.

Langsam erscheint ein Lächeln auf seinem Gesicht und ich weiß nicht, ob ich ihn je so glücklich gesehen habe. »Dir ist schon klar, dass ich dich nie wieder gehen lasse. Egal, was für Armleuchter-Aktionen ich in Zukunft bringen werde, du gehörst trotzdem mir. Du wirst immer mir gehören.«

Ich greife hinter mich und öffne meinen BH. »Ich glaube, damit kann ich leben.« Ich lasse die Träger an meinen Armen herunterrutschen und werfe ihn zur Seite.

Seine Hände umfassen und kneten meine Brüste. »Gut, denn du hast keine Wahl.« Er senkt den Kopf, um meinen Nippel einzusaugen, neckt ihn mit der Zunge und beißt leicht hinein.

»Bitte lass mich nicht länger warten«, flehe ich. »Ich muss dich in mir spüren.«

Er antwortet nicht, hebt mich aber an und legt mich sanft auf den Rücken, so dass er über mir schwebt.

Cole zieht mich langsam aus, platziert Küsse auf jeden Zentimeter Haut, den er freilegt, dann entledigt er sich seiner eigenen Kleidung. Ich genieße das Licht- und Schattenspiel des Mondes auf seiner Haut und seinen Muskeln und kann nicht fassen, dass dieser Mann mir gehört. Dass wir uns lieben.

Vor einem halben Jahr war ich an einem der dunkelsten Punkte in meinem Leben, bis Cole mit seinem Licht kam. In mir ist überwältigende Freude, und ich weiß, dass alles möglich ist.

»Irgendwie bin ich froh, dass aus dem Date damals nichts wurde«, sage ich und hebe den Kopf, um an seine Lippen heranzukommen. »Ich glaube kaum, dass wir es bis hierher geschafft hätten, wenn ich dich damals kennengelernt hätte. Ich war nicht bereit für dich.« Er gibt mir einen langen Kuss, der jeden Zentimeter meiner nackten Haut aufheizt. »Jetzt bin ich bereit. Ich bin so bereit.«

Er gleitet in mich und ich weiß von ganzem Herzen und mit allem Verstand, dass sich so wahre Liebe anfühlt. Die Vereinigung zweier Körper … die Vereinigung zweier Leben … die Vereinigung zweier Herzen. Das heißt nicht, dass immer alles perfekt sein wird, aber es heißt, man kann darauf vertrauen, dass der andere für einen da ist, wenn es mal nicht so perfekt läuft. Ich habe jetzt einen Partner, und ich akzeptiere es vollkommen und glaube daran, dass ich nicht mehr alles allein machen muss.

Während ich unter dem Vollmond und dem Sternenhimmel in Ekstase aufschreie, weiß ich, ich werde nie aufhören, diesen Mann zu lieben – sein Einhornschwanz ist nur ein Bonus.

Epilog

Ein halbes Jahr später

»Du hast ganz schön viel Zeug.«

Ich stelle den Karton auf den Küchentresen und mich in Pose. »Du liebst es.«

Cole setzt meine Kiste mit Schuhen auf dem Boden ab, kommt zu mir herüber und zieht mich an sich. »Ich liebe *dich*. Ich kann nicht sagen, dass ich die fünftausend Paar Schuhe toll finde, die du mitgebracht hast.«

»Das ist ein bisschen übertrieben, oder nicht?«

Er blickt auf die Kiste hinter sich, die er gerade abgestellt hat, dann zu der an der Küchentür, und wendet sich wieder mir zu. »Da bin ich mir nicht so sicher.«

Ich versetze ihm einen Klaps auf die Brust. »Tja, wenn du nicht meine ganzen Sachen hier haben wolltest, hättest du mich nicht bitten sollen, bei dir einzuziehen.«

Cole neigt den Kopf und seine Lippen treffen meine. Innerhalb von Sekunden vertieft er den Kuss und lässt die Zunge die Linie meines Mundes entlanggleiten. Ich öffne ihn, um ihn einzulassen, unsere Zungen treffen sich, und bevor ich weiß, wie mir geschieht, erkunden unsere Hände den Körper des jeweils anderen.

Blitzschnell wird mir das Shirt über den Kopf gerissen und irgendwo auf den Boden geworfen.

Ich komme wieder zu Sinnen, schiebe ihn weg und mache

ein paar Schritte rückwärts. »Warte. Wir können das jetzt nicht tun. Wir haben immer noch Kisten im Umzugswagen und müssen ihn in ein paar Stunden zurückbringen.«

Sein hungriger Blick wandert über meinen Körper und bleibt schließlich an meinen Augen hängen. »Schatz, erwartest du wirklich, wenn du so vor mir stehst, dass ich nichts daraus mache?«

Ich beiße mir auf die Unterlippe und ächze ein bisschen, weil es so schwer ist, nein zu sagen, wenn er mich ansieht, als wäre ich sein Mittagessen. Aber ich habe keine Wahl. Wir müssen alles heraufschleppen und dann wollen Lennon und ich zu Tahlia und sie endlich wieder ins Land der Lebenden zurückholen. »Wie wär's mit einem Deal?«, biete ich an.

Er kommt einen Schritt näher. »Ich höre.«

»Was, wenn wir alles herauftragen, den Laster zurückgeben und dann bekommst du einen von diesen Blowjobs, die du so magst? Danach können wir zusammen duschen, um Zeit zu sparen.«

Cole macht sich nicht einmal die Mühe, mir zu antworten. Er bückt sich, hebt mein Shirt auf und zieht es mir wie einem Kind über den Kopf.

»Du hast immer die besten Ideen.« Er gibt mir einen züchtigen Kuss und macht sich wieder an die Arbeit.

Ich lache und hole ein Glas aus dem Schrank, denn ich fühle mich plötzlich wie ausgedörrt.

»Ähm …«

»Was ist los?« Mit dem Glas in der Hand drehe ich mich zu ihm um und sehe genau, was los ist. »Sparky! Böser Hund!« Der kleine Mistkerl hat einen meiner Schuhe aus dem Karton gezerrt und bemüht sich nach Kräften, ihn in ein Kauspielzeug zu verwandeln.

»Hör auf damit!« Ich springe vor, um meinen Schuh zu retten, aber Sparky packt ihn nur und rennt in Richtung Wohnzimmer, wo er sich zwischen Couch und Wand klemmt.

In Augenblicken wie diesen frage ich mich wirklich, warum ich diejenige sein musste, die ihn adoptiert.

»Das waren meine Lieblingsschuhe!«, beschwere ich mich.

Ich höre Coles Schritte hinter mir, und er nimmt meine Hand und führt mich zur Tür hinaus. »Ich kaufe dir neue. Ach was, ich kaufe dir zehn Paar neue. Lass uns einfach mit der Arbeit fertigwerden, denn jetzt kann ich an nichts anderes mehr denken als an diesen Blowjob, mein Schwanz ist hart und das bleibt so lange unbequem, bis du ihn in den Mund nimmst. Also komm.« Er klatscht zweimal in die Hände. »Hopp, hopp!«

Lachend mache ich mich wieder an die Arbeit. Um ehrlich zu sein freue ich mich genauso darauf wie er.

***

Nach ein paar Drinks bei Tahlia starten Lennon und ich unseren Plan, für Tahlia einen Kerl zur Ablenkung zu finden. Ein Taxi setzt uns im Herzen der Stadt ab, wo man ein riesiges weißes Zelt mit einem hohen Zaun darum herum aufgebaut hat.

»Was ist das?«, fragt Tahlia, während ich den Taxifahrer bezahle. Sie öffnet die Tür, um auszusteigen.

»Aufregung, das ist es.« Als die beiden hinten ausgestiegen sind, schlägt Lennon die Wagentür zu und das Taxi fährt davon.

Ich ziehe mein Telefon heraus und schreibe Cole, um ihm Bescheid zu sagen, dass wir da sind.

Lennon wartet gar nicht erst auf uns und wirft sich ins Getümmel; ihr ist egal, ob wir ihr folgen.

Ich stecke mein Telefon in die hintere Hosentasche. »Cole wartet am Tor auf uns.«

»Was ist das?«, fragt Tahl noch einmal und blickt an ihrem Outfit herab; sicher fragt sie sich, ob sie richtig angezogen ist. Mehr als zwanzig Jahre Erziehung sind schwer loszuwerden.

»Das ist ein Amateurboxabend. Cole kommt manchmal mit seinen Freunden her.«

Tahlia erstarrt, sämtliche Muskeln an ihrem Körper scheinen steif zu werden.

»Chase kommt nicht«, beruhige ich sie, lege ihr den Arm um die Schultern und ziehe sie an mich. »Cole sieht ein, dass Chase in meiner Nähe niemals wieder etwas verloren hat.«

»Und was ist, wenn ihr heiratet?«

Ich lehne mich zurück, damit sie mich sehen kann und weiß, dass ich das nicht nur so sage: »Wir brennen durch, oder wir vergessen, ihm seine Einladung zu schicken. Cole hat mir sowieso noch keinen Antrag gemacht. Eins nach dem anderen.«

»Er ist immerhin sein Bruder.« Sie blickt zweifelnd drein. Ganz eindeutig kennt sie weder meine Blowjob-Fertigkeiten noch meine Fähigkeit, sie einzusetzen, um von meinem Mann zu bekommen, was ich will.

»Tahl.« Ich schweige, bis sie mich anschaut. »Lass uns mal einen Abend nicht über Chase reden.«

Ein winziges Lächeln stiehlt sich auf ihr Gesicht. »Deal.«

Ich nehme den Arm von ihren Schultern und wir beeilen uns, Lennon einzuholen. Jetzt kann der Spaß beginnen.

Hätte ich irgendeine Ahnung gehabt, was in dieser Nacht noch passieren würde, hätte ich sie allerdings vielleicht gar nicht erst hergeschleppt.

Ende

Über Piper Rayne

Piper Rayne oder Piper und Rayne, wie auch immer es euch lieber ist, denn wir sind nicht eine Autorin, sondern zwei. Ja, ihr bekommt zwei USA Today-Bestsellerautorinnen zum Preis von einer. Vielleicht fragt ihr euch, ob ihr uns kennt? Vielleicht lest ihr unsere Bücher und merkt es selbst. Vielleicht auch nicht. Ist das wirklich von Bedeutung?

Wir versuchen nicht, uns einen Top-Secret-Stempel zu verpassen. Wir wollten nur schreiben, ohne uns rechtfertigen zu müssen. Wir wollten nicht in eine Schublade für eine bestimmte Art von Geschichten gesteckt werden. Jeder hat seine Lieblingsautoren, oder? Und wenn ihr deren Bücher in die Hand nehmt, erwartet ihr etwas Bestimmtes von ihnen. Ob es nun ein Alphamann ist, ein Thriller oder was fürs Herz, es gibt etwas, das ihr auf jeden Fall von diesem Buch erwartet. Schon klar, wir sind auch Leserinnen, wir verstehen das!

Das alles waren Gründe, UND wir dachten uns, es würde noch viel mehr Spaß machen, wenn wir mal was zusammen schreiben!

Was sollen wir euch über uns erzählen? Wir haben beide Reader voller mit einem Klick gekaufter Bücher. Wir sind beide mit Männern verheiratet, die uns zum Trinken treiben. Wir sind beide Chauffeurinnen für unsere Kinder. Und vor allem lieben wir sexy Helden, unkonventionelle Heldinnen, die uns zum Lachen bringen und viel heiße Action. Wir hoffen, euch ging es auch so!

Wir fänden es toll, wenn ihr uns stalkt:
Facebook: facebook.com/PiperRayne
Lesergruppe: facebook.com/groups/PiperRaynesUnicorns
Instagram: authorpiperrayne
Twitter: @piperraynerocks

An unsere Leser …

Alles klar, ihr Einhörner?

Wir hatten echt Spaß dabei, dieses Buch gemeinsam zu schreiben, und wir hoffen, ihr hattet beim Lesen genauso viel Spaß!

Die Menschen, denen wir am meisten danken wollen, seid IHR! Ja, richtig! Ihr, die ihr das jetzt gerade lest. Danke, dass ihr uns eine Chance gebt. Wir sind nicht neu im Autorengeschäft, aber ihr habt keine Ahnung, wer wir sind und habt trotzdem beschlossen, es mit unserem ersten Buch als Autorenduo zu versuchen. Also danke! Ob ihr es gut fandet oder schlecht, danke, dass ihr ihm eine Chance gegeben habt.

Wir versuchen nicht, mit unserer Arbeit die Welt zu retten. Alles, was wir wollten, war eine Geschichte zu schreiben, die euch ein paar Stunden Unterhaltung und viele Lacher bietet, und hoffentlich habt ihr euch auf eurem Sitz gewunden, wenn es zwischen den Figuren sexy zuging. Wenn wir das geschafft haben, haben wir gewonnen!

Jetzt kommt der Teil, wo wir euch bitten, ein ehrliches Urteil abzugeben. Anders als im Schlafzimmer ist die Länge nicht wichtig. Kurz oder lang, positiv oder negativ oder vielleicht irgendwas dazwischen: Jede Rezension hilft Autoren, das richtige Publikum für ihr Buch zu finden. Wir wären superduperdankbar, wenn ihr euch zwei Minuten Zeit nehmen würdet, um auf der Internetseite des Verkäufers eine Bewertung dazulassen.

Wenn ihr auf Facebook seid, hoffen wir, ihr schließt euch unserer Lesergruppe an – Piper Rayne's Unicorns! Dort gibt es massenhaft Spaß, Gewinnspiele und Giveaways! Ach ja, und schöne Männer. Viele, viele echte Schnittchen.

Bis zum nächsten Mal …

Xoxo,
Piper & Rayne

PS: Vergesst nicht, euch gratis die Vorgeschichte zu dieser Story zu sichern, *The Brush-Off*, um zu erfahren, wie genau es Whitney wieder nach San Francisco verschlagen hat, wo sie dem Mann verfiel, den zu hassen sie sich geschworen hatte. Schaut einfach auf unserer Webseite www.piperrayne.com vorbei und meldet euch für unseren Newsletter an, dann gehört sie euch!